SKY

Du même auteur aux Éditions J'ai lu

Rapporteur de guerre (7436)

PATRICK

Chauvel

SKY

L'HISTOIRE D'UNE AMITIÉ,
DE L'ENFER DU VIETNAM
AUX TERRES CHIRICAHUAS

ROMAN

J'AI LU

On écrit toujours pour quelqu'un...
À Juliette

Tous les personnages de ce livre sont ou morts ou fictifs.
De même certains lieux et quelques dates ont été modifiés.

Le cri éclate, monte dans les aigus, s'étrangle, se noue. Un braillement orphelin, un hurlement de solitude infinie qui balaie toute prétention à l'humanité. C'est une chute dans la nuit. J'ouvre brutalement les yeux, fixe le silence du plafond sur lequel le jour tente une percée malgré les rideaux. Mes yeux s'accrochent désespérément aux traits de lumière.

« Nom de Dieu ! C'est quoi, ça ? »

Je referme les yeux. Retrouver le cri, reprendre le cauchemar. Tout est là, intact, précis, aiguisé.

Des corps disloqués, projetés en l'air par les explosions qui labourent la terre, retombent, vidés de leur sang, les rares survivants grattent le sol frénétiquement, les froissements de l'air, d'autres obus, d'autres roquettes les figent, paralysant tout, puis la terre éclate de nouveau. Le radio, les tripes à l'air, se cambre, effaré, sa bouche s'ouvre, immense, cherche le cri, mais c'est une sonnerie qui s'en échappe, stridente, insistante. Il tend un bras plein de sang, dans sa main crispée luit un combiné noir, brillant, énorme. Le hurlement se mêle à la sonnerie, la scène s'interrompt, j'ouvre à nouveau les yeux sur le plafond où la nuit perd du terrain sur le jour.

La sonnerie continue, c'est moi qui tiens ce putain de téléphone à bout de bras. Le hurlement aussi, c'est moi.

« Sky Eyes vient de faire une tentative de suicide. Venez vite. »

Dehors, il pleut. Un sale jour de septembre. Paris n'est pas plus réveillé que moi. Devant les cafés, des camions de livraison déchargent des caisses de bouteilles, les rues s'animent. Sur les murs de l'École de médecine, un patchwork d'affiches et de slogans – Libérez nos camarades, La liberté est au bout des fusils – voudrait nous faire croire à la révolution. Je porte la mienne en moi, elle n'a pas d'affiches, pas de slogans.

Métro Odéon, je saute dans une rame. Direction : la prison de la Santé.

« Sky Eyes vient de faire une tentative de suicide... »

Devant la prison, je décline mon identité dans un interphone.

J'entre, je franchis plusieurs sas. Des uniformes, des bruits de clés. Je me retourne sur toutes ces grilles qui se referment dans mon dos avec un claquement sinistre et continue de m'enfoncer dans ces couloirs qui sentent la peur. C'est glauque, comme les néons qui éclairent cette ligne droite au bout de laquelle m'attend le dispensaire.

Devant la porte, ils sont trois. Le directeur et le flic, gris de la peau aux fringues, le médecin, blanc sur blanc. J'y suis presque. J'attends. Le flic, je le connais bien : commissaire Jablonski, un esprit carré dans un corps carré. Le toubib, c'est la première fois que je le vois.

« On s'est demandé si on devait vous appeler, et puis...

— Comme il n'a pas de famille en France...

— C'est bien parce que c'est vous ! » laisse échapper le directeur.

Je n'y comprends rien, je le fixe sans répondre. Mon cerveau a enregistré : « À cause de vous ».

J'amorce un mouvement. Le flic intervient :

« On n'a pas voulu faire quoi que ce soit avant de te prévenir. Comme c'était ton ami...

— C'était ?... »

Ma question résonne dans le silence du couloir. Personne ne répond. J'insiste :

« Il est mort ?

— Oui et non... fait le médecin. Venez avec moi. »

Je fixe Jablonski, qui baisse les yeux, et j'entre à la suite du toubib dans une petite pièce. L'éclairage y est faible, presque doux, comme le drap blanc qui recouvre le corps. Mes yeux captent tout de suite le rythme régulier de la respiration, seul mouvement dans cet endroit figé. Je refuse de regarder le visage, comme si j'étais fâché avec Sky.

Le médecin m'observe. Une question idiote lui échappe : « Ça va ? » Puis il reprend, vite :

« Il respire, mais ce n'est pas lui.

— Comment ça, c'est pas lui ? dis-je dans un murmure, les yeux fixés sur le drap qui monte et qui descend régulièrement.

— C'est nous... Enfin, c'est la machine, là, à droite, qui le fait respirer. Son cerveau ne répond plus. Voyez : là, sur l'écran, à gauche, le signal est plat.

— Qu'est-ce qui s'est passé ?

— Il s'est fracassé la tête contre le robinet qui est scellé dans le mur de sa cellule. »

Il me dit ça d'une voix blanche, marque un temps et reprend plus bas, comme s'il se parlait à lui-même :

« On peut pas se tuer comme ça. C'est impossible. Trop violent. Et il l'a fait deux fois... »

Je lui coupe la parole brutalement. De toute façon, ce n'est pas à moi qu'il s'adressait.

« Qu'est-ce qu'on fait maintenant ? »

Il me regarde, comme surpris de ma présence. Il a l'air un peu perdu. L'homme qui se cache derrière le médecin est brusquement nu, il cherche ses mots. Je le fixe, sans pitié, j'insiste :

« Il a une chance de se réveiller ?

— Aucune. »

J'entends à peine la suite de sa réponse.

« Même s'il se réveillait, les dégâts seraient irréversibles. Son cerveau est cliniquement mort.

— Alors ?...

— Alors, c'est à vous de prendre la décision.

— Mais quelle décision, putain ! »

Je viens de comprendre ce qu'on attend de moi. J'ai vingt ans, on me demande de tuer mon ami. Quand je me souviens de la scène, maintenant, je n'arrive même plus à me rappeler si à l'époque je connaissais le sens du mot « euthanasie ». Il doit y avoir une drôle de supplique dans mes yeux parce que le toubib me fixe, horrifié, et amorce un mouvement vers la porte en gémissant :

« C'est hors de question. Je suis médecin ! »

Il quitte la pièce. Le commissaire Jablonski apparaît dans l'encadrement. Il a une expression inquiète qui me met en rage, mais sa voix est calme.

« Tu veux rester seul avec lui ?

— J'ai toujours été seul avec lui. Allez au diable, tous ! »

Jablonski referme doucement la porte, le petit clic de la serrure me coupe définitivement du monde. La réalité de ma solitude me pénètre comme un liquide froid, je reste un long moment sans bouger, accablé, mon cerveau à cet instant précis est aussi mort que celui de Sky Eyes. Je tourne les yeux vers le corps, c'est le corps de mon ami. Il a laissé son physique en arrière, c'est son héritage. Toute la durée de sa courte vie, cette grande carcasse d'Indien l'aura encombré. Maintenant, c'est moi qu'elle encombre.

Je fixe sa poitrine dont les muscles fonctionnent encore, en attente d'une décision. La mienne. Je me force à remonter le regard vers le haut, mes yeux pèsent une tonne, c'est long et douloureux, j'arrive à l'endroit tant redouté. Son visage. Un masque blanc, lisse, irréel. Il est beau, pur. « L'ange de la mort », comme on disait dans « l'autre monde ». Son crâne rasé, emprisonné dans un bandage blanc, rappelle son dernier geste. Je suis sûr qu'il n'a même pas crié. Je pose ma main sur le tuyau qui sort de sa bouche, son souffle vibre, délicat rappel : il vit.

Il fait nuit, et pourtant c'est le jour. À peine quatre heures de l'après-midi, mais la pluie et la végétation étouffent la lumière, voire l'espoir. J'ai l'impression de moisir dans cette jungle depuis mille ans ; ça pue la fermentation, une brume de condensation monte du sol pourri. Je regarde mes rangers : j'ai l'impression qu'ils se dissolvent dans la tourbe, que la mousse immonde commence à grimper sur moi, à moins que ce ne soit moi qui m'enfonce.

Cela fait des mois que je suis au Vietnam. Depuis la mi-1967. J'étais venu dans ce pays pour mettre le feu à ma vie, et il essaie de me noyer sous sa putain de mousson. Je ne brûle pas, dans cette guerre, je m'y dissous comme un cachet d'Alka-Seltzer.

J'ai envie de foncer, alors qu'ici c'est millimètre par millimètre qu'on progresse, avec les rangers du 3e bataillon, au cœur du « territoire ennemi ».

Quarante hommes venus du Texas, de l'Arizona, du Bronx... Une mini-Amérique détachée de la grande, à la dérive dans la jungle. Tous jeunes, dix-huit ans comme moi, sauf l'officier, un vieux de vingt-quatre ans. Tous surentraînés, redoutables d'efficacité, excellents tueurs, les meilleurs... À condition de rencontrer l'autre qui, bien trop malin, nous évite soigneusement. Sans lui, on n'a rien à faire dans cette jungle. À quoi bon des tueurs s'il n'y a personne à tuer ? Et moi, avec mes appareils photo, sans rien à photographier !... Cependant, je le sens proche, ce cher ennemi tant redouté, et dont dépend notre raison d'être...

Je suis près du radio. Il ressemble à une tortue géante, avec son appareil grotesque sur le dos, il chuchote dans son poste. Je distingue à peine l'officier, qui est toujours près de lui. Tout ce que je sais, c'est que notre progression a stoppé aux abords d'une clairière, sur un signe de l'homme de pointe : trois mouvements du bras gauche, pompant de haut en bas, le poing serré, mouvement répété tout le long de la chenille des hommes, qui se sont un peu trop approchés les uns des autres pour être en limite de visibilité, et depuis on attend. J'entends à peine la phrase que le radio transmet à l'officier : « Il arrive ! »

Qui arrive ?

Je n'en sais rien, mais avec les militaires j'ai vite compris qu'on ne savait jamais rien, et qu'il ne fallait pas chercher à savoir. Poser des questions, en général, provoque un jet de tabac liquide et un regard dégoûté : pas très satisfaisant, pour le journaliste que j'essaie de devenir. Mais le silence est l'unique langage accepté en opération. Donc, seul au milieu de ces esclaves en uniforme, j'attends.

Mais qui « arrive » ?...

Mon cœur vient de s'arrêter. Je sens une présence tout près, si près que je perçois une chaleur, une odeur, même. Je ne respire plus. Ce n'est pas une présence réglementaire : normalement, il n'y a personne autour du radio et de l'officier, dans un rayon d'au moins cinq mètres. Je fais des efforts insensés pour bouger mes yeux, qui ne veulent pas voir. Je réussis à me tourner vers la chose et stupidement mes yeux se ferment, épouvantés. Affolés par mon imagination, ils se rouvrent aussitôt. Je manque de m'évanouir. Il y a un visage en gros plan tout près de moi, un visage d'Indien avec des peintures de guerre, deux bandes rouges et une plus large, noire, qui lui barrent le visage et font ressortir des yeux gris très clairs, si clairs qu'on pourrait croire qu'ils sont éclairés de l'intérieur. Des cheveux longs s'échappent de son casque, il tient un arc à poulie dans sa main droite. Il me regarde quelques instants puis disparaît en passant devant l'officier, qui sursaute en le voyant. Je fixe, incrédule, le rideau de pluie qui l'a avalé. Je cligne des yeux plusieurs fois : tout cela n'a duré que quelques secondes, et sans un bruit. Je dois être très fatigué, ou bien ce sont ces foutues pilules obligatoires contre la malaria qui me jouent des tours. Je me tourne vers le radio qui m'observe, hilare.

« C'est Sky. Un Apache, notre joker. Le pire fils de pute de tous les salauds qu'on ait jamais vus dans cette saloperie de jungle. »

Je n'ai donc pas rêvé : j'ai bien vu un Indien. Je savais qu'il y en avait dans l'armée, mais jamais je n'aurais pensé qu'ils pouvaient avoir l'air indien à ce point-là. Cela paraît ridicule, mais ici, dans ce qu'on appelait « l'autre monde », rien n'était ridicule, tout était mortellement sérieux, à tel point qu'un type qui se trompait d'attitude pouvait être effacé, annulé, avant même d'avoir compris. Dans la jungle, on n'avait pas peur de mourir, mais de disparaître. Chaque membre du 3e bataillon disparaissait à un moment donné. Il me suffisait d'avancer ou de reculer la tête pour faire s'évanouir le radio, tellement la pluie était dense. L'Apache avait disparu. Réalité, fiction ?... Ici, les pires cauchemars devenaient réalité, et la réalité était finalement bien pire que les cauchemars. Ici, on ne pouvait même pas avoir peur. La peur était un luxe qui nous aurait ralentis, pas question de baisser la garde. Même en attente je m'agitais, de crainte de confondre sans le savoir l'immobilité et la mort.

La pluie s'arrête net. Tout à l'heure je la haïssais, maintenant je la regrette déjà. Elle nous entourait de son vacarme, en nous isolant les uns des autres, chacun dans sa cage de barreaux d'eau. Le silence immense libère nos angoisses et les mélange. « En avant ! »

Le radio vient de me taper violemment sur l'épaule. On fonce, je laisse mes angoisses sur place. Ça commence à courir de tous les côtés, des coups de feu claquent, l'Indien les a levés. Je fais quelques photos d'ombres furtives qui se confondent avec la végétation, comme si les arbres s'étaient mis à détaler. La jungle souveraine fait place d'un coup à une quarantaine d'hommes qui libèrent leur fureur meurtrière. Je ne comprends pas tout, mais j'y vais : toute mon attente se lâche dans la ruée vers l'assaut. Accroché à mes appareils, je me fais gifler par les branches, les balles miaulent autour de moi. Je passe près de deux corps dont l'un a une flèche plantée dans le cou. Deux photos, vite, sinon on ne me croira jamais. Je repars à toute vitesse pour ne pas me laisser distancer. La jungle est un labyrinthe, celui qui hésite a de fortes chances de s'y perdre à jamais. J'entends un hurlement près de moi, un cri de bête. C'est l'Indien. Il ne court pas, il vole. Il fait tellement peu de bruit que sans son cri j'aurais pu croire que c'était mon reflet. Il a un sourire féroce, terrifiant.

« Bunker ! »

Le cri m'arrête net. Je me jette au sol. Le bunker est une position fixe dans laquelle l'ennemi se retranche. Le mitrailleur et le radio se couchent comme moi. Je cherche des yeux l'Indien, il a encore disparu. Le feu redouble et se concentre sur la ligne devant moi : cris, tirs, explosions, photos, l'officier est touché à la jambe. Le radio hurle en regardant l'endroit où sa main devrait être. Bientôt, il ne crie plus, fixe son moignon sanglant, puis se met à rire comme un dément :

« Aide-moi ! » me crie l'infirmier de combat qui le stabilise, je lui enlève sa radio, l'officier demande un appui d'artillerie.

« On décroche de cent cinquante mètres ! »

On rebrousse chemin. Un soldat tombe devant moi, je me penche pour l'aider, il se retourne, il n'a plus de visage. Nos obus pleuvent, tirés depuis la base arrière, à une vingtaine de kilomètres. Tout le monde s'aplatit, le froissement d'air précède de peu les explosions qui me compressent la tête. Des éclairs jaunes, orange, blancs, des branches qui tombent... Les éclats fouettent la mousse autour de nous, des hurlements, une odeur de chair brûlée, de sang, de feu. J'envie les vers de terre, les fourmis, tout ce qui est minuscule, moi qui veux devenir un « grand » photographe. Les explosions se succèdent dans un roulement continu. Je lève les yeux, juste assez pour apercevoir l'Indien à quelques mètres. Il est accroupi au creux d'énormes racines. Il me fait signe de venir. Je croyais être le seul encore vivant. Je fonce vers lui à quatre pattes à une allure qui me surprend moi-même. Il me tire par le parka et me plaque au sol près de lui.

« Regarde. »

Je me retourne. À cent mètres en avant, c'est un volcan en éruption. Là où se planquait l'ennemi, il y a un mur de feu.

« Mon Dieu !...

— Ton Dieu n'a rien à voir là-dedans, ni le mien. Ici, Dieu est américain.

— T'es pas américain ?

— Tais-toi, ça va être à nous ! »

Il a remplacé l'arc par le fusil d'assaut. Je veux le prendre en photo, il me fait non de la tête. Je n'insiste pas. Les explosions s'éloignent en arrière de l'ennemi : ils allongent le tir.

« En avant ! »

Au cri de l'Indien, l'assaut reprend de chaque côté. Je suis surpris qu'il reste autant de monde. On arrive sur les tranchées nord-vietnamiennes, quelques types en sortent et tentent de fuir, immédiatement abattus. D'autres se battent encore, et je vois tomber deux Américains. L'Indien en attrape un qui tournait en rond, les oreilles en sang.

C'est fini. Çà et là, quelques coups de feu. Cinq prisonniers nord-vietnamiens. Les soldats fouillent prudemment les ruines de la tranchée. Des corps brûlent. Les Américains lèvent le bras pour annoncer, avec les doigts, le nombre de cadavres.

Quel désastre ! Les pauvres types n'avaient aucune chance. Je regarde avec admiration les prisonniers : les tympans crevés, la peau brûlée par endroits, il y en a même un dont les cheveux fument encore. Hagards, ils sont si petits, si maigres, qu'on dirait des enfants. Pourtant, ils n'ont pas l'air de s'être rendus, mais simplement d'avoir cessé le combat...

Un soldat pivote sur lui-même et tombe d'un coup. Le sang gicle de sa tête.

« Sniper ! »

Tout le monde se jette au sol. Quelle bande de fumiers, ça ne s'arrêtera jamais ? Si Dieu est américain, il faut le dire aux Vietnamiens : ils n'ont pas l'air au courant.

Douze Viets tués, cinq prisonniers, trois Américains morts, un disparu et neuf blessés dont deux très mal en point. Un quart de notre groupe est hors de combat.

« T'as du pot. C'est rare de les avoir de front. En plus, on a saisi des tonnes de documents : tu peux marquer ça... »

C'est l'officier qui parle, me voyant griffonner sur mon calepin. Il est d'excellente humeur ; il a, comme on dit, la « bonne » blessure. Décoration, trois mois à l'arrière... Ça le rend bavard et j'en profite :

« Et l'Indien, où il est passé ?

— Sky ? Pour lui, l'opération commence, il est parti sur leurs traces.

— Seul ?

— Non. Ils sont six LRRP[1]. Ils vont les prendre en chasse et essayer de repérer la base arrière. »

Je l'aide à rejoindre l'hélicoptère d'évacuation sanitaire, qui s'éloigne bientôt à plus de deux cents kilomètres/heure, transformant nos exploits en souvenirs. Je suis assis près du mitrailleur qui s'accroche à son arme, l'air furieux, comme si quelqu'un allait la lui voler. Il appartient à la fameuse 1re division de cavalerie, la meilleure, celle aussi qui aura le plus de pertes.

Ces hélicoptères sont le bruit de fond de mes souvenirs, avec les Doors et Jimi Hendrix. Aujourd'hui encore, au moindre bruit de pales qui battent l'air de mon périmètre, je cherche le mitrailleur des yeux et je sens monter l'adrénaline. Durant quelques secondes, je suis là-bas, dans l'autre monde, avec eux.

---

1. Long Range Reconnaissance Patrol : commandos de reconnaissance en profondeur.

Le soir, j'ai regagné la terrasse du Continental à Saigon. J'avais vendu trois photos à Associated Press, ce qui m'avait rapporté cent dollars, plus une prime de quelques films – de quoi tenir jusqu'à la prochaine sortie. Incroyable guerre du Vietnam où, en moins de six heures, on pouvait passer de la jungle à la terrasse d'un grand hôtel, devant une bonne bière, douché, changé, rasé de frais.

Étrange, cette terrasse couverte où s'échouaient tous les journalistes. Il y avait ceux qui bavardaient tout le temps – les nouveaux arrivés – et ceux qui se taisaient : ceux-là étaient dans la guerre, ils n'arrivaient plus à en parler ; elle restait accrochée à eux. Et puis il y avait ceux qui en avaient vu d'autres. Revenus de tout, ils se cherchaient de table en table, de bar en bar, et se racontaient entre eux leurs histoires, comme pour être sûrs d'être encore là ; et moi, au milieu de tout cela, je me régalais de leurs récits et de leur présence, toujours avide d'en savoir plus.

Comment me percevaient-ils, eux ? Quand je retrouve ma gueule sur les photos de l'époque, je vois une tignasse noire, le look ténébreux d'un sale gosse en colère, fusillant l'objectif d'un regard qui a l'air de demander des comptes au monde entier. J'étais au-delà de la révolte. Dix-huit ans. J'essayais de me vieillir en arborant une moustache qui, finalement, m'apparentait aux révolutionnaires mexicains de la grande époque, version adolescence en crise. Je voulais faire croire que j'étais dangereux ; j'étais pire que ça : incontrôlable.

« C'est possible, d'accompagner les LRRP ?

— Difficile, paraît-il, mais ici tout est possible... Pourquoi tu veux aller avec eux ?... C'est dur, hyper-dangereux, et pas forcément intéressant : la plupart du temps, ça se passe la nuit...

— Il y a des Indiens avec eux !

— Oui, j'en ai entendu parler... Remarque, t'as raison : c'est une histoire dans l'Histoire. Je vais me renseigner. »

Le lendemain, Jean-Louis m'appelle pour m'annoncer qu'il m'a inscrit pour une rotation de dix jours avec les LRRP. « J'ai un contact à l'État-major qui t'a arrangé le coup. Officiellement, je te signale que t'apparaîtras dans aucun registre. » Il a dit ça très vite et a raccroché en lâchant : « Attention : ces gars-là, ils sont carrément barrés de l'autre côté ! »

Drôle d'expression, « de l'autre côté »... De quoi : du miroir, de la DMZ[1] ? Vivement demain : si la terre est carrée, avec les LRRP on va sûrement marcher au bord.

Je fixe bêtement un gecko, cette espèce de gros lézard qui balade sa neurasthénie dans les maisons viet-

1. Demilitarized Zone, ligne de démarcation entre le nord et le sud du Vietnam.

namiennes et guette les innombrables moustiques en embuscade, immobile.

Quel pays, où tout le monde est en embuscade !... Immobilité et rapidité sont les deux clés de cet endroit. Une seconde pour vivre ou pour disparaître. Parce que ici, on ne meurt pas : on disparaît. Mourir est un luxe réservé à l'autre monde. En guerre, on est là, puis on n'est plus là. *On*, *off*. Annulé ! Comme Gilles Caron, un ami « disparu » sur la route n° 1 au Cambodge, en 1971.

Je me fige. Le gecko pousse son cri : « Tochké ! Tochké ! » S'il le lance au moins sept fois, c'est la chance, sinon, c'est le malheur. C'est peut-être con, mais on y croit toujours un peu...

Il en émet finalement sept. Ouf ! Je souris. Le miroir me renvoie l'image d'un pauvre mec maigre comme un loup, vautré sur son lit, le visage blême traversé d'un sourire noir comme une plaie béante.

Quelques minutes plus tard, je file en pousse-pousse. « *Maolen ! Maolen !* » – plus vite !

Ma fuite s'achève au bar. On dirait qu'une bande de naufragés s'y accroche. Soldats, journalistes, agents de la CIA, diplomates, aventuriers et putes s'observent et se mélangent. On y entend tous les mensonges, on les décortique, on en rajoute. Les uns et les autres jouent à se faire peur, une répétition générale avant d'aller au front, parce qu'à force de mentir sur tout et sur soi-même on finit par y croire et par vraiment y aller. Une bande de mythomanes qui part à la guerre trouver sa vérité en racontant celle des autres ; celle du soldat qui, blousé par les gouvernements, se débat dans l'immensité du mensonge et finit par se battre pour lui-même, pour rester en vie. L'instinct de survie est, au fond, la seule vérité. C'est lui que je veux photographier. Voilà ma vérité. Mais, ce soir, peut-être que même ça n'est pas vrai...

Nous fonçons à toute allure au ras des arbres. Dix hélicoptères de la 1re division de cavalerie : soixante hommes vont être largués dans une zone seulement connue des pilotes. Là, je dois rejoindre les LRRP. Ils sont prévenus de mon arrivée, mais il va me falloir beaucoup de chance pour les trouver : tout va s'accélérer dès qu'on aura touché le sol...

« Je m'appelle Antonio, je suis cameraman pour la télévision portugaise. »

Je reste sans voix, ahuri.

« Et vous ?

— Euh, Patrick. T'es le premier Portugais que je rencontre au Vietnam.

— Oui, je sais. J'ai mis du temps à les convaincre...

— Ça fait longtemps que t'es arrivé ?

— Trois jours. C'est ma première opération. Tu m'aideras ? »

Là, je préfère me taire...

Go ! L'hélico est à deux mètres du sol, salué par l'herbe qui se couche autour par respect pour le gibier d'embuscade que nous sommes. Je saute dans le sillage d'un énorme soldat, le radio, toujours le mieux renseigné. Ça tire de tous les côtés et le type court incroyablement vite. Je manque de tomber, encombré par ma sacoche et mes appareils.

Bientôt, c'est du mortier qui s'écrase autour de nous. Les Viets sont déchaînés et bien informés. « Opération-surprise », nous a-t-on dit à la conférence de presse. La surprise a préféré frapper l'autre camp, là où il y a plus de viande. Dans le monde de la guerre, il ne faut jamais être pris de court. Il faut deviner, devancer, prévoir. L'angoisse et la paranoïa sont nos meilleures protections.

Je me jette à terre près d'un monticule qui disparaît sous une grappe de soldats. Collés les uns aux autres, on dirait un monstre vert à plusieurs têtes, une sorte de monument de peur. Je fais une photo. Le plus étrange, c'est qu'ils font tous la même tête. On pourrait en tuer un, il y en a toujours un autre, presque identique.

« *Your friend is down !*

— *What ?* »

Je n'ai pas d'ami ! Le photographe est seul, il travaille seul et... Merde, je réalise qu'il parle du Portugais. Je cours derrière l'infirmier qui vient de m'apostropher. Antonio est là, sidéré par son sort, une jambe arrachée. Sa caméra gît stupidement intacte à côté de lui. Sa surprise et sa déception sont plus grandes que sa douleur.

« C'est pas mon ami », dis-je bêtement, comme pour me désolidariser de ce manque de chance.

Je ne sais pas quoi ajouter. Il se met à pleurer. Gêné, je lui offre une cigarette, mais j'ai plutôt envie de le gifler. Il me regarde, désespéré. *Dixit* un patron de presse : pour un journaliste, le manque de chance constitue une faute professionnelle...

Un regard sur moi, c'est l'Indien. Il est là, il me fixe bizarrement. De jour, son regard est encore plus clair, si clair qu'on dirait qu'il n'y a personne derrière.

« C'est toi qui viens avec nous ?

— Oui !

— T'as du pot, on devrait déjà être en route. Je suis resté ici pour un de mes hommes, un blessé qui va être évacué. On voulait pas de journaliste, mais comme apparemment tu as de la chance... »

Le Portugais, qui comprend l'anglais, nous regarde avec horreur. Je veux lui dire quelque chose, mais rien ne sort. Je file vers la forêt derrière l'Indien, comme si j'étais poursuivi par tous les démons du Portugal. Il va vite le salaud, je me demande ce qui le fait courir comme ça.

Dans la jungle, on rejoint les sept autres membres du commando : un métis et un Portoricain du Bronx, un Italo-Américain de Manhattan, un Noir, un interprète vietnamien à qui ses nombreux tics et ses mollets de poulet ont valu le surnom de « Kentucky », et deux Indiens.

« Il vient avec nous. Tout le monde est OK ? »

Sept « oui » rauques sortent de sept tronches farouches.

« Alors, on y va ! »

C'est reparti, encore plus vite. Entre la marche et la course, tellement occupé à suivre, je tombe plusieurs fois, me prenant les pieds dans les racines. C'est dangereux de ne pas faire attention à ses pieds, mais ce serait bien pire d'en perdre un. Sky n'est pas du genre à attendre.

Enfin, il s'arrête. Il me fait signe du bras sans se retourner. Je m'accroupis près de lui.

« C'est bien, tu suis. »

Son compliment m'agace. Pour qui se prend-il ?

« Il y a du Charlie[1] pas loin. N° 2 est allé voir. On bouge plus, on attend. Silence. »

Ce silence, j'allais le respecter pendant plus de six mois. Six mois de reportages, dix-huit opérations où les LRRP (on disait les « lurps », comme on aurait dit d'une bande de fauves étranges) allaient enchaîner les sorties. En silence. Patrouille muette d'hommes à double tranchant, s'enfonçant en territoire ennemi. Chaque fois que j'avais l'autorisation, je partais avec eux. Les lurps étaient ma chasse au trésor au milieu de la guerre. Un reportage en morse, entrecoupé de sorties avec les marines et de retours à Saigon. Je sentais d'instinct que la signification viendrait au bout : chaque patrouille était une partie du message. Et le silence qui nous liait était devenu notre langue.

Pas de son, pas d'image : l'Indien refusait que je le prenne en photo. Mais son regard était toujours là pendant les combats, aigu et droit comme une flèche. Il m'atteignait, devançant les balles que je tentais d'éviter. J'y sentais quelque chose comme une attente. De patrouille en patrouille, nous devenions frères de jungle. Et plus tard, quand Sky commencerait à parler, je comprendrais que j'avais été choisi par l'Indien.

Janvier 1968, énième sortie. Adossé contre un arbre, je détaille Sky Eyes. Il est immense, presque deux

1. Viêt-cong en terme radio, diminutif de Victor Charlie.

mètres, maigre et costaud à la fois. Une gueule d'Américain avec ses yeux très clairs, mais indien par la couleur de la peau, le nez, et surtout les longs cheveux noirs.

On dirait un gosse blanc déguisé en Indien pour jouer. Il se tend imperceptiblement. Je regarde devant moi, je ne vois que la jungle. Pourtant, l'Indien est aux aguets. Il se met doucement en mouvement. J'hésite à le suivre, je déplace un de mes appareils photo qui me gêne. Instantanément, l'Indien se retourne. Il me fixe de son regard blanc. Ce n'est pas un reproche que j'y lis, c'est pire, comme s'il s'avisait de l'existence d'une chose incongrue.

Il y a vraiment des moments où être journaliste me met mal à l'aise. Fuir ou prendre un fusil, mais choisir. Participer. Action, résultat. Mais faire des photos ?... À quoi bon, et pour qui ? Impartial, dit-on, le journaliste raconte... Foutaises : le journaliste témoigne de ce qu'il voit. Mais, pour le voir, il subit, il souffre. Donc, c'est son émotion qui raconte. Avant de partir au Vietnam, j'étais impartial, car mal informé. Je lisais tout et n'importe quoi sur ce qui se passait là-bas. Alors, j'ai voulu voir, vérifier. Va voir et raconte. Et puis dis-nous *la* vérité ? Non, *ma* vérité, et rien d'autre.

Pour l'instant, la vérité me dit : « Danger imminent. » Deux des nôtres ont mystérieusement disparu, avalés par la jungle. Bill, le Black chanteur de blues, et l'inimitable Kentucky. Deux MIA, « Missing in Action », c'est forcément mauvais signe. Je suis suspendu à mon inutilité bruyante. Je me demande quoi faire, mais je sens que ça va partir dans les secondes qui suivent.

Sky lève son pistolet et pointe son doigt vers moi en formulant les mots en silence : « Prends-le ! » Il le pose au sol et fait un geste circulaire en mimant : « Charlie est autour de nous ! »

Me voici dans une situation que je retrouverai souvent, et à laquelle je finirai par donner un nom : « F.P. » Flingue, ou photo ? Je rampe vers Sky et saisis l'arme. Je frissonne. L'Indien me fixe puis, toujours silencieux, s'éloigne de quelques mètres, en lisière d'une piste à peine tracée. Je me colle derrière un arbre et j'attends, je suis prêt. Féroce, vivant.

Pendant près d'une demi-heure il ne se passe rien. Une sorte de mélancolie m'envahit peu à peu, je voudrais la secouer, mais, coincé en embuscade, je suis condamné à l'immobilité, subissant cette attaque que je me livre à moi-même. Je me demande si je suis le seul à qui cela arrive. Je me sens triste, et terriblement isolé. Je n'ai pas d'ami, et pas d'ennemi non plus. Le vrai problème est là. Ici, chacun a un ennemi, bon ou mauvais, qui mobilise toutes ses pensées. L'ennemi justifie tout, il est coupable de tout ce qui ne va pas. Malheur à celui qui a un ami dans ce monde, il a toutes les chances de le perdre. Tandis que perdre un ennemi fait partie du plaisir d'en avoir. Et aujourd'hui on est servis, avec tout ce qui grouille autour de nous. Mais les Viets ne sont pas mes ennemis, et ce pistolet ne m'intéresse pas. Je n'ai personne à tuer.

Ils sont là, je les vois. Quatre Nord-Vietnamiens qui avancent prudemment vers nous. Ils ne nous ont pas encore repérés, mais ils savent qu'on n'est pas loin. Je lève mon appareil photo et vise en même temps que Sky. Les rafales partent. C'est fini.

Sky met en joue les corps qui tressautent encore. Il y en a un qui râle. Je m'approche, mais Sky me fait signe de ne pas bouger. N° 2 sort du chemin, fouille les corps. Après une rapide discussion avec Sky, il brise la nuque du survivant et on décroche à travers la jungle.

Il est cinq heures du matin. Je suis gelé, notre halte dure depuis une demi-heure. « On fait un cercle de sécurité et on s'arrête », a dit Sky. Séparés les uns des autres de quelques mètres, on s'est planqués comme on pouvait dans des creux le long d'une rivière. Je suis resté près de l'Indien, mais je ne le vois pas. Comme moi, il est camouflé derrière son poncho et je l'entends chuchoter.

« Ça fait une heure qu'on est perdus. Luis est allé voir. Repose-toi, c'est pas fini.

— Pourquoi vous l'avez achevé ? je demande.

— Parce qu'il pouvait parler. De toute façon, il était foutu, dans cette jungle : avec les fourmis...

— Ses potes l'auraient peut-être soigné ?

— Hmm. Pour l'instant, on garde un tout petit avantage : ils savent pas combien on est. T'es pas venu ici pour sauver des vies, j'espère ? »

Je change de sujet.

« T'es vraiment apache ?

— Métis : père écossais, mère apache. Et toi, t'es vraiment français ?

— Métis : père breton, mère corse.

— C'est quoi, ça ?

— Des tribus qui vivent en France.

— Ah ! Moi, ma tribu, c'est les Chiricahuas. »

Sky se tait un moment. Un silence lourd, puis :

« C'est pas ma guerre. Mes frères de misère sont noirs, latinos... Moi, j'ai la peau rouge, et je tue des Jaunes pour des Blancs. Au fond, j'ai rien à foutre ici.

— Comment tu t'es fait coincer ?

— Tu crois qu'on a le choix ?...

— On a toujours le choix.

— Attends, parce que t'es ici volontairement, toi ?

— Bien sûr. »

Sky est sidéré.

« C'est le fric ?

— Non.

— Tu es fou !

— Peut-être.

— Si ma maison était en enfer et le Vietnam au paradis, je rentrerais chez moi !...

— Pourtant, tu te bats.

— Réflexe de survie.

— Mais vous allez perdre.

— Pourquoi ?

— Parce qu'ils ont une cause à défendre. Pas vous.

— Peut-être, mais la jungle est neutre. Ici, chaque fois que tu respires, c'est un miracle... »

Un sifflement étranger à la jungle nous interrompt. Quelque chose bouge imperceptiblement, à cinquante mètres sur la rive en face.

« C'est Charlie, tirez pas ! »

N° 2 lève la main gauche, ouvre et ferme les doigts quatre fois, signalant vingt Viets de son côté. La lumière du petit matin est glauque, je distingue tout juste l'Italien, qui de son côté refait dix fois le même geste.

Tous les regards se fixent sur Sky. Il pivote brusquement, et il lève la main à son tour pour faire le geste cinq fois : ça fait vingt-cinq derrière nous. On est dans la merde : une centaine de Viets, plus sans doute, qui grouillent autour de nous. Même moi, je les entends. Sky a un visage terrible, comme une annonce de ce qui va suivre. Dans la jungle, on ne voit pas les yeux de celui d'en face. Ces armées sans regard, dirigées par radar, ne se regardent pas.

« On attaque. »

Je sursaute, en entendant Sky murmurer ces mots dans sa radio :

« Ils sont beaucoup plus nombreux que nous. Pour l'instant, la surprise est de notre côté. Alors, c'est maintenant, c'est tout de suite. »

Je vérifie mes appareils photo, j'ajuste mon sac et j'essuie, pour la énième fois, la sueur qui me pique les yeux. Après quoi, je me frotte les cuisses pour réveiller mes jambes – engourdissement ou peur ?...

Ce qui va suivre sera formidable, horrible, long, interminable, impressionnant, et pourtant, immédiatement après, je ne me souviendrai de rien. Tous les détails oubliés reviendront par bribes des années plus tard, me surprenant au milieu d'une conversation, d'un rêve.

Pour l'instant, je suis dans le présent : on est tous levés et on fonce. Tout va très vite, mais que c'est long ! Notre percée est sanglante, je crois faire des photos, mais pourquoi ? Pour qu'on me croie, tellement c'est irréel. Des cris, des hommes qui tombent, une brûlure au côté, le vacarme des armes... Puis c'est le silence. Je cours toujours derrière Sky, mais il n'y a plus de bruit, plus de son, le film continue en muet. On débouche sur une piste, Sky s'arrête, je manque de lui rentrer dedans, on s'accroupit, on n'est plus que quatre. Sky, après un bref regard vers nous, se détourne et fixe la piste. Des tremblements imperceptibles parcourent ses avant-bras, sa peau sombre me fait penser à celle d'un cheval après un galop, sa robe froissée par des frémissements d'énergie. Cette guerre aura révélé un guerrier redoutable.

« Il y a un village plus loin, on le contourne par la gauche. Sans courir, en triangle. Frenchie derrière moi, on ne s'arrête plus. »

Ça fait deux heures qu'on fonce sans courir, je ne trouve plus mon énergie que dans celle de l'Indien, en fixant mon regard sur ses jambes qui rythment mon avance.

« Stop ! »

Il s'est encore accroupi. Cette fois-ci, moi aussi, j'ai entendu : ce sont des bruits de moteurs et des voix. Il y a des rires. On s'approche très doucement, une immense clairière d'où partent deux routes de terre s'ouvre devant nous, sous le couvert de la jungle, invisible du ciel. Il y a des chars, des camions, des soldats partout. Certains font la queue et pissent dans de grandes jarres.

« Qu'est-ce qu'ils font ? »

Sky ne répond pas, il observe à la jumelle. Luis arrive, ils déploient une carte et sortent une boussole. Le troisième homme nous rejoint.

« On a eu du pot, il y a deux sentinelles derrière nous. C'est un miracle qu'ils ne nous aient pas vus. Va les surveiller. »

Le type hésite, mais s'exécute. À mon tour, je regarde les « autres » à travers mon téléobjectif, j'en profite pour faire des photos. Sky sursaute au son de l'appareil et me dévisage, perplexe. Je lui fais une moue, genre : « Je suis là pour ça, après tout. » Il se détourne et se remet à comploter avec Luis. On dirait vraiment deux gosses qui préparent un mauvais coup. Je m'approche d'eux.

« C'est bizarre tout de même, tous ces types qui pissent dans des jarres.

— Ouais, on a vu.

— Et ils les mettent dans les camions !...

— Ouais, on a vu.

— Ça y est, j'ai repéré notre position à peu près. Voilà ce qu'on va faire... »

L'Indien note des coordonnées sur un *beeper* et reprend :

« Luis, appelle les *big boys*.

— C'est quoi ?

— L'aviation. On va leur faire payer nos morts. »

Les trois autres membres de l'équipe nous ont rejoints. En les regardant se préparer, je crois voir des alpinistes qui s'apprêtent à attaquer une paroi dangereuse ; sauf qu'ici le danger est horizontal.

Dans la trouée, des vélos, plusieurs dizaines empilés les uns sur les autres, par rangées de cinq. Les bombardiers arrivent, on se jette au sol. Le napalm brûle tout ; les avions reviennent avec des bombes à billes antipersonnel pour tuer les grands brûlés qui auraient survécu par miracle – mais au Vietnam le miracle ne fait pas partie du programme de l'armée américaine. Chez les Nord-Vietnamiens, c'est encore pire : ils sont interdits, censurés, politiquement incorrects, pour celui qui y croirait, c'est le peloton d'exécution assuré. Le miracle devient une affaire personnelle, privée, secrète. Ici, chacun trimballe le sien sans le dire. Sur les cinquante mille soldats, il y a peut-être cinquante mille miracles, même petits, ils sont là au fond de chacun. Ceux qui sortiront de cette putain de patrouille seront tous des miraculés, ça va être dur à vivre en rentrant à Paris.

Je regarde Sky, il est si près de moi que ses yeux me renvoient les reflets orange du napalm et, quand il décide de parler, je suis surpris qu'aucune flamme ne sorte de sa bouche.

« On prend des vélos et on fonce ! »

C'est parti. Luis s'étale, un fou rire me prend, mais il me reste dans la gorge, interrompu par un son que je ne connais pas. Ce n'est pas un son de guerre, ni de paix, ça enfle, c'est puissant, ça enveloppe, ça se rapproche, je pédale comme un fou sur la piste boueuse, Sky se retourne et crie :

« La pluie ! »

C'était ça. Un bruit énorme nous tombe dessus, nous encadre, nous emporte, j'ai l'impression de sauter dans un train en marche. La pluie est si dense qu'elle nous isole et nous unit en même temps, les milliers de gouttes qui frappent mon corps m'électrisent. Ce siphon libère toute la tension. Quand des collègues, plus tard, me demanderont si j'ai eu peur, je leur répondrai que non : la peur, nous l'avions perdue et nous courions après... Ils se regarderont d'un air bizarre et s'empresseront de changer de sujet.

La vallée d'A Shau, celle des dingues où toutes sortes de remous emportent les hommes...

Vue d'hélicoptère, parfois, cette jungle ressemble à un liquide vert où des divisions entières disparaissent. Seuls les gros prédateurs survivent en jungle trouble. Apprendre à nager dans le vert. Je suis photographe de monstres marins et je pédale en aveugle sous l'eau, derrière un Apache, poursuivi par des centaines de Viets rendus fous furieux par le napalm qui a cramé la moitié de leurs camarades.

Le choc est terrible. Trop tard, j'ai vu qu'ils étaient arrêtés et on se retrouve emmêlés dans la boue. On dirait une pieuvre marron qui s'agite, mais très vite les visages ressortent propres, nettoyés par cette pluie incroyable. Nos uniformes sont noirs. On se relève maladroitement, les pieds lourds englués de boue, le sol nous réclame. Finalement, je me stabilise et cherche Sky à travers ce rideau de flotte. Luis me fait signe, je suis la direction qu'il pointe du doigt et devine Sky debout près d'une grande forme sombre. Je m'approche.

Bill est là, blême, crucifié par un pieu contre un arbre, son visage est terrible, on dirait un noyé. Il pleut tellement que j'ai du mal à respirer, je regarde de près le visage ruisselant de Sky, immobile, statufié. Ce mec en a tellement pris plein la gueule que plus rien ne se voit. Nettoyé, raclé, écaillé, il est lisse, une gueule en inox, et pourtant je jurerais que parmi toute l'eau qui coule sur son visage se sont glissées quelques larmes.

« Tu pleures ? »

Le visage qui se tourne lentement vers moi est chargé de tous les pires sentiments qu'un homme puisse ressentir. Le regard est féroce. Sky tend le bras et fait signe aux autres d'avancer. Je vais pour les suivre, mais il me retient. En m'attendant au pire, je fais front. Il me prend la main, me fait tenir le pieu et empoigne le corps de Bill tout en me criant d'arracher l'énorme épingle sanglante. Je tire, c'est atroce. Même avec la pluie, je sens la chair se plaindre. Ça lâche d'un coup, je tombe en arrière, je jette le pieu comme si c'était un serpent et me vomis dessus.

Quand je me redresse, Sky est déjà parti. Je me lève précipitamment en glissant et poursuis sa silhouette.

On court, j'ai l'impression qu'on tourne en rond. Luis nous montre une rivière, encore de l'eau, on file le long de la berge, plus vite. Plus besoin de faire attention au bruit, protégés qu'on est par le vacarme de la pluie.

Une tache sombre où tout le monde disparaît, étrange sensation d'être aspiré dans un trou noir...

Le silence, enfin presque : on entend encore la pluie mais de côté, comme une musique au loin.

C'est une grotte.

Sky allume une lampe torche. On se regarde tous, trempés, luisants ; on dirait des statues fraîchement sorties du vernissage. Il y a Luis, l'autre Indien – petit, trapu, fort comme un ours, un visage large aux pommettes hautes et des longs cheveux noirs qui lui donnent l'air d'un énorme Vietnamien, le modèle brute épaisse, format XXL. Il pose son équipement sur le sol, une mini-lampe calée entre les dents, et vérifie le tout rapidement avec une extrême précision, aussitôt imité par les autres : Tom Bethancourt – surnommé « Frog », parce qu'il passe son temps à expliquer que son nom est français et qu'il rêve d'aller en France sur les traces de ses ancêtres ; José Maria Hernandez – dit « 360° », pour son habitude de tirer dans toutes les directions au moindre accrochage (« Kill King Kong », dit-il ; très dangereux de se trouver trop près de lui). Quand il ne tire pas, c'est sa tête qui pivote en tous sens, comme en ce moment, où il s'éloigne en inspectant la grotte. Voyant son ombre portée sur la paroi, je pense aux trains fantômes du jardin d'acclimatation où j'allais, môme, et je me demande ce que 360° va rencontrer dans le faisceau de sa lampe.

« Je prends la première garde, remplace-moi dans quinze minutes, on reste une heure. »

À peine sa phrase terminée, Sky disparaît sous le rideau de pluie qui garde l'entrée.

« Deuxième tour pour moi », annonce Larry Greanbacker – alias « Patience », pour sa faculté d'attendre des heures le passage de l'ennemi sans bouger, sans un mot, quelquefois même sans respirer, toujours calme, voire glacial –, notre tireur d'élite.

À mon tour, j'inspecte mon matériel. Pas trop de dégâts. Les plastiques marron foncé des sacs de ration de combat ont bien protégé mes appareils. Je compte mes films.

« T'en as des bonnes ? »

C'est Frog, qui du menton indique mes pellicules.

« Des quoi ?

— Des photos. On va être célèbres.

— Je sais pas. Ça s'est passé tellement vite...

— En attendant, nettoie ton feu... on n'est pas encore rentrés ! » dit Patience, tout en activant la petite lampe à gaz qu'il a tirée de son sac.

J'avais oublié le pistolet. En le sortant de ma ceinture je le soupèse, bien lourd, étrangement rassurant...

« Normalement, c'est interdit pour un journaliste d'être armé.

— Ah ouais ? Et tu crois que les Viets, ils vont te demander ta carte de presse avant de te buter ?

— Évidemment que non, mais c'est un principe...

— Des principes, j'en flingue tous les jours depuis un an, Frenchie.

— Mais tu te bats quand même pour quelque chose !

— Je me bats pas, corrige froidement Patience. J'égalise. »

Comme dans une pièce de théâtre, rideau. Le silence s'installe dans la grotte. Chacun s'enferme dans ses pensées. J'observe ces hommes aux yeux vides, ces visages à l'envers occupés à se retrouver, tournés vers l'intérieur.

Et moi, où suis-je ? Quelle est ma place ? Celle de l'arme, ce colt 45, lourd, qui pend à ma ceinture et qui me lie à eux ; ou celle de mes appareils photo qui pendent à mon cou et qui me mettent à part, à distance de ces hommes ?

« On n'est pas tout seuls ! »

Tout le monde sursaute, c'est 360° qui réapparaît derrière le faisceau de sa lampe.

« Il y a un macchabée au fond.

— Je me disais bien que ça puait, mais je pensais que c'était toi. »

360° ignore la remarque de Frog et continue :

« C'est un mec à nous.

— Qui ? Kentucky ? (C'est le surnom de l'interprète disparu qui devait son sobriquet à ses mollets de poulet et aux tics qui secouaient sa tête quand il était vexé – ce qui arrivait souvent : l'animal était susceptible...)

— Non, c'est un pilote, une huile. Lieutenant-colonel Dohonec de l'aéronavale », précise 360° en lançant sur les genoux de Patience les plaques d'identification du mort.

Puis, en se tournant vers moi :

« Frenchie, viens faire ton boulot. Pour une fois, ça peut nous être utile : tu vas lui tirer le portrait. Retiens ta respiration : il a beau être gradé, il pue comme tout le monde. »

Vision d'horreur, éclairée par la seule lampe de poche des trois commandos. Dans le silence qui prend possession des lieux, le bruit de l'obturateur du Nikon et l'éclair du flash paraissent énormes. Je prends une dizaine de photos. Le pilote est avachi contre la paroi, à moitié décomposé, son uniforme gonflé par endroits, une vilaine blessure à la jambe et une fracture ouverte au bras. Je ne peux m'empêcher de murmurer :

« Il a dû souffrir, avant de mourir...

— Amen ! T'as fini tes œuvres d'art ? Alors on se tire, il pue trop ! »

On retourne vers l'entrée, laissant le toubib récupérer sur le corps ce qu'il y a d'intéressant. C'est lui le scribe, l'intello, l'infirmier, bref, la maman du groupe. Raison pour laquelle, sans doute, ils l'ont appelé Gran'ma. 360° ouvre un paquet de rations de combat et, tout en mastiquant des crackers au fromage, il jette un coup d'œil circulaire.

« Ça me fait penser au bidonville où je suis né, à Puerto Rico. Et encore, ici, c'est vachement plus classe.

— Il y avait aussi un macchabée dans la pièce à côté, chez toi ?

— Pire : mon père, qui puait autant et qui nous tabassait, en plus.

— Alors, tu vois, t'es une vraie pub pour l'armée. "Engagez-vous, vous verrez du pays, vous serez logé dans le luxe avec un colonel comme invité"...

— T'es trop con. »

Et 360° disparaît à son tour, happé par la pluie mangeuse d'hommes.

« Je vais relever Sky. »

Pendant un instant je fixe ce rideau d'eau où Sky et 360° ont cessé d'exister. J'ai presque envie d'y aller, moi aussi, plutôt que de rester seul dans cette grotte avec la mort. Si jamais les autres partaient, les uns après les autres... Je pense si fort que je me paralyse, hypnotisé par l'image et le son de cette barrière d'eau qui me sépare de la nuit.

« Relever Sky », a dit 360°. Comme s'il était couché, c'est-à-dire mort.

Parce qu'on ne se couche pas, ici. On se repose assis, de peur que la mort ne nous prenne au mot. Et si Sky était mort, c'est toute la patrouille qui ne se relèverait pas.

C'est lui qui nous tient. Tout à coup, ça me paraît évident.

Mais pourquoi lui ?... Pourquoi pas n'importe lequel d'entre nous, après tout ? Pourquoi l'ont-ils choisi – car je vois bien qu'il a été choisi par les autres pour occuper cette place-là ?...

Merde, mais je suis pas d'accord, moi ! Cette grande carcasse d'Indien sorti tout droit d'un film de série B, il serait notre seul espoir ? C'est ridicule, c'est inacceptable. Et moi qui reste là, inerte, avec mes idées noires, aussi immobile que la racine qui serpente à mes pieds ! Il n'y a guère que mon ombre qui bouge, au rythme des sautes d'humeur de notre feu, ombre optimiste qui refuse mon immobilité, qui danse devant moi comme une strip-teaseuse. Je lui jette un caillou, elle me nargue et brusquement se fait avaler par une autre, énorme, qui bloque toute la lumière.

« Attention à ton ombre. Elle ment.

— Tu m'as fait peur.

— Il faut que tu pleures !

— Quoi ? »

D'un coup, sans prévenir, Sky bondit sur moi, me bloque les bras d'une clé dans le dos, et je sens sur ma joue le contact froid, mouillé, d'un stylo-feutre qui griffonne sur ma peau. Je me débats, il me lâche. Je bondis sur mes pieds.

« Tu m'as fait mal, bordel, c'est quoi ?

— Une larme. Ça fait toujours mal au début. »

Il recule, l'air rieur. Je frotte ma joue, qui me brûle.

« Frotte pas. C'est un bon produit, ça part pas. »

Les autres font cercle autour de nous en rigolant.

« Pourquoi t'as fait ça ?

— Parce que tu refusais de pleurer, Little Wolf.

— Little Wolf... ?

— Tu es comme les jeunes loups, tu mets tout dans ta rage et ta colère. Pleure, Little Wolf, pleure ! Te voilà baptisé. Tu peux faire partie de ma patrouille, maintenant ! »

Tout le monde a cessé de rire, on se regarde en silence. Je reste planté là comme un con, avec ma joue qui me cuit comme une gifle.

« Départ dans cinq minutes, dit Sky. Et range ton pistolet : il est trop tard pour t'en servir maintenant.

— Alléluia ! » entonnent les autres en enfilant les bretelles de leur sac.

Le froid de la pluie me saisit. On fonce dans la nuit, la jungle pleure sur ma fausse larme et j'ai un fou rire en courant derrière ce fou, je suis heureux parce que je suis fou et je suis Little Wolf et je cours dans la nuit. Ça va vite, très vite, je ne sais pas comment Sky se dirige, c'est irréel, on part à gauche puis à droite, on tombe, on se relève, on glisse à nouveau, il y a des mains qui nous soulèvent ; il a raison, ce putain d'Apache : on fait corps, on est un corps, je suis une parcelle de ce corps, j'acquiers les propriétés de tous, comme baigné dans une âme collective, le « mana ». On est un morceau d'humanité qui fuit en avant dans la nuit, une échappée sauvage qui peut cracher le feu et détruire tout sur son passage, même la pluie s'écarte devant nous.

Mon énergie débridée me donne l'impression que le sol est en pente, ma capacité à douter est restée dans la grotte, j'ai le mors aux dents. La terre n'a plus de relief, elle s'efface, elle nous laisse passer comme si elle avait peur.

« Stop ! »

Sky s'est figé, je lui rentre dedans, Luis me rentre dedans et ainsi de suite, on se regroupe brutalement.

« Dispersion ! »

Il n'a pas eu besoin de le dire, ses hommes instinctivement ont pris position de chaque côté, tous les dix mètres. Je regarde devant et j'essaie de percer le rideau de pluie qui me renvoie en cascade les lueurs de l'aube sur un horizon vert-de-gris.

Sky lance un sifflement, puis fait un signe vers l'avant. On avance très doucement. Son arme est passée de l'épaule à la main, il l'enclenche, balle dans le canon. Je le suis de très près, boule dans la gorge, appareil photo dans la main, après une hésitation avec ce satané pistolet.

Il s'arrête de nouveau et s'accroupit, je sens les autres l'imiter. La pluie cesse net comme si elle aussi suivait l'Indien. Je prends mon arme, Sky me regarde, il a l'air féroce, presque heureux. Je me sens animal, tous les sens en alerte, libre, et je vois, je vois ce que l'Indien a senti.

La brume qui monte du sol après la pluie les enveloppe. Ils sont là. Il y en a partout, accrochés aux branches, éparpillés sur le sol, les arbres sont arrachés, décapités, tordus comme tous ces corps qui s'offrent à nous. Il y en a des dizaines, morts, brûlés, figés, cassés, disloqués, grotesques, terrifiants, plus que des morts, ils sont seuls, abandonnés, des morts orphelins.

« C'est qui ? »

La question m'échappe et griffe le silence.

Sky reprend très doucement la progression. On enjambe les corps, on contourne ceux qui pendent aux arbres. J'entrevois les autres qui zigzaguent de chaque côté entre les cadavres, il y en a des centaines, c'est l'apocalypse. Sky se fige encore et, accroupi, observe. Devant nous s'étire une large piste. Des dizaines de véhicules sont là, des tanks, des camions, des Jeep carbonisés avec des corps brûlés, tordus, entassés, pendus. J'ai jamais vu autant de morts. Ce sont des Viets. « Qui a fait ça ? »

Pas de réponse. On progresse prudemment, patrouille de spectres au milieu des morts. J'ai l'impression d'entrer dans une église.

Sky murmure quelque chose, je ne comprends pas, mais ça me rassure, c'est entre la prière et le chant, très bas, continu, sans aspérité. Je veux en faire partie, je me glisse entre eux, trompant le silence, c'est en paroles que j'avance. On tourne en rond, on se croise et se décroise. Sky ne sait plus quoi faire de sa patrouille. Il se tourne vers moi, il a les yeux pleins de larmes, il me fixe, touche le dessin sur ma joue. Je repousse brutalement sa main. Ses hommes approchent. Je les observe un court instant, eux aussi ont quelque chose dans l'œil – on dirait qu'ils ont les yeux vernis, une patrouille au regard de diamant échange des éclairs.

« Dispersion ! dit Sky, puis, se tournant vers ses hommes : Trouvez-moi des cartes, des papiers, allez aux renseignements, rassemblement ici dans quinze minutes et on décroche. Le Loup, tes photos sont les bienvenues. »

Cette condescendance pour ma seule raison d'être ici me donne envie, pendant une fraction de seconde, de le tuer sur place.

Mais l'Indien me tourne le dos, et ma colère s'écrase dessus. Il faut un visage pour la haine, la mienne me rebondit en pleine figure. Je reste figé un instant, puis je commence mécaniquement à enjamber les morts, clic clac, jc photographie, l'obturateur résonne dans ma tête. Comme je hais la photo à ce moment-là ! Si j'osais, je tirerais sur ces morts pour les punir d'être si nombreux, si seuls.

« Mais qui a fait ça ? »

En se tournant, Sky trouve ma rage intacte, j'ai envie de lui casser la gueule, il soutient mon regard et, provocant, presque rieur, il répond :

« C'est toi, c'est nous... »

Je lui fonce dessus, il esquive et je finis emprisonné dans une clé – mortelle : il n'a qu'à exercer une petite pression pour me briser le cou. Mais il ne me tue pas, il m'assassine en bloquant ma rage.

« On a une voiture pleine de documents ! » crie un des hommes, et Sky me lâche aussitôt pour le rejoindre.

Je les observe de loin en portant la main à ma joue en feu.

« Putain de larme, putain de guerre ! »

Quelques photos me délivrent de ma solitude.

Responsable ou pas, qui va nous croire ? Si on ne nous croit pas, on restera seuls avec notre persistance optique. Des milliers d'hommes tourneront en rond, aveugles à leurs souvenirs, incapables de raconter : des muets de guerre.

« On décroche ! » crie Sky en faisant du bras un geste circulaire au-dessus de son casque, d'où dépasse une grande plume d'aigle emmêlée dans sa chevelure.

On quitte les morts et je me retourne, comme pour être sûr de n'avoir pas rêvé. Mélangés à la nature, je les distingue à peine.

Je cours rejoindre la patrouille qui disparaît déjà. Personne n'attend personne, ici. On s'éloigne à fond de train. Je m'intercale entre Sky et Luis. Ils dégagent une puanteur de fauves, une odeur de transpiration, d'uniformes moisis et crasseux ; effluves familiers et rassurants qui nous unissent dans l'effort.

Après une journée d'errance, on s'arrête près d'une rivière, un ruban marron qui traverse la jungle.

« Bivouac en cercle, deux sentinelles en embuscade. On décroche à cinq heures, rendez-vous avec "Big Green" à six heures. »

Sky vient d'annoncer le programme, le radio sourit de toutes ses dents, confirmant ce qu'il vient d'entendre par la voix nasillarde du PC.

« Wolf, tu restes avec moi ! »

L'Indien s'installe dans un berceau de racines monumentales, appuyé contre un arbre géant, enlevant son casque, libérant sa chevelure ; je m'assois près de lui en le gratifiant d'un coup d'œil en coulisse. Mais que fout ce sang-mêlé d'Apache dans cette guerre ? Il a dû deviner ma curiosité. Après avoir échangé des rations dégueulasses avec moi, il se lance dans un long monologue, un murmure interminable qu'il lâche en sourdine, l'œil clair fixé sur la rivière qui emporte ses paroles. On est appuyés l'un contre l'autre pour lutter contre le froid de la nuit.

« J'ai pas choisi d'être ici, tu sais... C'est mon destin qui va trop vite. Il a le mors aux dents, il m'a fait tomber de ma vie...

« Ma mère est apache, une vraie Chiricahua. Une princesse... Les Chiricahuas, c'était la tribu de Cochise. Une longue histoire de résistance contre l'homme blanc... Mon père était écossais, deux mètres, un roux aux yeux gris... Quand il est mort, j'avais cinq ans. Ma sœur, quatre. Un accident de voiture. Mort sur le coup... Moi, c'est plus long. »

Il rit doucement, puis se tait ; un oiseau pousse un cri tropical. Je frissonne et j'écoute la jungle qui bruisse, s'ébroue, et par moments se tait, comme si elle attendait la suite. Mais Sky s'est tu. Son sourire s'est figé, il a le regard vide. La rivière devant nous, qui brille faiblement dans cette nuit chlorophylle, se reflète dans ses yeux, une lueur qui danse sur ce visage figé dans le passé. Je partage ce silence avec lui. J'attends. La rivière voit le ciel, la jungle s'est arrêtée juste pour la laisser passer. On est en lisière de la végétation. Les singes crient, impatients. L'Indien frissonne, je sens frémir son épaule contre la mienne, la parole qui s'annonce.

« C'était un accident. Écrasé dans sa voiture, trop d'alcool... Mon père avait une “situation” dans le pétrole, de l'argent... Le pétrole, la base du napalm... C'est ce qui a bousillé tous les types qu'on a vus tout à l'heure ! »

De nouveau un rire, mais plus fort, presque dément. Ses dents très blanches brillent, les singes se déchaînent, ils lui répondent.

« Écoute ces singes : ils se moquent de moi, de nous, ils savent bien que les animaux, ce sont eux...

— Et nous ?

— On n'est plus rien, ni hommes ni bêtes... des tueurs vides, vidés... Oh ! je sais, je suis un très bon tueur, je fais ça très bien. L'ange de la mort... un ange sans ailes qui tourne en rond dans cette putain de jungle...

« On vivait à Washington, la ville de ceux qui décident les guerres mais qui restent chez eux... Après la mort de mon père, ma mère est retournée dans la réserve. C'est là qu'elle avait connu mon père, quand il s'occupait des forages sur le territoire chiricahua. On m'a élevé comme un Indien... un Indien blanc trop grand, les yeux trop clairs... C'est mon nom : les yeux de ciel. Sky Eyes... On m'a appris à chasser... Et, plus tard, je suis devenu “horse breaker”.

— *Horse breaker*, c'est quoi ?

— Tu captures un étalon sauvage et tu en fais un cheval... Tu sais, “l'ami de l'homme”. J'adorais ça... j'étais aussi bon qu'ici. »

Il sourit. Je le regarde, c'est un vrai sourire, presque doux.

« Une fois que tu as repéré l'étalon dans la horde, tu cours vers lui. À pied, comme lui. D'égal à égal... »

Un long silence. Un bruit différent se fait entendre juste derrière nous. Sky se tend, moi aussi. Les animaux se sont tus.

« Victor Charlie ! »

On s'allonge très doucement le long de la berge, on s'enfonce dans l'ombre. Je ne le vois plus. Son uniforme noir est parfaitement adapté à cette guerre, je maudis ma tenue kaki.

« Vous êtes là ? »

C'est Luis, qui s'est approché. Il est juste à côté de moi, je ne l'ai pas entendu venir. Ces types sont redoutables.

« Combien ? murmure Sky.

— Une dizaine. Deux groupes parallèles, à gauche et à droite, ils viennent sur la rivière.

— Regroupez-vous sur moi, on ne bouge pas. Et s'ils nous voient... Faucheuse ! »

J'entends Luis répéter « faucheuse », Sky arme son fusil d'assaut, j'ai l'impression que les battements de mon cœur vont réveiller toute la jungle. Je vais crever d'une crise cardiaque à dix-huit ans, vautré dans la boue à dix mille kilomètres de Paris, à côté d'un Apache...

Un bruit d'eau, ils traversent la rivière. La tête au ras du sol, je distingue en contre-jour de l'eau qui brille, le canon du M 16 de Sky qui les suit. J'ai pitié de ces petits hommes qui sont déjà morts mais continuent de marcher, de rêver, de respirer, pour quoi ? Je me prépare au fracas des armes. Ils s'éloignent, et... rien. Ils disparaissent dans la végétation de l'autre côté. Je suis presque déçu. Sky se cale à nouveau contre son arbre.

« Pourquoi t'as pas tiré ?

— Pour ne pas être repéré. L'opération est finie, on évacue demain matin. C'est comme si on n'était déjà plus là. »

La jungle s'anime, les singes réclament la suite.

« *Horse breaker*, dit doucement Sky, comme s'il retrouvait son rêve. L'étalon fuit en cercle, comme tous les animaux. Il trace une large boucle, qui revient toujours au point de départ... Alors, tu cours tout droit, un carré qui vient couper le cercle. On se croise, on s'observe... Et tous les soirs tu allumes un grand feu... Ça dure des jours et des nuits, à la fin c'est lui qui te cherche. Au crépuscule, tu sens sa présence au-delà du feu, comme les Viets tout à l'heure.

— Ici, il n'y a pas de feu.

— Ici, on tue... L'étalon, je veux seulement l'apprivoiser.

— Et pas les Viets ?...

— Pas mon problème. T'es communiste ou quoi ?

— Anarchiste.

— C'est quoi ?

— Comme ton étalon, sauvage. »

Je me garde bien de répondre.

« Le soir, tu sens la présence de l'animal. Finalement, il s'approche du feu, épuisé, seul, séparé de son troupeau, il n'a plus rien, sauf toi. Tu es son seul ami. Il suffit de lui sauter dessus... Affolé, il t'embarque au galop une partie de la nuit. Au matin, brisé, c'est ton cheval. Alors, tu peux commencer le dressage.

« Une fois, je me suis cassé la jambe contre un arbre en plein galop. J'ai pas décroché, et j'ai ramené une bête magnifique. C'est comme ça que j'ai eu droit à ma plume d'aigle...

— Je croyais que les Apaches n'avaient pas de plume.

— Une tradition cheyenne, qu'on a récupérée. Quand les sages jugent que tu es capable de décider de ta vie, ils prennent la plume centrale de la queue de l'aigle – celle qui lui sert de gouvernail. Et ils te la transmettent. Une grande cérémonie, avec toute la tribu. À partir de là, tu es maître de ton destin.

— Pas terrible, ta plume : tu fais quoi au Vietnam ? »

Pas de réponse. Je me demande si je mériterais la plume. J'ai choisi de foncer dans cette guerre, mais depuis j'avance en zigzag, de stupeur en stupeur. Pas vraiment maître de mon destin !...

J'ai l'impression que la nuit est encore plus noire, l'Indien s'est mis à se balancer d'avant en arrière.

« J'ai tué un flic quand j'avais seize ans », dit-il, et soudain je n'ai plus du tout envie d'entendre la suite.

Mais c'est trop tard. Les mots ont pris le pouvoir, sur le souffle, en douceur, comme pour tenir la distance. Ça va être long, je le sens, j'ai froid. La voix est chaude, enveloppante, comme si elle voulait protéger celui qui parle de ce qu'il est en train de dire.

« C'était en 1962. J'étais avec Luis, il avait dix-sept ans...

— Luis... l'Indien, celui qui est avec nous ?

— Oui. On était partis faire du troc à la “grande maison”, en bordure de la réserve. Par curiosité, on est allés dans le relais-bar à côté. Il y avait de la musique. Quand on est entrés, les gens se sont arrêtés de parler. On a dit bonjour, mais ils n'ont pas répondu. On a voulu regarder le juke-box : j'en avais jamais vu. On a demandé du lait, ils ont ri, nous aussi...

« Pendant que j'observais les disques bouger tout seuls, un type a saisi ma plume. Luis a voulu la reprendre, ils l'ont frappé au visage. Il était stupéfait. C'était la première fois qu'on lui faisait du mal.

« Les enfants indiens ne sont jamais punis. Ils sont joyeux, insolents, insupportables, ils grandissent sans les gifles, sans les cris... Luis ne comprenait pas ce qui venait de lui arriver, il n'était même pas en colère. Moi, si. Je ne sais pas pourquoi, mon sang écossais, peut-être...

« J'ai cogné, je ne savais pas que j'étais plus fort qu'eux. Un grand costaud m'a foncé dessus, j'ai tapé comme un sourd, il est tombé d'un coup. Sa tête avait une position bizarre, on aurait dit que c'était pas la sienne. Il y a eu un grand silence, plus personne ne bougeait. Moi non plus. Je sentais que quelque chose de grave venait de se produire. J'aurais souhaité que ce type se relève, je lui en voulais de rester allongé, j'avais presque honte... Alors, ils nous ont tous sauté dessus. Ils étaient gras, lourds, je cognais dans la graisse à tour de bras. Tout le bar était en l'air.

« Quand la police est venue, ils ont calmé tout le monde. Et puis ils se sont penchés sur le grand type, qui s'obstinait à demeurer à terre. Ils se sont redressés, ils m'ont regardé d'un drôle d'air... »

Le silence se prolonge, la nuit nous enveloppe totalement, la lune s'est couchée, la jungle aussi.

« Luis sent qu'il a une dette envers moi. La mort est notre lien, depuis ce bar, là-bas, dans l'autre monde. »

Sky a un drôle de rire, j'ai presque mal pour lui.

« Il paraît que dans la tribu ils ont fait de moi une légende, reprend-il. C'est le seul moyen qu'ils ont trouvé pour ne pas m'abandonner aux Blancs. Luis a gardé le contact avec eux, je sais que je suis le héros d'une de ces histoires qu'ils se racontent autour du feu, et qui les font rêver. C'est bien ainsi : grâce à lui, finalement, je suis devenu un vrai Apache...

« Tu vois : je te raconte Sky Eyes. Le tueur. Mais c'est l'histoire derrière qui a un sens. C'est pour cela que je ne veux pas d'image de moi, pas dans ta petite boîte. Je préfère que les Indiens l'inventent, mon image ; ils n'aimeraient pas celle du commando. »

Je me tais. J'ai l'impression qu'il manque encore un chaînon à son histoire, une étape au parcours qui l'a amené jusqu'ici. J'attends. Les yeux fixés sur la rivière, il reste un instant silencieux. Et puis la voix reprend, avec la même douceur, sans colère, sans haine :

« Tu sais comment ils ont fait de moi cette mécanique parfaite, comment l'armée transforme un meurtrier en tueur ?... Ce type, qui était mort... c'était un policier. J'aurais dû écoper d'une peine de mort, mais pendant tout le procès les Apaches ont fait le siège du tribunal. Alors, pour avoir la paix, ils m'ont donné trente ans, ou plutôt ils me les ont pris.

« Dans ma cellule je restais hébété, incapable de penser. Trente ans là-dedans, dans cette boîte de béton ! Je rêvais aux étalons. J'arrivais plus à respirer... C'est au moment où je n'en pouvais plus qu'on m'a demandé au parloir. Une visite. Un type au carré comme ma cellule, uniforme impeccable, médailles bien rangées sur la poitrine, gueule rasée de frais, regard délavé, sans couleur, sans expression. Sa bouche s'est ouverte et d'une voix sans signature, froide, en service, il m'a proposé – imposé plutôt – ma seule "chance".

« Le Vietnam ? Je n'en avais jamais entendu parler. Le deal, c'était de m'engager comme volontaire dans une unité d'élite : commandos de recherche et destruction en profondeur. Lurps. Entre six mois et un an de formation, et quatre ans au service de l'oncle Sam, où on s'arrangerait pour me faire tuer. La mort lente au trou, ou la mort violente à l'air libre. J'ai pas choisi, j'ai réagi. Six mois plus tard, ils sont venus me chercher. J'ai revu le soleil, j'ai senti le vent, rien d'autre n'avait d'importance...

« Le plus dur, c'est l'apprentissage de la mort. Tuer ! Tuer ! Tuer ! Ils n'avaient que ce mot à la bouche. J'en faisais des cauchemars. Je voyais l'instructeur ouvrir la bouche et c'est du sang qui en sortait à gros bouillons. Ils avaient un portique où ils pendaient des truies par les pattes, elles poussaient des plaintes horribles, agitées, énormes, roses comme une peau d'homme. Ils nous équipaient d'un couteau mais petit, trop petit – peut-être quatre centimètres. Un ordre, et il fallait se ruer sur la bête. La ceinturer d'un bras et la tuer avec cette petite chose pointue.

« C'est fort, une truie, ça gigote, ça veut vivre. Il faut beaucoup de coups pour la tuer, ça saigne énormément, plus qu'un homme. C'est gros, puissant. Le sang gicle, il t'aveugle, tu te noies dans cette matière visqueuse et puante, la vie qui fout le camp, les cris te vrillent la tête, tu sens la panique au creux de ton bras gauche, et du bras droit tu poignardes comme un fou parce que tu veux que ça s'arrête, c'est tout ce que tu veux.

« À la fin, la bête est morte, mais c'est toi la bête. Couvert de sang, agité de tremblements, tu es ce qu'ils veulent que tu sois : un bon tueur – enfin, presque. Il faudra recommencer des centaines de fois avant de ne plus trembler. Aujourd'hui, avec un poignard à la longue lame bien aiguisée, c'est tellement facile. Les hommes que je tue sont petits, si petits... Et mon couteau est si grand.

« Ces petits hommes qui veulent me tuer, je mets rapidement fin à leur misère. Je les annule, ils meurent sans un mot. Je sais où frapper. Et ça ne me fait rien. La truie ne m'avait rien fait, elle. Et c'est à elle que je pense quand je fais des cauchemars, pas aux hommes. »

J'entends... qu'cst-ce que c'est ? un rire, un sanglot ? Je n'ose pas me tourner vers Sky. On reste là épaule contre épaule, à laisser résonner l'écho silencieux de cette confession qui ressemble à une prière.

« Tu ne pleures pas, toi. Je me méfie de ceux qui ne pleurent pas. À moins que tu n'aies déjà trop pleuré avant de venir ici ?... Un jour, c'est toi qui parleras, alors écoute : il faut qu'un jour un Blanc raconte. Ça sera notre histoire, que tu le veuilles ou pas... C'est pour ça que je t'ai pris avec nous. Luis parlera aux Indiens, toi aux Blancs. Vous êtes les deux moitiés du métis que je suis... »

Il s'est tu d'un coup comme s'il était parti. La rivière reflète l'aube naissante. J'ai froid, je sens l'épaule de Sky contre la mienne. Le silence s'installe, on ne bouge plus ; bercés dans ces racines géantes, on se confond avec l'arbre.

« C'est l'heure ! »

Luis était là couché, tout près, je ne l'avais pas vu.

Sky ne fait pas un geste, ne répond pas.

Luis s'éloigne doucement. J'entends le mot « rassemblement » se transmettre. Des mouvements, les hommes se préparent. Ils sont prêts, ils s'arrêtent devant Sky, qui ne bouge toujours pas. Bande hirsute aux uniformes déchirés, farouches. Je les observe, ils sont tous là. Non, pas tous : il manque Bill, le Noir crucifié, et Kentucky, le Viet. Pauvre Bill, pauvre « Bluesman ». Je n'ai pas eu le temps de te connaître, je n'ai fait qu'entendre ta voix qui fredonnait des airs mélancoliques. Quant à Kentucky, il a disparu aussi vite qu'il se vexait. Peut-être qu'il n'est pas mort, qu'il a rejoint le camp d'en face, vexé, une fois de trop. En attendant, les quatre survivants nous dévisagent, Sky et moi. Luis hésite, puis, se tournant vers les trois autres, leur fait signe d'avancer. Ils partent comme à regret, j'ai presque l'impression qu'ils quittent deux morts, comme on marque un temps d'arrêt devant un cadavre avant de poursuivre son chemin. J'observe Sky, il murmure quelque chose, tremble, puis se lève brusquement.

« Allons-y ! »

Au milieu d'une clairière, Luis, le corps tendu vers le ciel, dirige par gestes un hélicoptère « HUE » qui vient nous « exfiltrer », comme ils disent. Torse nu, ses longs cheveux noirs défaits, on dirait qu'il pratique un rite indien. Plus haut, deux hélicoptères de protection tournent comme des aigles.

Moment dangereux, la récupération. Une fois le retour annoncé, la fatigue se fait sentir et prend la place du courage. Et puis il n'y a pas que nous, pour voir et entendre les hélicos : c'est une question de vitesse entre Charlie et nous. Si ça se passe mal, il faudra retrouver notre courage très vite avant que la peur, cette sœur de la fatigue, ne s'installe.

Ça y est, il est posé, on fonce. Sky arrive à reculons, le dernier, comme ces étalons qu'il me décrivait, et qui reculent en protégeant leur troupeau.

On vole. Le monstre vert de la jungle défile sous nos pieds. Luis chante à tue-tête, essayant de couvrir le vacarme de l'hélico.

« C'est le chant des aigles ! » hurle Sky en rangeant sa plume.

Et, comme il voit que je le regarde bizarrement :

« J'en ai plus besoin maintenant. Je la garde pour le monde des hommes, en bas. »

Je range mes appareils photo. On va redescendre, et j'en aurai encore besoin : ce sont mes plumes à moi...

Je repense aux morts laissés en bas, le corps crucifié de Bill, un beau gosse disparu à dix-neuf ans. Là-haut, dans ce ciel de mousson, les mots tournent en rond dans ma tête, ils se mêlent aux images de tous ceux qui ne pourront plus s'exprimer. S'élève alors une petite voix intérieure, timide, qui me demande, presque en s'excusant, de parler pour eux. Témoin muet, je m'accroche à l'idée que mes images vont parler à ma place.

Sous nos pieds, la jungle a laissé la place aux rizières. Je lève les yeux vers les autres. Sur les sept membres du commando, il en reste cinq, ils sont là en rang sur la banquette, battus par le vent qui s'engouffre par l'ouverture où se tient le mitrailleur. Sales, le regard agrandi par la fatigue, à moins que tous les morts qu'ils ont vus ne s'y bousculent. Ces yeux ne sont pas vides, au contraire, ils sont en surcharge. Je fais face à Sky. Ses longs cheveux noirs agités par le vent, son nez légèrement busqué : de profil, il fait vraiment indien. Immobile, il ne dit rien. Mécanique entraînée à tuer, hors jungle il n'a plus de raison d'être. À part le mitrailleur à la porte, qui peut encore tuer – et qui n'attend que ça –, le pilote qui fait voler cet hélicoptère transporte des gens hors service ; peut-être que moi, le témoin en devenir, ai-je encore quelque chose qui vibre, ces petites voix qui n'attendent que mes photos pour hurler...

Je songe à Saigon où je serai dans quelques heures. Capitale repliée sur elle-même qui tourne le dos à la guerre pour rester civilisée, sans grand succès. Ville de permissionnaires, de permissions, où tout est permis. « Sin city », la ville des vices, jungle urbaine où errent tous ces hommes hagards qui parlent et rient trop fort, ou qui ne parlent plus, suivis par toutes ces filles qui, pour quelques dollars, couchent mécaniquement avec ces robots. Pourtant, j'aime ce reste de civilisation échoué sur les rives de la guerre, où vivre n'est pas une simple habitude, comme dans ces villes de paix ancrées trop solidement à la civilisation.

À Saigon, on perd l'équilibre. Il faut savoir nager, l'épave fait eau de toutes parts, il faut garder la tête en surface pour apercevoir quelquefois une petite chose qui dépasse. Une île ? Non, l'amitié. Il faut s'y accrocher, ou faire la planche en attendant. C'est à ça que sert le « Brown », l'opium, fausse planche de salut, faux ami.

« BANG ! »

Je sursaute et mes appareils dégringolent sur l'acier du plancher. Je les récupère en urgence, prêt à tout mais pas à l'éclat de rire du commando. Je comprends alors que Sky m'a fait une blague. Il ne rit pas, moi non plus, on échange un regard pendant un court instant, je me tourne vers les rieurs, qui arrêtent de rire.

« Clic ! Clac ! » Ma seule réponse passe par une photo du groupe muet, leurs bouches encore bêtement ouvertes.

« Je vais vous apprendre un mot de français . “connards”. Vous êtes une bande de tristes connards. »

Mais ma colère retombe aussi vite que leurs sourires, le reste du voyage se finit dans le silence. Cet hélicoptère serait vide, ce serait pareil : il n'y a personne. Le mitrailleur se retourne comme pour vérifier qu'on est encore là et, comme s'il avait peur de nous perdre, il garde un œil sur nous, de profil, en équilibre entre deux vides : celui des hommes et celui des rizières, qui défilent.

On rentre.

On se pose.

On se sépare sans un mot.

Saigon. Et puis quoi ? Ah oui ! Mes films. Raconter, montrer, témoigner. Pauvres photos, si petites, si rectangulaires. Je trouve un labo, je les développe. Dans la chambre noire, sous cette lumière rouge sang qui éclaire le bac où mes tirages se révèlent lentement, ces photos noir et blanc apparaissent en rouge. Sky enfin n'est plus métis, il est cent pour cent apache. Je souris devant cette image qui naît devant moi, la jungle est rouge. Le massacre de l'unité viet surgit à son tour. Alors que là-bas ils n'étaient que de vieux morts crispés, brûlés par le napalm, ici, dans cette pièce, ils saignent.

Je rallume brusquement. Les traits se tordent sur le papier glacé, dernières souffrances avant de disparaître. Je pars en courant vers le bar du Continental retrouver d'autres couleurs que le vert et le rouge, j'ai besoin de voir celle du whisky (sans glace).

Ils sont là, tous les naufragés des conflits, accrochés au comptoir. Je manque de faire demi-tour, comme pour ne pas me heurter à un miroir. Serais-je aussi pathétique que ça ?

« Patrick ! »

J'aperçois Jean-Louis Arnaud, le chef de bureau de l'Agence France-Presse. Une île, un ami, calme, conseiller, une plume d'aigle, un homme qui suggère avec délicatesse la bonne direction. Je viens vers lui comme on rentre chez soi.

« Qu'est-ce que tu prends ?

— Whisky.

— Raconte... les LRRP, c'était comment ?

— ... »

Après un instant, où je sens son regard qui me perce, il baisse les yeux comme pour se parler à lui-même.

« L'autre côté ; t'as vu l'autre côté... Méfie-toi de toi ! N'oublie pas pourquoi tu es là : tu es journaliste...

— Mon cul ! C'est quoi, un journaliste ? Une carte de presse, c'est tout. Ce bar est plein de cartes. Je leur pisse à la raie.

— Tu as tort, il y a de grands journalistes ici.

— Ah ouais ? Je les ai pas rencontrés au milieu des morts !

— Attention : ne te fais pas un habit de lumière de ce que tu as vu. Reste spectateur. Tu es dans les gradins, tu n'es pas matador.

— Je t'emmerde !

— Moi aussi.

— On est d'accord, alors. À ta santé ! »

Enfin le rire. Un bon rire clair. Si fort que les autres s'arrêtent de parler et nous observent. Je les regarde, je me sens différent, métis à mon tour, ni journaliste ni participant, ni civil ni militaire, ni gai ni triste. En grand écart perpétuel.

« J'ai retrouvé l'Indien ! C'est un métis. Son histoire n'est plus la sienne.

— ... ?

— Un autre !
— L'histoire d'un autre ?
— Non ! Un autre whisky !
— Alors ?...
— Alors, merde !
— Bon, salut !
— Ouais, c'est ça ! Ciao ! »

Sky Eyes... Ce type est seul, et en même temps il est à la fois indien et blanc. Il déborde... Il y a ses yeux, si clairs qu'il a la gueule en contre-jour, ce n'est plus une gueule mais une silhouette, une ombre. Il y a bien une petite bougie : Luis, son ami, sa « famille », mais pas assez pour y voir clair. C'est au napalm qu'il faut l'éclairer. Je ne sais pas pourquoi ce con me met en rage. Pourtant, cette rage me fait du bien, comme si je retrouvais un frère...

Quoi, un frère ? C'est quoi, ces conneries ?... Un autre whisky, vite.

Il faut que je recherche Sky. Je l'emmerde et, ne serait-ce que pour ça, je dois le faire. Pour qui se prend-il à disparaître comme ça ? Moi, je suis là, on peut me trouver – enfin, d'accord, personne ne me cherche, sauf moi. Buvons à ce connard qui court après un destin que l'armée lui a volé. Une histoire dans l'Histoire, disait Jean-Louis. C'est vrai : me voilà à la poursuite d'un « fait divers » en pleine guerre du Vietnam.

Je ne sais plus si je parle ou si je pense tout seul, ni depuis combien de temps, mais soudain Sky est là, près de moi, et mon cerveau s'arrête comme un chien de chasse qui a senti le gibier. Les cheveux noirs épais, profonds, sont là, puissants, parcourus par les reflets du bar comme autant d'explosions dans un combat de nuit. Incroyable ! Il est là. Je suis content de le voir, mais ma joie me met en colère.

« Et alors ! Tu te crois malin ? Laisse-moi seul. Tire-toi ! »

Je le pousse violemment. Des cris de femme. Puis la voix du barman :

« Du calme, Patrick, qu'est-ce qui te prend ? Laisse cette fille tranquille !

— Cette fille ?... »

Retour sur terre en chute libre : ce n'était pas Sky, mais une jolie Vietnamienne qui, m'apercevant seul au bar, était venue m'aborder. La voilà complètement affolée, tripotant nerveusement ses longs cheveux noirs qui m'ont trompé. Je me sens con, ridicule, je marmonne des excuses et je pars dans un fou rire strident, stupide, hystérique. Il ne me reste qu'une solution : la fuite. Je replonge dans les rues de Saigon. Furieux, tordu par une rage aussi monstrueuse que non identifiée, je suis une mini-guerre à moi tout seul, à la dérive, je ne sais pas où aller.

« *Opium, sir ?* »

L'homme qui me parle est assis sur un pousse-pousse, il est en haillons, mais son regard est digne, dur, altier.

« *Yes !* »

Je n'ai jamais pris d'autres drogues que l'alcool, mais au moins ça me donne un objectif : l'inconnu.

On fonce dans les rues de Saigon, la nuit nous tombe dessus. Il court comme un dératé, la pluie se met de la partie, son pauvre tee-shirt moule ses maigres épaules où luisent les lumières de la ville, petit homme électrique qui n'a sans doute pas l'électricité chez lui, cette ville est tout en trompe l'œil. La pluie me renvoie à la dernière patrouille, je n'en veux pas. Je crie : « *Maolen ! Maolen !* Plus vite ! »

Il accélère. La pluie aussi.

« Stop ! »

Un barrage de police militaire nous arrête. Des MP nous demandent nos papiers, j'aperçois par-dessus l'épaule d'un des flics un cadavre de soldat au milieu de la rue, je descends.

« Presse ! Qu'est-ce qui se passe ?

— Encore un GI tué par la Tigresse : une balle de 45 mm dans la tête, comme les autres.

— La Tigresse ?... »

Le jeune MP a l'air effrayé par son propre récit.

« Tous les témoignages décrivent la même fille, en minijupe tigrée et tee-shirt rouge moulant. Elle aborde un soldat, parle avec lui deux minutes et lui tire une balle dans le front à bout portant. Ça fait le cinquième en un mois...

— Cinq en un mois ? dis-je en récupérant mes papiers. C'est une vraie patriote ! »

Satisfait de ma réplique idiote, je redémarre avec mon pousse-pousse qui ricane, laissant le jeune MP seul avec ses angoisses. À mesure que les rues défilent, j'ai envie de changer d'objectif.

« *No opium* », je dis.

Et mon cyclo, jamais à court d'idées, me suggère aussitôt :

« *Girls ?*

— *Yes, girls.*

— *OK ! Corsican !* »

Le Corse, bonne adresse pour ceux qui aiment ce genre d'endroit. Personnellement j'aime pas, mais j'ai une espèce d'indulgence pour le propriétaire de ce radeau de la Méduse. Sa boîte est infecte et lui l'est tout autant, mais sans aucun remords : j'apprécie sa franchise. Il est « dans le social », comme il dit. Je suis curieux d'avoir son avis sur la Tigresse – une autre histoire dans l'Histoire...

« Salut ! Et bienvenue ! Ce soir, t'es en veine : il y a des vierges !

— Toujours aussi immonde, Paul...

— Toujours aussi innocent. Viens, je t'offre la première tournée à ma table. »

Voilà, j'y suis, il ne manque rien : des putes, des militaires – viets et américains –, quelques journalistes aussi. Ici, dans cet éclairage glauque, saturé de fumée et de musique, la chair rencontre la chair, comme là-bas, dans la lumière sale de la jungle, le métal rencontre la chair. Rencontres, destins, je vois mon reflet dans un verre de mauvais whisky, ma tête s'embrume de vapeurs, les vibrations de la musique se transforment en tirs et en explosions, un cercle de fer et de feu m'emprisonne le cerveau, les rires de ceux qui m'entourent deviennent des cris, je ne vois que des bouches ouvertes sur les hurlements. Une douleur aiguë m'électrocute.

« Je suis touché, merde !

— Oh ! Reviens parmi nous ! »

Je sursaute, le Corse me regarde bizarrement.

« Excuse-moi. J'étais ailleurs.

— Ouais, t'étais dans la guerre. Touché ! C'est très touchant, mais tu ferais mieux de toucher la fille qui est à côté de toi, au lieu de vivre dans tes cauchemars. Éveille-toi à la vie, fils.

— C'est ça, la vie ?

— Parce que t'as mieux à proposer ? »

Je ne réponds pas. Je pense à Paris et me demande ce que je suis venu chercher dans cette guerre.

« Wolf ! »

Je me retourne, c'est Sky. Il est là dans sa tenue de sortie avec ses décorations plaquées sur la poitrine, immense, les cheveux en chignon, ses yeux gris qui rient... J'éprouve un vrai soulagement, d'un seul coup l'air semble respirable, je remarque même que certaines filles sont plutôt belles.

« Salut, l'Apache ! »

On s'installe dans un recoin de la boîte tous les deux avec un ami sûr : le silence, couvrant la musique qui nous encercle. Il nous lie, nous isole, nous protège. Alors on boit tranquillement. Mais, sous mes apparences de buveur tranquille, je sens monter la colère. Je m'en veux de cette espèce de complicité muette qui est en train de s'immiscer entre nous. Je m'accroche à mes angoisses comme à un trésor. Pas question de les partager. Je suis jeune, ma névrose est mon unique bien, mes questions sans réponse sont mes seules amies.

« Vous priez, ou quoi ? »

Encore le Corse, planté devant notre table. Un petit sourire lui coince la bouche, il tient deux filles par la main. Il me plaît, parce que je ne l'aime pas : c'est rassurant.

« Ouais ! On prie pour ta pauvre âme.

— Amen ! Je vous présente deux jeunes filles de bonne composition, qui cherchent à apaiser vos souffrances.

— Je passe, je suis pas d'humeur.

— Ton ami Geronimo est peut-être plus normal, demande-lui. »

Je me tourne vers Sky, mais le regard qu'il pose sur le Corse est déjà une réponse. L'autre repart avec ses deux filles.

L'Indien secoue la tête comme un cheval, s'accorde une gorgée de bière et entame un monologue qui m'est destiné.

« Dans la tribu, les enfants boivent aux seins de toutes les femmes. Elles sont toutes nos mères, et toutes les filles sont nos sœurs. Un jour, les Blancs comprendront ce qu'ils ont fait à cause de cette chose verte et rectangulaire.

— Le dollar ? »

Il vide son verre sans répondre. Les lumières du night-club se reflètent dans ses yeux pâles en flashes rouge vif, jaunes, verts, bleus, comme si un orage tropical explosait dans son crâne. Ce type est habité. Il a un destin.

Je regarde la piste de danse et je n'arrive pas à m'empêcher d'imaginer, en voyant ces soldats qui s'amusent et s'agitent, qu'ils sont déjà morts. C'est une question de jours. La jungle les attend, elle les réclame.

Pour l'instant, en cette année 1968, j'ai encore de l'admiration pour ces Américains qui ont mon âge, fils de ceux qui sont venus en France nous libérer des nazis. Ils trimballent ce glorieux passé sur leur drapeau et je cherche chez eux le signe des Justes. Mon père m'a parlé de leur courage, il s'est battu à leurs côtés, et je songe au destin qui m'unit à ces hommes vingt-quatre ans plus tard.

« Un soir dans la réserve, reprend Sky, j'ai senti une présence derrière moi. Je me suis retourné ; et sur un rocher il y avait un loup qui m'observait. Il avait quelque chose, comme une curiosité triste et sauvage... Tu me fais penser à lui. Nous sommes liés par la même rage, toi et moi ; frères de colère... »

Ma colère ? Elle commence à peine.

Il y aura plus de cinquante-huit mille morts chez ces soldats américains, sans parler des blessés que la guerre aura recrachés, moitiés d'hommes qui erreront à la recherche d'un travail ou d'un peu de reconnaissance, virés par la jungle et la mort, chômeurs de l'apocalypse, abrutis de souvenirs. Les morts seront plus veinards : ils auront le droit de finir sur un long mur de marbre noir qui reflétera les visages des survivants comme autant d'âmes en peine. C'est une Américaine d'origine chinoise qui a pondu ce mausolée : l'Asie gagne encore en imposant cette longue cicatrice de pierre noire dans National Park à Washington, signature violente de sa victoire, coup de sabre au cœur de la capitale des États-Unis, qui rappelle aussi les morts vietnamiens, plusieurs millions qui tiennent cette épée du souvenir.

« Alors, les philosophes ? »

Le Corse est de retour, flanqué de ses deux Vietnamiennes. Celle de gauche a la tête baissée. Elle est jeune, très jeune, trop.

« Il vous faut de la chair fraîche, mes amis. Regardez vos gueules : du sang neuf, pour les guerriers qui défendent Sodome et Gomorrhe. »

Sky reste muet, le visage sombre. Ses yeux lancent des éclairs mais ça n'a plus rien à voir avec les jeux de lumière de la boîte. Je me tourne vers le Corse :

« Parle pas de sang, ça nous rappelle le boulot. Et tire-toi. »

Il lève les yeux au ciel et, ne trouvant qu'un plafond aussi bas et dégueulasse que son âme, il s'éloigne.

« Attends ! »

Je sursaute : Sky a crié. Le Corse revient. Sky dit quelque chose en vietnamien et la plus jeune des deux filles vient s'asseoir à notre table.

« Elle a seize ans, elle est vierge, c'est plus...

— Laisse-nous », lance Sky au Corse, qui hésite un instant.

Je sens bouillir en lui la colère du propriétaire bafoué.

« Joue pas les durs, Paul ; laisse du mou : on est entre nous... »

Il hésite un instant, puis s'éloigne en riant. Penché sur la Vietnamienne, Sky s'adresse à elle doucement. Elle a l'air d'avoir un peu peur. Il y a du bruit tout autour ; pour s'entendre, leurs têtes se sont rapprochées, leurs cheveux noirs se mêlent, formant une masse sombre, brillante et ondulante, d'où sortent les voix d'une femme et d'un homme, comme si deux amoureux étaient cachés dans cette forêt de cheveux.

« Sky. Alerte ! »

Surpris, je lève les yeux. Luis est là, il paraît énorme et incongru dans cette boîte, il est en tenue de combat. Par réflexe, je regarde ma montre ; il est une heure du matin et on est le 31 janvier 1968. C'est le nouvel an vietnamien, l'année du Singe.

« Qu'est-ce qui se passe ?

— Je sais pas. Juste qu'on doit être opérationnel immédiatement. »

Sky se lève lentement. Je vois d'autres soldats quitter la boîte. Sky se tourne vers moi, rattache ses cheveux, met ses mains sur les miennes, les serre un moment sans rien dire, puis, dans un murmure :

« Attention, reste en vie. Et parle à la petite sœur : elle en a besoin. »

Après quoi, comme toujours, il sort de son visage un immense sourire carnassier, comme un prestidigitateur sortirait un lapin blanc, et disparaît, me laissant orphelin avec l'orpheline. Elle s'approche de moi.

« C'est quoi, ton nom ?

— Wolf !

— Quoi ?

— Patrick.

— Pâ-ti ?

— Si tu veux, et toi ?

— Dao. Tu danses ?

— Non. »

Cinq minutes plus tard, je danse un slow avec Dao. On ne dit rien. Elle parle très mal l'anglais. Ça me va : dans ma tête, il n'y a plus de place pour les mots. Je pense au vide laissé par Sky, à cette alerte, à cette fille, à ses seize ans. C'est pas possible, de la livrer en pâture à ces mecs, si jeunes soient-ils. Et puis je crois aux rencontres et Dao est là, dans mes bras, fraîche comme une brise dans cet endroit du monde où le napalm est roi. Fragile, Dao sera ma force. J'alpague le Corse au passage.

« Donne-la-moi.

— Elle te fait envie, hein ?

— Non, c'est pas ça...

— C'est quoi, alors ?

— Je veux juste qu'elle arrête ça. »

Le Corse me gratifie de son sourire de faux derche, celui qu'il réserve aux naïfs dans mon genre.

« Tu sais qu'elle fait ça pour nourrir sa famille : elle doit rapporter de l'oseille... D'ailleurs, j'ai aussi sa sœur – c'est même elle qui me l'a amenée...

— Combien, pour qu'elle ne vienne plus ?

— T'as pas les moyens.

— Je trouverai. Donne-lui une chance.

— La maison fait pas crédit. C'est la guerre : demain n'existe pas.

— Tu rigoles, ou quoi ? C'est pas la guerre, ici : c'est “l'arrière”.

— C'est encore pire.

— Allez, fais un beau geste...

— Pourquoi ?

— Pour rien, pour te regarder dans le miroir le matin.

— Mille dollars par mois. T'as dix jours, imbécile. »

Dix jours, c'est une éternité.

« Merci, vive la Corse !

— Ouais, embarque-la vite, avant que je change d'avis... il y a longtemps que j'ai cassé mon miroir.

— Moi aussi. Salut ! »

Je fonce dans les rues avec Dao collée à moi et je la ramène chez elle. Le pousse-pousse lui a traduit la situation, elle rit. On doit se retrouver dans l'après-midi pour aller au cinéma.

Rentré à mon hôtel, je m'examine dans le miroir et ne vois pas de différence notable. Je me demande où est Sky. Et puis c'est quoi, cette alerte ? Le 31 janvier est un jour de fête, ici ! Je me couche. Où est l'Apache ? Où dénicher mille dollars ?... Je m'endors dans un sommeil où réapparaissent les deux chevelures mélangées de Sky et de Dao.

Je suis réveillé par des cris et des coups contre ma porte.

« *Patrick ! We must go !* »

J'ouvre pour découvrir mon pousse-pousse, mon ami Trang, surexcité.

« Les communistes attaquent dans tout le pays. Ici, ils ont pris le quartier chinois et les ponts tout autour, ça se bat partout ! »

Le temps d'attraper mes appareils photo, je me retrouve filant vers Cholon, le quartier chinois. J'entends la bataille qui fait rage, les rues sont désertes et de grosses colonnes de fumée noire tourbillonnent dans le ciel, où le soleil tente de percer. Il est six heures du matin. C'est le début de l'offensive du Têt. Il y a des soldats qui courent partout. Trang me laisse devant un pont que les soldats sud-vietnamiens tentent de reprendre. Il y a des dizaines de cadavres, les explosions de mortiers et de grenades se mêlent aux tirs des mitrailleuses et des fusils d'assaut, une symphonie de mort où, en bon mélomane, je reconnais le son rageur et sec de la kalachnikov, l'arme des « autres », et celui, sourd, du M 16 américain. Rage contre puissance.

Ça y est, c'est la guerre en ville. Un véritable affrontement, les images pleuvent comme les balles et, dans mon innocence et ma jeunesse, je suis heureux. Je cherche l'Indien. Ça se bat à tous les coins de rue. Je cours, je fais de l'image, je cherche mon ami. Un groupe de marines aide les « dinks [1] » à défendre le pont ; ceux du Nord ont pris les rues du quartier chinois, tout le monde improvise. Pourtant, les Américains viennent d'annoncer, à travers leur commandant en chef, le général Westmoreland, que la situation était sous contrôle. Mais de qui ?

Je lis la peur sur les visages. Ce genre de surprise n'est pas prévue dans les manuels de guerre. Les Américains ne peuvent compter ni sur un appui aérien ni sur leurs canons. En ville, l'ennemi est partout. Ça se règle d'homme à homme, dans des petites rues que les Viets connaissent trop bien. Je vois des cadavres de civils qui ont été pris entre deux feux – dont toute une famille déchiquetée par un obus de mortier, cueillie en plein petit déjeuner à la porte de sa pauvre maison. Il n'y a plus de place pour la pitié, les combats redoublent, je fais film après film. Une rue plus loin, Eddie Adams prend une photo qui fera le tour du monde : le général Loan abattant en pleine rue un prisonnier nord-vietnamien d'une balle dans la tête. Cette photo le rendra célèbre, et contribuera sans doute au réveil de l'opinion américaine. Mais, pour l'instant, il n'y a pas de place pour la réflexion, seulement pour les réflexes.

« Foutons le camp ! »

---

1 Sud-Vietnamiens. Terme péjoratif.

Je me tourne vers le lieutenant américain qui vient de crier : « Quoi ? Qu'est-ce qui se passe ? »

Il me regarde, l'air halluciné, il a perdu son casque, il a une grenade à la main et son colt 45 dans l'autre.

« On dégage fissa, les VC sont en train de nous déborder par les rues adjacentes, on va se faire coincer ! Dégage, toi aussi : ils font pas dans le détail, trois de tes collègues ont été abattus ce matin. »

Charmant. Il a déjà déguerpi. Je vois un homme tomber, fauché par un tir qui semble venir de côté. Il a raison, on est dans la merde. Quelques soldats sud-vietnamiens continuent de se battre. Ils ont la rage. Pour eux, c'est une guerre civile, la pire de toutes. Je décide moi aussi de tenter un repli tactique, le plus dignement possible. Quatre claquements autour de ma tête et deux soldats qui me doublent, bâtis en athlètes et armés comme des porte-avions, mettent fin à mes velléités de dignité, je les double à mon tour, battant tous mes records.

Le bout de la rue est en éruption, un barrage d'artillerie me coupe la route. Je me précipite dans une ruelle et passe à la vitesse adrénaline pure, penché en avant, coudes au corps. J'arrive à un coin de rue, le choc est énorme, ma tête explose. Je suis projeté au sol, complètement sonné. Je lève un regard abruti vers la rue et je m'aperçois avec horreur que je viens de télescoper un Viêt-cong. Il est là, étalé sur le bitume, son arme projetée à côté de lui, il me regarde, l'air aussi ahuri que moi. Le temps, cette chose élastique, vient de s'arrêter. Tout est immobile, nos corps, nos cerveaux, enfin, ce qu'il en reste. Il se ressaisit, tend la main vers son arme, je lève les bras dans un geste d'apaisement, j'ouvre la bouche, il en sort un son inconnu, entre croassement et chuintement ; pourtant, mon intention était de lui signaler ma qualité de journaliste français, mon cerveau n'a pas réussi à transmettre ne serait-ce que le B de « *Bao chi phap* », le mot magique.

Le Viêt-cong a récupéré son arme, j'ai refermé la bouche pour lui montrer mes appareils photo. On se relève. Ses yeux ne sont plus que deux fentes noires, dures, il va tirer, j'en suis sûr.

« *Bao chi phap !* »

Ça y est, c'est sorti. Le temps qui venait de s'accélérer s'arrête de nouveau. Sans doute épuisé, il reprend son souffle ; moi, je me demande si ce n'est pas mon dernier. L'autre me fixe, je le fixe, il y a trois points noirs menaçants : le rond du canon de la kalachnikov et les deux fentes de ses yeux, mais je suis fasciné par le sang très rouge et très frais qui sort de ses cheveux et coule doucement sur son front, je crois qu'il ne sait pas qu'il saigne ; quand il va s'en apercevoir, il va être de très mauvaise humeur...

« Je m'en vais, OK ? »

Je lui parle en français, j'ai peur qu'il ne me prenne pour un Américain, je lui désigne la rue par laquelle j'ai l'intention de partir. Il ne répond pas, ne tire pas, ne bouge pas, seul le sang continue sa lente descente vers son nez.

« *Go ! Go ! Maolen !* »

Il agite son arme en me criant de foutre le camp, et vite. Du coup, j'hésite, puis finalement je m'éloigne aussi calmement que possible, tendu comme un arc. J'ai une démarche de robot, j'ai l'impression qu'il va me tirer dans le dos, que les balles me traversent les omoplates et la nuque. Je me retourne, il n'est plus là, les bruits des combats alentour sont de nouveau enregistrés par mon cerveau. Le temps a repris sa vitesse de croisière avec sa bande-son originale.

Ça continue de se battre partout, je reprends ma course, un peu plus prudent mais vivant, saisissant le battement de la « minute heureuse », celle où le Viêt-cong n'a pas tiré. Je me sens fort et invulnérable, c'est idiot, mais ici la chance est la seule concurrente de la mort.

À la fin de cette journée mouvementée, j'échoue au bar de l'hôtel Caravelle, débarrassé de mes images à vendre mais pas de celles qui me collent au corps. J'entends des conversations autour de moi qui racontent cette journée de folie, cette date qu'on appellera plus tard la « mini-offensive du Têt ». Violente et courte, belle offensive qui a mis les politiciens dans tous leurs états. Ils se sont trompés sur toute la ligne, c'est un joyeux pied de nez à ceux qui croyaient que tout était joué. Saturé du confort du Caravelle, je sors retrouver mon pousse-pousse et j'entreprends d'écumer Saigon, avec en tête une question lancinante : Où est l'Indien ?

Pour faire la tournée des bars, j'inverse les rôles : je mets Trang sur le siège et c'est moi qui pédale, j'ai besoin de dépenser mon trop-plein d'énergie. Il rit aux éclats, vautré à l'avant comme un pacha ; moi, je m'échine sur les pédales.

Et voilà : Sky est là, debout dans un coin du bar, souriant, entouré d'une poignée de commandos. Ils viennent tous de Dak To, le camp des forces spéciales près de la frontière du Laos, la base de la 101e division aéroportée, sur un des axes de la piste Hô Chi Minh, par laquelle les Nord-Vietnamiens viennent infiltrer le Sud à cinq cents kilomètres de Saigon. Les événements vont tellement vite, ici, que leurs corps sont là à boire des bières, mais leurs yeux sont restés dans la guerre, comme pour être sûrs de ce qu'ils ont vu. Mon pousse-pousse les observe, inquiet, comme la plupart des soldats de l'armée régulière, pour qui ces commandos forcent le respect et la crainte, des demi-dieux sacrés, inabordables. Je trinque avec Sky sans un mot.

« Opium ? »

C'est Trang qui continue avec son idée fixe. Je tourne les yeux vers lui, il me propose des prix, une bonne fumerie. J'ai soudain envie de quitter cet endroit, ne plus sentir le sol vibrer au son des explosions sous mes pieds, même s'il s'agit seulement des vibrations de la sono.

Sky part avec moi, laissant derrière les zombis du bar. Un dernier regard en arrière, je les vois tous alignés le long du comptoir, blêmes, sans regard, des morts qui se soûlent, une transfusion d'alcool à la place du sang.

Sky, comme moi, s'est mis sur un vélo, nos deux pousse-pousse hilares nous dirigent dans les rues pluvieuses de Saigon, à quelques minutes du couvre-feu. Il faut faire vite, on se lance dans une course. Tout le monde rit et pourtant c'est l'heure dangereuse, des ombres vont bientôt circuler en ville : les miliciens, la police et les militaires nerveux vont jouer à cache-cache avec elles, il y aura des morts, des erreurs. C'est l'heure où, fatiguée par les combats, Saigon titube.

On y est. C'est là, chez Mama Schoume, une petite pièce éclairée à la bougie, belle lumière couleur miel renvoyée par des nattes en bambou qui séparent les alcôves. On s'assied sur des coussins, Trang négocie le prix, car tout se négocie au Vietnam, sauf la paix. Sky sourit comme un gamin qu'on emmène au cinéma, je le regarde à la dérobée, il se tourne vers moi et en riant me dit que c'est un bon endroit pour avoir une vision.

Une jeune Vietnamienne nous invite à nous allonger dans une petite pièce où nous attend tout le nécessaire : deux pipes, trois nattes, du thé, encens et bougies, un univers de douceur. La fille s'allonge sur la natte du milieu et prépare l'opium en faisant tourner la boulette noire entre ses longues mains. Les lueurs des bougies caressent son visage, l'opium en place dans la cheminée de la pipe grésille sur la flamme de la lampe, l'odeur âcre, sucrée, entêtante, envahit la pièce. Tout est silencieux, la Vietnamienne est délicate et précise, muette et concentrée, une de ses épaules, dénudée, montre une peau douce et dorée.

Elle me tend la pipe, je tire dessus et m'étouffe, brisant l'ambiance par une toux de vieillard cacochyme. Sky rit, elle aussi, en se cachant le visage. C'est au tour de l'Indien, il tousse également ; de derrière la cloison de bambous, quelqu'un râle et réclame le silence. On rit sous cape, un fou rire de gosses en mal d'interdit. L'opium est entré dans notre système et nos corps nous quittent.

« Nous sommes des chasseurs de nuages ! »

J'entends la voix de Sky comme si c'était la mienne, un chant monocorde et lancinant qui vibre sur une seule note, celle du souvenir :

« Souvent, là-bas, dans l'autre monde, je prenais un étalon sauvage et je mélangeais nos folies. On s'envolait au galop pour attraper les nuages, les jours de grand vent : on galopait pour chasser leurs ombres, qui filaient sur le sol... C'était une course avec les dieux. Tu es sûr de perdre, mais tu joues avec eux, et tu te sens plus grand. La puissance du cheval te transforme, tu hurles, tu cours avec le vent, une joie incroyable, tu retrouves quelque chose qui n'existe plus, en jouant avec les dieux sous le ventre des nuages. Cette sensation-là... »

Il s'interrompt un instant avant de reprendre, d'une voix plus sourde :

« Cette sensation-là, je la sens revenir parfois, dans les combats. Mais la joie, Wolf, je l'ai perdue. Peut-être parce qu'il n'y a pas de ciel, dans les forêts du Vietnam · on vit privés du regard des dieux... »

Un long silence, puis :

« Tu m'écoutes ?... »

Je ne réponds pas, je n'ai aucune envie de retrouver ma voix. C'est finalement lui qui retrouve la sienne :

« Dao est belle. C'est une petite sœur, abandonnée elle aussi, protège-la... »

La jeune Vietnamienne qui officie à la cérémonie reste muette, les yeux baissés, un vague sourire flottant sur ses lèvres. Sky semble lancé dans la chasse à ses nuages personnels.

« Je n'ai jamais connu de femme, dit-il enfin. Je n'ose pas, je ne suis pas prêt. Mes mains, chaque fois qu'elles touchent une peau, c'est pour tuer. Je n'ai caressé que mes frères, les chevaux. »

Je ne suis pas sûr d'avoir bien compris ; il me parle de sa sœur, de sa mère, il s'enferme dans un monologue, et je demeure solitaire, mal à l'aise, j'en perds mon opium. Je tourne en rond dans ma tête, incapable d'échapper à moi-même, je tente de me lever. Un hurlement, et une main qui m'attrape, puissante, autoritaire, presque désespérée. C'est l'Indien.

« Reste. »

Je me force à le regarder. Il est torse nu, le corps couvert de peintures de guerre, rouges et noires, assis bien droit. La lueur de la bougie joue avec sa musculature, il se balance d'avant en arrière, il se met à chanter, un air de guerre apache. La jeune Vietnamienne, si petite à ses côtés, le fixe, elle lui tient la main, elle commence à se balancer elle aussi, il faut absolument que je me barre.

« Reste, le Loup ! J'ai une vision qui arrive... »

Et il éclate d'un rire de dément.

« Je sais pourquoi les Viets pissent dans les jarres !

— C'est ça, ta vision ?

— On a jeté des milliers de petits émetteurs avec des capteurs qui réagissent à l'urine, tout le long de la piste Hô Chi Minh. Quand une division nord-vietnamienne passe à côté – et des milliers d'hommes, ça pisse un maximum –, le signal se déclenche à l'état-major. On n'a plus qu'à envoyer les bombardiers. Ils ont fini par comprendre, alors ils pissent dans des jarres ! Les camions vont se planquer à l'écart, nos avions bombardent leurs pots de chambre et ne tuent que les cons de chauffeurs qui ont écopé de cette mission de merde. »

Sky recommence à rire comme un gosse ravi de son histoire. La Vietnamienne rit également, finalement moi aussi.

« Tu parles d'une vision !

— C'est pas une vision : c'est un truc qu'on m'a raconté l'autre jour...

— Ta vision, alors ?

— Je sais pas. »

Il se referme, et reprend son balancement hypnotique un moment avant de murmurer doucement :

« J'étais en prison. C'était il y a longtemps, mais tu étais là ; c'est bizarre... »

Quelqu'un nous sert du thé et on s'endort doucement, j'ai juste le temps d'apercevoir Sky qui repose, un grand sourire oublié sur son visage, la Vietnamienne blottie contre lui, frère et sœur dans le sommeil. Il a l'air d'un gosse.

Le lendemain, la tête à l'envers, je vais prendre mon petit déjeuner au Continental. Un seul sujet de conversation court de table en table : la Tigresse de Saigon. Elle vient de faire une nouvelle victime. C'est devenu sa guerre. Une petite guerre détachée de la grande...

Les hommes ont l'air inquiet, déstabilisé : il semblerait qu'elle tue tous ceux qui vont voir les putes. Ils sont tellement nombreux ici, ça promet d'être un massacre ! Le plus drôle, c'est que maintenant toutes les putains s'habillent comme elle. Les commissariats ont arrêté des centaines de suspectes, toutes en jupe tigrée et tee-shirt rouge. Les flics deviennent fous, c'est la révolte des gagneuses, un Mai 68 anti-proxos. Je me marre en pensant au Corse. Le plus dingue, c'est que certains soldats en mal de sensations fortes ne veulent plus coucher qu'avec des filles déguisées en Tigresse : la roulette russe, version X...

J'ai rendez-vous avec la petite Dao pour le déjeuner, puis on ira au cinéma. Le calme de ce petit bout de femme qu'on tente de protéger m'étonne et me fait du bien. Autour de nous la tempête menace, il y a encore des combats dans Saigon et l'offensive du Têt se propage à tout le pays. Une inondation de mauvaises nouvelles submerge les « five o'clock follies », la conférence de presse quotidienne de l'armée américaine.

Dao et moi sommes hors du conflit, une île minuscule perdue au milieu de l'effervescence de cette guerre qui est en train de passer la vitesse supérieure. On fait du shopping dans les boutiques désertes ; elle rit, rassurée d'être ce qu'elle est, une adolescente qui s'amuse sans arrière-pensées. Je m'accroche à ce moment d'illusion, je sais que ce soir elle sera chez le Corse et moi à la guerre. Mais, pour ce court instant, le temps est notre complice et avance tout doucement pour ne pas nous réveiller.

Cette nuit, je partirai. Je filerai à deux cents kilomètres/heure dans l'hélicoptère qui m'a été désigné, départ à dix-huit heures trente, « zulu time », pour être précis.

« *Maolen, maolen... !* »

Le chauffeur de taxi se tourne vers moi, je suis assis à droite dans la petite quatre-chevaux bleu et blanc qui m'emmène à mon rendez-vous à l'aéroport de Ton Son Nhat.

Je répète :

« *Maolen* !... Pourquoi tu roules si lentement ?

— Pas bon : il n'y a personne sur la route ! répond-il, l'air inquiet, en scrutant les abords des faubourgs de Saigon.

— Accélère ! J'ai rencard, merde ; et si on rate le vol de ce soir, mon autorisation n'est plus valable.

— Vous allez où ?

— Biên Hoa, la base de combat.

— Biên Hoa pas bon ! »

Sans égard pour son inquiétude, je vérifie mes appareils photo et refais l'inventaire de ma musette, rations de combat, trousses de secours, films, poncho, etc. Je suis prêt. Heureux de quitter Saigon pour retrouver une nouvelle patrouille avec Sky, en plein territoire Viêtcong, là-bas dans les collines. Je me sens fort, invulnérable. J'ai dix-huit ans. Une étrange intuition me sort de ma rêverie. Je me tourne vers le chauffeur, son visage semble vouloir le quitter, il est gris. Sa peur est palpable, un craquement sourd me fait regarder la route, mon cerveau se paralyse. Des boules de feu labourent l'asphalte et foncent sur nous à une vitesse effrayante. Je hurle, en lui agrippant le bras :

« Barrage d'artillerie, dégage ! »

Il paraît se réveiller et fait la seule chose à ne pas faire : il freine, et il cale. Sa panique m'atteint une fraction de seconde avant l'obus, comme si elle courait devant l'explosion. Je perçois un souffle brûlant. Le chauffeur est orange. Une main géante me compresse. La voiture se soulève, un craquement me transperce le crâne d'une oreille à l'autre, j'ai une pensée idiote : « Je vais rater l'hélicoptère. »

Et puis plus rien.

Un vide indescriptible, un noir épais, gluant, profond, où je me noie. Je disparais. Je n'existe plus. Je suis mort. Le jeune et fringant photographe n'est plus. Zappé, avant même de partir en opérations.

« Vous m'entendez ? »

J'ai l'impression que la voix m'arrive de très loin, à peine compréhensible. Une langue étrangère, dont je ne saisis qu'un vague écho. Je voudrais répondre, mais j'ai un sifflement qui me traverse la tête. J'ouvre les yeux. Des fantômes, silhouettes blanches nimbées de coton. C'est l'odeur qui me met en alerte. Je suis dans un hôpital. Ces silhouettes sont des médecins. Je l'entends, maintenant, ce toubib emballé de gaze, mais ma voix refuse d'obéir. Pourtant, j'ai des questions. Les souvenirs me reviennent par à-coups, comme la douleur, qui s'empare de mon corps. J'avais rendez-vous avec un hélicoptère sur l'aéroport de Ton Son Nhat pour rejoindre les lurps. Je devais suivre l'Indien en opérations. Après, il y a eu ces tirs sur la route, une flamme, un cri – le mien ou celui du chauffeur –, puis d'autres cris. Un hôpital, où un médecin tentait de me parler. Du sang, des blessés, le néant.

« Qui êtes-vous ?... Qu'est-ce que j'ai ?... »

L'espèce de grincement qui sort de ma bouche me fait peur.

« Je suis le docteur Brion. Vous êtes à l'hôpital du Val-de-Grâce, à Paris.

— ... Paris ? »

Encore cette voix ridicule. C'est pas possible, c'est pas moi qui m'exprime. Je ne suis pas à l'endroit où je devrais être. J'ai raté un épisode. J'ai perdu un morceau de ma vie. Le médecin m'en parle comme si c'était lui qui l'avait retrouvé, avec l'assurance d'un nouveau propriétaire. Il me rend, par petites phrases courtes et précises, ce bout d'existence égaré.

« Vous avez été blasté il y a trois jours, en Indochine. »

Je le corrige :

« Au Vietnam. C'est le Vietnam. Sans ça, ça ferait vingt ans que je suis dans le coaltar. »

Je crois deviner un sourire. J'enchaîne :

« C'est quoi, "blasté" ? »

Il m'explique que le « blast » est une forme d'état de choc dû à l'impact de l'explosion, qui compresse l'air et tout ce qui le respire dans un rayon de plusieurs dizaines de mètres. En résumé : j'ai eu le cerveau compressé, j'ai perdu connaissance. Selon le degré du blast, les dégâts neurologiques sont réversibles, ou non. Quelquefois mortels. Rapatrié en urgence à Paris, je suis en observation.

Attendre.

Les médecins ne se prononcent pas.

Après quelques jours, ma vue et ma parole reviennent. Événement troublant. Je décide d'emmagasiner tous ces mots qui me sont rendus peu à peu : mieux vaut faire des réserves, on ne sait jamais. Ma tête est prise dans une tempête, une question revient régulièrement, comme le signal d'un phare au loin.

« Qu'est-ce qu'ils sont devenus, les autres ? Sky et sa section... ? »

Mais ici mes questions n'intéressent personne. La section, c'est l'autre monde. Ici, c'est Paris – et encore : je suis en salle d'attente. Paris, c'est dehors. Par la fenêtre, j'entends vaguement sa rumeur, à travers les bourdonnements de mes tympans percés.

« Vous avez de la chance... »

Libéré après dix jours avec cette petite phrase, je pars tenter ma chance en ville. Je marche dans les rues de la capitale, encore hésitant.

La ville est en fête. Mai 68 n'en finit pas, chacun s'accroche à l'idée que tout a changé. Une liberté toute fraîche a grisé la France. Il n'y a pas de réplique à cette surprise-party qui se regarde le nombril. Paris est devenu à la fois le spectacle et son public. Un package.

J'observe la chose, d'abord un peu ahuri. Puis je tente de m'y joindre. Par la musique, d'abord. Partout où on va, il y a une guitare qui traîne, avec un mec à l'air inspiré qui gratte son répertoire de n'importe quoi, depuis les Beatles à Serge Gainsbourg en passant par John Lee Hooker ou les Kinks. Je fais quelques essais, *mi* mineur, *la*, *ré*, et on recommence, j'ai même parfois un petit public mais pas assez de talent. Et puis le Vietnam me colle aux bottes. Alors je sors, puisqu'il le faut. Rejoindre dans les boîtes tous les dupes que sont déjà les soixante-huitards.

Je choisis le jazz, qui n'a pas attendu 1968 pour être révolutionnaire.

Un job de nuit aux Trois Maillets me donne l'espoir de récolter suffisamment d'argent pour repartir là-bas. Tous les soirs, un bœuf réunit du beau linge sur une scène minuscule en sous-sol, saxophone, trompette, basse, batterie.

Un matin, le téléphone sonne.

« T'as toujours tes appareils photo ? »

Quelqu'un, quelque part, se souvient que je suis photographe. C'est le bureau de Pierre Lazareff, à *France-Soir*.

On me demande de couvrir une soirée très parisienne : c'est rue Saint-Benoît, à Saint-Germain, la présentation d'un jeune couturier qui fait une première au Bilboquet.

Il y a là le Tout-Paris du moment, ces gens qui surfent sur l'océan des autres. Le couturier s'est inspiré de ce qui se portait dans la rue pour mettre les vêtements indiens à la mode, alors qu'ils l'étaient déjà, en les rendant hors de prix.

« C'est irrésistible ! » crie une ravissante qui virevolte au milieu des gens connus, une starlette à la recherche d'un metteur en scène ; elle ne réussit qu'à renverser du champagne sur une quinquagénaire en voie de fossilisation qui n'avait pas besoin de ça pour la détester.

Eddie Barclay nous présente sa prochaine ex, une très jeune fille venue d'Amérique latine, on dirait une antilope prise au piège. Bardot simule les intelligentes, Carzou compare la peinture aux fringues, le ministre de l'Intérieur joue au ministre de la Culture, le président du Sénat, Alain Poher, annonce son mariage avec Angélique marquise des Anges – alias Michèle Mercier –, Mme Pompidou regarde le jeune guitariste de l'orchestre, qui en fait des fausses notes, Julien Clerc propose un bœuf, Jean Marais s'en va prudemment. Moustache rigole avec Johnny Hallyday, les joints circulent, je me faufile au milieu des centaines de tapis et de coussins qui ornent le sol et les grands canapés, ça flirte, ça parle fort, Dominique – le DJ star du moment – prépare la pause de l'orchestre, je parcours les disques avec lui, on passe des Chambers Brothers aux Them, il commence à faire son choix quand un coussin s'envole et atterrit sur le visage de Nicoletta, qui le renvoie aussitôt...

Et c'est la guerre.

La guerre des coussins, la guerre des plumes.

Un autre coussin traverse l'espace aérien, un autre, bientôt ce sont des centaines qui décollent, mêlés de quelques pots de fleurs, c'est une panique hilare et frénétique qui s'empare de la soirée, tout le monde hurle, l'orchestre plante ses guitares au milieu de « Nights in

White Satin » et décampe sous les tirs, Dominique met Janis Joplin à fond, je fais des photos surréalistes, Zizi Jeanmaire tente de fuir à toutes jambes, Françoise Hardy et Marie Laforêt lancent des coussins à tour de bras, Lelouch regrette de ne pas avoir sa caméra, un jeune photographe a l'arcade sourcilière ouverte par une bouteille de champagne volante, il saigne, il se fâche, ça dégénère.

Le vacarme qui m'enveloppe fait trembler ma solitude, le rire me gagne, j'empoigne un coussin dans chaque main et je fonce dans le tas, la vue brouillée par des millions de plumes libérées des coussins crevés, éventrés, une neige joyeuse et douce vole sur cette hystérie collective et l'accompagne d'une lente caresse complice. À cet instant précis, j'ai la naïveté d'être heureux. Je découvre le profond bonheur de jouer. Quelques mauvais joueurs fuient l'ouragan pour retrouver le sérieux des rues silencieuses, dans un Paris qui dort encore. Au milieu des coussins apparaissent de jolies jambes, fusent quelques gloussements révélateurs, les jeux d'amour s'éveillent, la fête devient câline, des envolées de plumes sporadiques signalent des orgasmes anonymes au milieu de cette mer de coussins déchirés, un duvet d'ange en suspension. De toutes petites tempêtes de neige soupirent sur nos solitudes un instant interrompues.

Je tente de recouvrer la mienne au lever du café de Flore, quelques plumes s'attardent sur les cheveux de la mignonne dont je tente de me dégriser, moment fragile, infime répit avant le réveil bruyant de la capitale, je m'accroche au silence dans ce moment de complicité suspendu, je n'ose même pas lui demander son nom.

Mes yeux lui rendent hommage, les siens répondent avec une douceur amusée ; mon esprit débile s'échappe et le Vietnam déboule.

Ses images exotiques et violentes explosent mes pensées désarmées. Un terrifiant mal au crâne s'y précipite et, brûlant tout sur son passage, flingue la moindre notion de temps et de lieu. Ailleurs, nulle part, avant, après, j'ai juste le réflexe de me mettre debout précipitamment, j'ai besoin de mon corps, c'est urgent, c'est mon seul ami dans l'errance.

À peine ai-je remarqué le regard que la fille lève sur moi, surprise, qu'il se rétracte, effrayé. On ne se voit déjà plus. Un mot poli, ultime lâcheté, résume le tout.

« Au revoir. »

Je tourne dans Paris, le Vietnam tourne en moi, une seule image se fixe. C'est plus qu'une pensée, c'est un rendez-vous.

« Les dingues de l'hélico n° 4, on embarque ! »

Le mitrailleur qui nous désigne est de la 1re division de cavalerie, un grand maigre rieur, avec un petit diable rouge peint sur son casque, qui a l'air de danser aux reflets des lumières orange éclairant l'aéroport de Saigon. La nuit tombe vite en Asie. Six par hélico, dix appareils, soixante tueurs légaux en route pour l'inconnu.

À l'intérieur de l'appareil, l'éclairage est rouge, lumière de sécurité, lumière de mort, tous les hommes deviennent des jumeaux unifiés dans l'écarlate. Couleur symbole du communisme, couleur de ceux qu'ils vont tuer et par qui ils seront tués.

La turbine se met en route, deux soldats se signent, prie qui peut, à l'aveugle : « Le dernier ennemi qui sera détruit, c'est la mort, amen ! » Je ne suis pas croyant, mais leur foi m'accompagne comme une oraison funèbre, une extrême-onction pour saluer l'agonie de l'adolescent que je ne suis déjà plus tout à fait.

On décolle verticalement, puis l'appareil pique du nez et accélère brutalement, on fonce vers nos destins. Je n'y peux plus rien, je m'endors.

Je suis réveillé en sursaut et fais tomber mes appareils sur le plancher. Gag récurrent. Mon air ahuri déclenche l'hilarité des soldats, un rire qui vient de la nuit, nerveux et terrifiant. La lumière rouge est éteinte, tout est noir dans l'appareil. Une autre série d'explosions me fait à nouveau sursauter, c'est le diable qui canarde – enfin, le mitrailleur qui porte le diable sur son casque. Il crache ses balles vers la nuit qui défile par la porte ouverte, faisant feu sur le néant, sur sa peur. Les départs des balles éclairent les visages des rieurs – moqueries en pointillé qui, maintenant que je suis complètement réveillé, m'agacent. Surtout que leurs visages sont sinistres.

« Pourquoi tu tires ?

— Pour rien. Pour tirer. Je suis le diable qui crache le feu, le seul enfoiré de diable à patrouiller dans le ciel. Je suis *Death from above*, la mort qui vient d'en haut ! »

Je suis dans un asile de fous qui fonce dans la nuit. Plus loin, j'aperçois les balles traçantes qui vont vers le sol, les autres hélicoptères tirent aussi, c'est un vol de mort qui monte vers le nord.

« C'est toi qui connais Sky ? »

Une des ombres, la seule qui ne riait pas, me crie cette question entre deux rafales. Un dialogue hurlé s'engage entre nous.

« Le Loup, il m'a parlé de toi.

— Tu es qui ?

— Un Apache, comme lui. Il nous attend à la base.

— "Nous" ?

— Il sait que tu es là, il m'a dit de rester avec toi.

— Tu t'appelles comment ?

— Red Owl, Hibou rouge. Je vois la nuit : je suis chaman... »

Il se lance dans un sermon haché par la mitraille, un prêche surréaliste qu'il braille à mon oreille et que je capte par bribes, brassées par les pales des rotors :

« Il fut un temps où seul le pouvoir existait. Le pouvoir sous toutes ses formes. Tout était pouvoir. Depuis toujours. Le pouvoir et le néant. Même alors, le pouvoir s'opposait au pouvoir. La fureur régnait. On retourne en arrière, là où régnait le chaos. Sous l'œil d'Usen. »

Belle tirade mystique, qu'il conclut en rigolant de manière inattendue :

« Appelle-moi Jack.

— Moi, c'est Patrick ! »

Notre échange se termine d'un coup. L'hélicoptère bascule brusquement et descend à une telle vitesse que pendant un instant je crois qu'on tombe, ce qui est presque vrai. On se fait tirer dessus de tous les côtés, le mitrailleur s'en donne à cœur joie, il hurle et canarde comme un hystérique. On se pose brutalement, tout le monde court sur la piste à découvert.

« Welcome to hell ! » Bienvenue en enfer, ce panneau à l'entrée du bâtiment dans lequel on se regroupe nous met tout de suite dans le bain.

Je m'écroule dans un coin pour dormir, vite, tant que c'est encore possible. Départ dans quelques heures, sommeil réglementaire, mécanique du corps.

Une horrible tête me regarde, énorme, avec des peintures de guerre noires et rouges. « Bouh ! »

Je bondis sur mes pieds, c'est Sky qui s'est penché sur mon visage...

« On tourne un western dans le coin ?

— Oui, mais à balles réelles. Tu viens avec nous. Tu manges maintenant et tu nous retrouves au bâtiment 8 dans trente minutes. Tu as rencontré le chaman ?

— Hibou ? Ouais, un fou.

— On va avoir besoin de fous, surtout s'ils voient dans le noir. »

Avant que je puisse exprimer quoi que ce soit, il disparaît – comme toujours. L'aube se lève sur le camp boueux, la brume s'accroche aux montagnes recouvertes de jungle. Je bois à petites gorgées un café brûlant au goût de carton, en tentant d'imaginer les « autres » qui se réveillent là-haut et s'apprêtent comme nous à se battre.

Des soldats vont et viennent, en tenue débraillée à laquelle ils tiennent particulièrement : c'est le signe qu'ils ne partent pas en opérations. Les autres, au contraire, se préparent minutieusement. Chaque centimètre d'uniforme est vérifié, le moindre bruit d'une bretelle mal sanglée peut être fatal, la mort ne rate jamais les débraillés. Ça fait dix fois que je vérifie ma tenue et mon équipement photo. Chaque fois, je change un détail infime en pestant qu'il est temps de passer à l'action.

Le jour se décide à venir, la jungle autour se fait plus précise dans sa beauté menaçante.

« Sky t'attend ! »

C'est le Hibou qui vient me chercher. Il plisse les yeux sous la lumière. Lui non plus n'est pas du jour. Un chaman qui voit mal, ça promet ! Il est petit, trapu, la démarche souple. Il regarde droit devant, les autres se détournent à son passage. Il est vrai qu'avec ses longs cheveux et son uniforme noirs il ressemble plus à un Viêt-cong qu'à un GI.

Ils sont tous là, sous la tente, sept lurps, tous en noir, de vieilles connaissances : Luis, Sky, Frog, 360°, Patience, Gran'ma et Jack le Hibou. Une fine équipe. Il y a aussi un interprète vietnamien dans un coin, celui qu'on appelle le Chieu Choï. Il n'a pas l'air heureux d'embarquer pour l'aventure qui s'annonce.

Sky se lève lentement et s'approche de moi. Quand je comprends, il est trop tard : Luis m'a agrippé par-derrière et me tient prisonnier de ses bras puissants. Sky m'attrape le visage et me dessine un trait sous l'œil droit. Ma larme. Je ne peux rien faire. Ils me relâchent, je m'apprête à dire quelque chose, mais Sky a pris la parole, tourné vers ses hommes, le doigt tendu vers ma larme :

« Lui, c'est notre témoin. Il nous a déjà suivis, il faut qu'il survive parce qu'il pleurera pour nous. Regardez sa larme : elle changera de taille selon ce qui nous attend. Remarquez bien qu'aujourd'hui elle est grande. Alors gardez vos yeux secs, vous allez en avoir besoin. Maintenant, vous avez vingt minutes. Je vous briefe au moment du départ. »

Les hommes se séparent. Sky me retient, on se retrouve à quatre : les trois Indiens et moi. Le Hibou me contemple en souriant et me fait signe de m'asseoir. Il allume un réchaud portable, jette une poudre sur la flamme et, dans la fumée qui s'élève, se lance dans des incantations, tout en capturant avec les mains, dans un geste circulaire et lent, des volutes qu'il renvoie vers nous trois, en chantant doucement. Le sérieux des autres m'empêche de faire des commentaires qui pourtant me démangent. Mais il y a des moments où il vaut mieux se taire, surtout seul au milieu de trois Apaches. Ils se mettent torse nu et se dessinent mutuellement des peintures de guerre, on dirait trois peintres.

« Le Loup, il faut maîtriser les pouvoirs pour avoir la liberté d'agir. »

Le Hibou a pris son ton de prédicateur pour improviser un cours d'instruction religieuse à l'usage des non-initiés. La fumée dans les yeux, je l'écoute évoquer les dieux apaches, les trois dieux invisibles qui, dit-il, sont là dans l'air autour de nous. Le Soleil, l'Éclair et la Femme peinte en blanc. Usen, dieu primaire, est aussi là quelque part, et quand les deux fils de la Femme – Tueur d'ennemis et Enfant de l'eau – viennent se joindre à notre petite famille, le Hibou me les présente en psalmodiant gravement : Enfant de l'eau, le père des Chiricahuas, et Tueur d'ennemis, l'indigne créateur de l'homme blanc. Comme on a l'air d'être au complet et qu'apparemment j'en sais maintenant suffisamment pour tenir ma place dans leur cercle, il m'invite à m'asseoir avec eux pour « prendre la fumée ».

Je la prends tellement bien que, à peine installé à leurs côtés, je suis secoué d'une quinte de toux aussi idiote qu'incontrôlable.

« Putain de fumée ! »

Ils me fixent tous les trois, puis se regardent les uns les autres et partent dans un grand éclat de rire.

Quelques minutes plus tard, les trois autres nous ont rejoints et c'est le briefing officiel. « Bon, écoutez-moi ! »

Sky a sorti une carte qu'il étale sur le sol. Les trois Apaches ont remis leur veste, ils sont redevenus des soldats. Sky, en se faisant un chignon, enchaîne :

« Voilà l'objectif. »

Il pose un doigt sur un endroit qui n'est pas au Vietnam mais plutôt au Cambodge ou au Laos, un lieu qu'on appelle « les Trois Points »...

« C'est une base secrète. Nom de code : "Alpha 98". Accrochée sur un piton au milieu de nulle part, falaise d'un côté et jungle de l'autre. C'est une base d'écoute de la CIA ultra-sophistiquée, aux trois points de passage des infiltrations ennemies, défendue par dix-huit commandos Delta, plus une équipe de spécialistes qui travaillent aux écoutes. Rompant le silence de rigueur, ils ont lancé plusieurs messages disant qu'ils étaient attaqués. Leurs dernières transmissions étaient des messages de détresse. Depuis, plus rien. Le temps est mauvais, pas de visibilité, c'est un vol Phoenix.

— C'est-à-dire ? »

Tout le monde se tourne vers moi.

« "Opération noire", explique Sky, dans le langage CIA. Si la base est prise par les Viets, il faudra commander un bombardement massif pour l'annuler, détruire tous les documents, faire disparaître les corps et, s'il y a du personnel manquant, poursuivre les Viets, récupérer les prisonniers et les éliminer.

— Vous allez tuer des Américains ? »

Autre question candide, à laquelle Sky répond, agacé .

« Ça n'a rien d'exceptionnel, pour des Chiricahuas. »

Rigolade générale. Luis intervient :

« On est que six, pour ça ?

— Non, il y aura trois groupes de six, chacun a sa mission. Contact radio en cas de nécessité absolue, tout est prévu.

— Tu parles ! »

Là, c'est encore moi...

« Tu as raison : assez parlé, on y va ! »

On court vers les hélicoptères dont les pales barattent l'air.

« Welcome to hell ! »

Encore lui. C'est le mitrailleur fou, avec son petit diable assis sur sa tête, qui nous accueille, hilare et sinistre.

Je me suis toujours méfié des gens trop souriants, mais lui est carrément inquiétant, à rire sans arrêt. Je suis certain que, si l'hélicoptère était abattu, il rirait jusqu'à l'impact – peut-être même après, une fois enterré. Finalement, c'est vraiment le diable, qui ricane en tirant par cette porte béante, sur cette jungle avide de nous faire tous disparaître.

Assis sur le côté, j'observe mes six compagnons. Trois Indiens et trois Blancs face à face, réunis dans une guerre postcoloniale, l'Histoire prend de drôles de chemins. Où est la vérité dans tout cela ? Et le petit Viet qui ne dit rien dans son coin, à quoi pense-t-il ? Pour ceux du Nord, il est le pire : un Judas venu du Sud, notre interprète. Connaissant mes six oiseaux, il n'aura pas grand-chose à interpréter.

« *Go ! Go !* »

Le réveil est brutal, on saute tous de l'hélico. Les questions et éventuelles réponses restent avec le mitrailleur, qui remonte dans le ciel en ricanant et lâche une longue rafale dans la brume s'accrochant encore aux montagnes couvertes de jungle. Quelque part là-dedans nous observent, j'en suis certain, les « autres ».

Que savent-ils, eux, de plus que nous ?

Nous courons à l'aveugle, nous vivons à l'aveugle. C'est pourquoi il faut écrire, photographier, et, si je reviens pour raconter, ce sera peut-être le seul moyen de me convaincre de la réalité de ce que j'ai vécu. Pour l'instant, elle m'échappe. Réalité poétique, que je traque au feeling, en enrageant de ne pouvoir la mettre en boîte. Je suis avec une bande de poètes ignorants qui foncent vers les trois frontières au bout de la terre, là où se rejoignent le Laos, le Cambodge et le Vietnam.

Je cours, j'ai chaud, je frissonne, je ris, c'est une chute libre à l'horizontale.

On s'arrête, Sky regarde sa carte, je vois les autres groupes disparaître dans la jungle qui commence ici, au pied des montagnes. C'est le moment de la séparation, chaque commando se distribue selon sa mission. On fait partie d'une stratégie globale, mais, à cette minute, je sens la solitude qui tombe sur le groupe. Sky transpire, il fait chaud – à moins que ce ne soit autre chose... Ses hommes sont en protection tout autour, mais leurs regards vont de la jungle à leur chef, confiance et tension se mélangent. Je n'aimerais pas être dans les rangers de l'Indien.

« OK, les gars ! Quelque part sur cette montagne on pénètre au Cambodge. À partir de là, silence radio absolu, plus un mot, on n'existe plus, cette opération n'existe pas, quoi qu'il arrive. On va avancer vite, formation en ligne, on change l'homme de pointe tous les quarts d'heure. Je sens qu'on nous observe, on va faire un grand tour et cette nuit on reviendra sur nos pas vers le véritable objectif. Tout doit être accompli avant le jour. Plus un mot, on communique par signes. Le Loup, derrière mon radio, 360°, tu es en pointe.

— Amen ! » répond celui-ci en se déplaçant rapidement, machette sortie, vers la jungle où il disparaît instantanément, suivi de nous tous.

Voilà ! C'est parti ! On n'existe pas, on est redevenus végétaux au milieu de toutes ces plantes. Mon adrénaline est retombée et cette petite phrase me trotte dans la tête : « On n'existe plus », patrouille inexistante qui part à la recherche d'un poste inexistant qui ne répond plus pour trouver des hommes qui ont disparu et, si on les retrouve, les faire disparaître en les éliminant, le tout pour pouvoir dire que tout cela n'a jamais eu lieu, et même ça, on ne pourra pas le dire ou alors beaucoup plus tard, quand cette guerre elle-même aura disparu avec tous les souvenirs. En fait, en progressant ce matin dans cette jungle puante, je ne fais rien puisque je ne suis rien. Tout ça n'a pas de sens. Pourtant, il va bien falloir en découvrir un, ne serait-ce que pour mettre un pied devant l'autre.

Le silence est brutalement remplacé par une série de sifflements suivis d'explosions puissantes dans un périmètre de deux cents mètres. Voilà une excellente raison pour mettre un pied devant l'autre ! On force la marche. Ce sont les Viets qui nous signalent qu'ils nous ont vus et sont là. La patrouille s'enfonce définitivement dans la végétation. La pente est de plus en plus raide, il fait une chaleur moite, étouffante, une chaleur de serre. Les tirs ont cessé mais pas le rythme, on grimpe, l'homme de pointe est couvert de sang, écorché par la jungle qui le griffe pour lui faire payer chaque branche, chaque tige ou chaque liane qu'il coupe. C'est une montée aux enfers ; encore une fois, la guerre inverse les idées reçues.

Toute la journée se passera à grimper, descendre, marcher dans les rivières, remonter, redescendre, je suis à la limite de m'écrouler. Trois des commandos, malgré leur entraînement, ont l'air de souffrir comme moi, ça m'enchante, je considère que leur souffrance est une forme de délicate solidarité. Seuls les Indiens et le Viet semblent frais, surtout Sky qui disparaît quelquefois devant nous, et qu'on retrouve plus loin en train de nous attendre. Il ne transpire même pas et sa démarche souple est intacte. Son immense carcasse doit être lourde à trimballer, mais, concentré sur sa mission, il promène ses deux mètres et ses cent vingt kilos sans effort, sans faire de bruit. Adaptés à l'environnement, redoutables au combat, ces Indiens font partie des cibles prioritaires pour les Viets, qui ne comprennent pas ce qui les motive à se battre pour un pays qui les a massacrés. Moi non plus, mais, comme l'a dit Sky, on se bat pour se battre. Idée qui reste à développer, même si le moment est mal choisi : Sky vient de nous faire signe de nous rassembler autour de lui, il parle à voix basse, toutes nos têtes se rapprochent de la sienne, seul Luis reste à l'écart : il sait.

« Depuis ce matin, comme vous l'avez remarqué, on zigzague, on tourne en rond, on brouille les pistes. Les autres font la même chose. Il va faire nuit, je pense qu'ils ne savent plus très bien où nous sommes. On se camoufle, repos, et à zéro heure on fonce sur notre objectif. Tout doit être fini avant l'aube. Le Loup, tu es de garde. Pour les autres, *sweet dreams* !

— Hein ! Mais t'es fou ! Je suis pas militaire !

— Nous non plus. Souviens-toi : cette opération n'existe pas. Donc tu n'es pas là, moi non plus. C'est juste un rêve, où tu montes la garde pour le bien-être de mes hommes – qui ne sont pas là, de toute façon. Dans deux heures on te relève. »

Sur ces mots, il me montre l'axe à surveiller, puis se roule dans son poncho à deux mètres de moi et s'endort immédiatement.

Mon regard suit la pente. Par une trouée dans la végétation, en levant les yeux je peux surveiller les crêtes. Ce diable d'Indien a tout prévu. Par instants, je me détourne de ma mission et le regarde dormir. Selon les lumières, ou l'angle, il change : il a tantôt l'air d'un gosse, d'une fille aux longs cheveux, d'un Blanc avec une perruque ou d'un Indien façon Hollywood. C'est peut-être le moment de le prendre en photo. Je lève mon Leica...

« *Don't even think about it.* »

C'est Luis, qui me fait non de la tête. Je ne l'avais même pas aperçu. Juste au-dessus de Sky, perché dans un arbre, il se confond avec la nature. Normal, ce type n'en est pas loin...

Je me rends compte, à ce moment-là, que je ne l'ai jamais vu en train de dormir. Toujours à côté de Sky, ombre protectrice, silencieuse... Les cinq mots qu'il vient de prononcer sont déjà un scoop.

Pas de photo, donc. Très bien, n'y pensons plus. Luis n'est pas du genre à répéter deux fois un ordre. Je veux lui dire quelque chose, mais ses yeux scrutent le périmètre et, sans me regarder, me rappellent à l'ordre : je suis en sentinelle, moi aussi, alors je me tais. Après tout, c'est mieux ainsi. J'écoute le silence en tentant d'étouffer le grondement des idées qui se bousculent dans ma tête.

En me taisant je m'entends, c'est assourdissant. Je sonde les alentours, mes regards tirent en silence de longues rafales optiques qui balaient le paysage. Je suis la sentinelle. J'ai presque l'impression que Sky vient de plonger dans un sommeil plus profond au moment même où mon état change. La nuit tombe, mes yeux résistent le plus longtemps possible et, à force de ne plus voir, inventent des images dans un noir total.

« Je te relève ! »

C'est le Hibou qui s'est approché de moi. Il arrive bien. Je me couche à l'endroit où je suis, ferme mes yeux inutiles qui persistent à m'envoyer les mêmes images. Je continue à monter la garde en dormant.

« Debout ! »

Quand je comprends le mot, je suis déjà sur pied. Par groupes de deux, on se met en marche à une distance de cinq à six mètres approximativement. Je suis derrière Sky, le léger frottement de ses pas et l'odeur un peu moisie de son uniforme me servent de guide. Je ne comprends pas comment il se dirige, j'espère que les Viets sont comme moi. L'aube nous surprend en pleine marche ; des heures plus tard, on s'arrête.

J'aperçois un piton en contrebas, à cinquante mètres de nous. C'est le camp qui ne répond plus. On l'observe de notre montagne, protégés par la jungle. Rien ne bouge. Le campement porte des traces de combat, tout est sens dessus dessous : baraques éventrées, tranchées effondrées, traces d'incendie, antennes à terre. Sur le sol, des papiers, des uniformes et du matériel en tout genre éparpillés dans la boue. C'est tellement cassé qu'on pourrait croire que le camp est tombé du ciel. Ce qui s'est passé là, en bas, est forcément une très mauvaise nouvelle. Ça pue la mort, mais des morts, justement, on n'en voit aucun. L'ensemble est désert, sinistre. Je suis mal à l'aise, ça sent le piège. Je m'agite un peu comme pour désarçonner mes mauvaises pensées, Sky se retourne et, d'un signe, m'invite à l'immobilité et au silence. Puis, d'un geste très lent, il envoie ses hommes se disperser sur nos deux flancs pour qu'ils aient un autre angle de vue.

Tous les visages sont durs, imprégnés d'une gravité presque religieuse. Nous sommes à la messe – pourvu que ce ne soient pas nos obsèques. Seuls le radio et Luis sont restés près de Sky. On attend. On guette le moindre signe. Je vois les yeux de Sky scanner toute la jungle autour, très doucement, puis revenir sur notre objectif. Tout est immobile, sauf mon cœur qui exprime une irrésistible envie de foutre le camp. Je ne me sens pas du tout prêt pour ce qui va arriver.

Le Hibou s'est approché, il me murmure à l'oreille :

« Ils ont éventré la montagne. C'est offenser les G'ans.

— C'est quoi, les G'ans ?

— Les dieux des Apaches.

— Peut-être qu'ici ce sont des dieux vietnamiens et qu'avec un peu de pot ils s'en foutent ? »

Ça ne le fait pas rire.

« Écoute ce silence : même les animaux se taisent.

— Ils se taisent souvent, quand on approche...

— Jamais aussi longtemps. Ça fait deux heures qu'on ne bouge pas, même les arbres se sont tus. »

Il a raison, ce con ! L'attente se prolonge. Sky s'est allongé, je crois qu'il dort, mais ses yeux continuent de balayer la zone. Je regarde moi aussi. Il n'y a que la lumière qui change et les nuages qui passent doucement, déplaçant l'ombre sur la jungle et le camp, donnant ainsi l'illusion du mouvement.

Le ciel se couvre. Sky fait signe à ses hommes de se grouper autour de lui, je me joins à eux. Seul Luis est à l'écart, comme d'habitude, en surveillance.

Épaule contre épaule, on dirait une équipe de rugby qui se rassemble sur le terrain pour discuter tactique. Les règles, c'est : « *No rules ! No prisoners !* »

Dans un murmure, Sky nous explique ce qu'il attend de nous.

« Rien ne bouge. Il semblerait que tout soit fini. Pour être sûrs, on va patienter encore. La pluie arrive. Dès qu'elle tombe, je vous fais signe, on avance chacun dans son axe. Point à atteindre : le centre du camp. Retournez à vos positions, observez tous les détails et surveillez-vous les uns les autres, contact des yeux. Le Loup, je t'agrandis ta larme. »

Je le laisse faire. C'est ma participation artistique : ma joue est le thermomètre de l'angoisse. Dès que Sky a fini son dessin, ils disparaissent sans un mot. Le seul qui ne voit pas la larme, c'est moi : je ne sais rien du message que je transmets.

Un air froid me fait frissonner, aussitôt suivi d'une violente pluie qui martèle le feuillage et les casques. Une demi-heure passe, je me demande ce que fait Sky. Je doute qu'il puisse voir à plus de dix mètres. Une ondée plus forte, et puis la pluie s'arrête d'un coup, et la chaleur remonte, moite.

Sky fait un signe, se lève et on descend. Il s'approche de moi.

« Les Viets ont laissé deux petits groupes en embuscade, un sur notre pente et l'autre dans le camp. On les a repérés quand la pluie démarrait : ils ont bougé. Tu restes avec moi, les autres vont attaquer le deuxième groupe en même temps que nous. On attend qu'ils soient en place. Prépare-toi, ça va aller vite. »

Je regarde ma montre embuée : ça fait dix heures qu'on attend, immobiles. Sky est vraiment un fou dangereux, ses hommes aussi, mais ce qui m'inquiète le plus, ce sont les Viets : eux non plus n'ont pas bougé pendant tout ce temps ! Par réflexe, je vérifie l'état du colt 45 que Sky m'a confié. Il me regarde faire et m'adresse un immense sourire. Mais à quoi peut-il bien sourire ? Au combat ? Au « raid » si cher aux Apaches ? À moi, empêtré dans mes appareils photo avec cette arme déplacée, lourde et en parfaite contradiction avec l'éthique d'un journaliste ? Non, son sourire est joyeux. Ce type est tout simplement heureux de passer à l'action, d'être ce qu'ils ont fait de lui. Ce sourire, qui le rend si jeune, brise un court instant la logique meurtrière qui va suivre. Je lui renvoie le mien qui, j'en suis sûr, doit plutôt ressembler à une grimace. De toute façon, sourire n'a jamais été mon fort, encore moins quand je pense que la mort va se régaler à nos dépens dans les prochaines minutes. Qu'elles sont longues, ces minutes ! Elles vous bouffent l'énergie, minutes cannibales, elles vous pompent le courage, minutes vampires, elles vous mettent à vif, minutes papier de verre.

Le tir de Sky m'éclate aux oreilles. Il bondit dans la pente, Luis me donne une grande tape sur l'épaule, je me jette à leur suite, 360° court à mes côtés, il hurle :

« *Let's rock'n'roll ! No rules !* »

Les armes crachent de tous les côtés, précises et courtes ou rageuses et longues, c'est le rock'n'roll du Vietnam ; c'est la fête de la guerre, le diable danse, je vois deux Viets se disloquer sous les impacts, ils se sont fait totalement prendre au dépourvu. Le commando au complet libère les dix heures d'attente, c'est la minute de guerre qui éclate. Des grenades explosent, des cris. Un hurlement terrible me fige, je pivote, c'est Sky qui remonte la pente à toute vitesse vers le camp, il a une tête terrible. On se retrouve au sommet, je n'ai même pas senti l'ascension pourtant raide. À la limite de l'hystérie, ils fouillent tous les recoins, récupèrent quelques documents. Le traducteur tabasse un blessé nord-vietnamien. Le malheureux claque avant même d'avoir pu comprendre les questions martelées à coups de bottes, transformant le bourreau en brute stérile qui regarde bêtement l'homme qu'il a martyrisé.

« Alors, tu vas traduire quoi maintenant ? »

Le Viet me jette un sale coup œil, donne un dernier coup de pied au mort, lui crache dessus et me lance :

« Lui, c'est "Chu-Luc", forces régulières. Fumiers du Nord qui sucent mon pays. Pas bon, ils doivent être nombreux et pas loin, équipement neuf et chinois.

— Approchez tous ! »

C'est Sky, il est juste derrière moi.

« Rassemblez les documents importants, foutez-moi des pièges partout, pourrissez l'endroit pour les prochains touristes, on dégage dans dix minutes. Exécution ! »

Finis ses airs de gamin : Sky est précis, calme, en mission. Plus vieux aussi.

Il a surpris mon regard sur lui.

« Qu'est-ce qu'il y a ?

— Tu es un bon militaire, finalement. Ils t'ont bien baisé ! »

Sans même prendre la peine de répondre, il annonce la suite des réjouissances.

« On dégage sur le ravin, et on trace en suivant la rivière. »

Luis s'approche, avec un sac plein de documents et de cartes pris aux Viets. Il les confie à notre Chieu Choï en annonçant à Sky :

« Douze Viets tués au combat, plus un... accidentellement. Il faut pas rester.

— Pars en avant, attends-nous en bas. »

Sans un mot, Luis disparaît aussitôt dans la jungle qui dégringole la pente. J'ai froid, je frissonne. Sky, laconique, me balance un « encouragement ».

« Il fait froid, c'est la mort qui s'impatiente. On y va ? »

Il siffle entre deux doigts, décrit un cercle, le bras tendu au-dessus de sa tête, puis pointe l'index vers la pente et termine le poing fermé, le bras plié, pompant de bas en haut. Une sorte de code. Tout le monde réagit et on dévale vers la rivière. Enfin, pas tout le monde : je tombe plusieurs fois, mes pieds s'emmêlent dans les lianes. La pluie revient et nous enveloppe, on longe les bords de la rivière, ça glisse, c'est boueux. On dirait que toute la patrouille est bourrée.

Pas besoin d'ennemis, cette jungle va nous tuer. Seul bon signe : les cris des animaux ont repris. Je lève les yeux pour les voir, mais la brume s'accroche au sommet des arbres. C'est un autre monde, là-haut.

Je songe à Luis qui est en éclaireur quelque part là-dedans. Seul. Comment se dirige-t-il ? À quoi peut-il bien penser ? Il est presque toujours l'homme de pointe de la section – ou plutôt du groupe de combat : on n'est que neuf après tout, c'est un bon chiffre. J'aurai dix-neuf ans dans moins de cinquante jours ; ça, en revanche, c'est pas un bon chiffre. Trop abstrait : ici le temps se compte en nombre de morts, pas en jours. Je me demande combien de morts a vécues Sky. Quel âge peut-il avoir ? Vingt, vingt et un ans tout au plus... Je ne connais même pas son grade, les lurps n'en portent jamais. En tout cas, les autres le traitent comme le « vieux », l'équivalent d'un sergent. Ils lui obéissent, ce qu'ils ne feraient pas, même sous les ordres d'un général, encore moins d'un jeune officier frais émoulu de West Point. Ici, l'autorité appartient aux survivants.

Frog lève la main, il est à cinq mètres de moi, je le vois à peine à travers la pluie. Je lève la main à mon tour et m'accroupis. Gran'ma, le toubib qui est derrière moi, me tombe dessus, je le repousse violemment, il s'excuse à voix basse et reste là à scruter la végétation qui crépite sous la pluie. Je lui fais remarquer qu'il a la sécurité sur son M 16, il l'enlève en secouant la tête d'un air désolé, comme s'il avait oublié où on était. Il a une tête de môme, blond, un peu joufflu ; pourtant, c'est le plus vieux : il a au moins vingt-cinq ans. Mais ses études de médecine ne l'ont pas préparé à tout ça. Sous son poncho, je devine la présence rassurante de son sac de secours. Un bruit me fait tourner la tête : c'est 360°, il fermait la marche, il s'approche de moi et murmure :

« Les Viets traversent la rivière juste derrière nous. Ils longent la rive, ils vont être à notre hauteur. Je reste en embuscade avec le Doc, toi, fais passer l'info aux autres. Ne reviens pas sur tes pas. Vite ! »

Je rejoins Frog, le radio, il sursaute quand je lui tape sur l'épaule et me lance un regard furieux : il ne faut jamais coller un homme en patrouille. Je lui transmets l'info, il me fait signe de me planquer. Il rejoint Sky et ainsi de suite. En quelques secondes on est tous à couvert, en attente. Je me sens inutile, il fait trop sombre et il pleut trop pour que je puisse espérer faire la moindre photo. En plus, je me retrouve tout seul, allongé dans la boue. J'ai le ventre noué. Luis a senti quelque chose devant, puisqu'il a stoppé la patrouille, et 360° signale des Viets derrière... Notre Chieu Choï s'approche en rampant, son visage de Viet me fait tressaillir.

« Sky me dit de rester près de toi. T'as pas d'arme ?

— J'ai mon colt 45 !

— C'est pas une arme ! »

Disant cela, il sort des grenades et les pose sur le sol en me faisant signe qu'elles sont pour moi. J'écarte mon poncho et lui montre mon appareil photo, il lève les yeux au ciel et se concentre sur la rive d'en face.

Ça y est, je les entends : cliquetis d'armes, bruits de branches, et même une voix sèche, un ordre ou quelque chose comme ça. Apparemment, ils se sentent en sécurité. Ils font assez de bruit pour qu'on les entende, malgré la pluie. On ne voit rien, la nuit est revenue sans prévenir. On attend encore.

Personne ne tire, les Viets sont passés. Sky rassemble tout le monde.

« C'étaient des réguliers, une section. On va les suivre. Luis est déjà parti. Avec un peu de chance, ils vont nous conduire à un endroit plus intéressant. Silence absolu. Buvez. Remplissez vos gourdes. Dix mètres entre chaque homme. Le Loup, derrière mon radio.

— On peut avoir des Black Beauties ? »

C'est 360° qui pose la question. Sky s'en va sans répondre. Gran'ma émet un grognement et distribue les amphétamines aux mains tendues. Les Black Beauties, autre forme de la réalité psychédélique des années 1970, défonce de jungle. Je suis le radio, je ne peux pas me débarrasser d'un tube qui me trotte dans la tête, « The beat goes on ! », c'est con.

La pluie continue, je ne vois rien. Des sangsues tombent des arbres et me glissent dans le cou et le dos, je sens que mes pieds sont en train de pourrir dans mes rangers, les mycoses tropicales sont les alliées des Viêt-cong et des Nord-Vietnamiens. Je ne peux même pas faire d'images. Je suis Sky, il m'aspire derrière lui, son destin m'emporte malgré moi. Il veut que je raconte, mais il faut être vivant pour ça.

J'aurais dû moi aussi prendre de la Dexedrine, ces fameuses Black Beauties... Mais je suis déjà assez à cran.

Comme journaliste, j'ai tout faux : on est encore en pleine offensive du Têt et les photos à faire sont là où le Viêt-cong attaque en force, c'est-à-dire à Quang Tri, Da Nang, Hoi An, Tam Ky, Quang Ngai, et même la « Venise de l'Orient », Huê. La cité impériale tombe le 31 janvier aux mains des réguliers nord-vietnamiens, qui hissent leurs drapeaux rouge et bleu à étoile jaune au sommet des remparts de la cité interdite. Six mille Viets en drap noir ou en uniforme verdâtre font reculer un bataillon de marines et la 1re division sud-vietnamienne. Pendant que, moi, je balade des sangsues sur mon dos derrière des fous sans une image en vue qui pourrait, si ce n'est pas trop demander, m'apporter une éphémère satisfaction.

« C'est loin d'être fini ! » m'avait prédit Sky en apprenant l'offensive, juste avant notre départ. Pourtant, là, je me demande si ce n'est pas fini pour nous. Jouer à cache-cache avec des réguliers nord-vietnamiens dix fois plus nombreux que nous, dans une région indéfinie qui constitue leur sanctuaire – ce Cambodge qui n'est absolument pas une zone autorisée pour les Américains...

Le bras du radio se lève, je m'accroupis dans la boue. La pluie s'arrête net comme si elle appréciait la génuflexion de toute notre petite section. Je lève la main à mon tour, heurtant une énorme araignée qui dévale mon bras à toute vitesse. J'étouffe un cri sauvage et me secoue frénétiquement, la bête tombe dans la rivière avec un « plouf » sourd.

« C'est quoi, ce signe que tu m'as fait ? »

C'est le Doc, qui s'est précipité sur moi, croyant à une urgence.

« C'est nouveau, ça vient de sortir ; ça veut dire que j'en ai plein le cul.

— ... ?

— C'était une araignée de la taille de ta cervelle, qui m'a sauté sur le bras !

— T'as pas ton "jus à bestiole" sur toi ? »

Le « Beetle Juice », un répulsif efficace contre tout ce qui rampe et qui vole (inefficace avec les Viets), fait partie de la panoplie réglementaire. Il me tend une flasque de ce liquide, je m'asperge et colle la flasque dans la lanière qui cercle mon casque, comme tout bon soldat qui se respecte. Sauf que je ne suis pas soldat mais seulement assimilé comme tel pour les besoins d'un reportage, affublé d'un uniforme obligatoire pour tout journaliste embarqué avec les GI dans les zones de combat. Les insectes, eux, s'en foutent et piquent tout le monde.

Sky s'approche, les autres se regroupent autour de nous.

« Luis et notre Chieu Choï sont allés voir nos amis de plus près. Comme ils ont fait halte eux aussi, notre Viet va peut-être pouvoir les entendre parler. On attend. 360°, tu es en protection arrière, surveille l'autre rive, au cas où ils auraient des retardataires.

— Sky !

— Chut ! Moins fort !... »

Je murmure :

« Ils sont combien, à ton avis ?

— D'après Luis, une centaine. »

Le Hibou, tout en essayant d'enlever trois grosses sangsues qu'il a dans le cou, se penche vers moi et calcule :

« Cent contre huit. Si on en tue douze chacun et qu'on ramène quatre prisonniers, on rentre chez nous. C'est simple. »

Un silence suit cet exercice d'arithmétique, Frog et le toubib rient doucement, je devine le sourire de Sky et du Hibou dans la nuit. Il fait un peu moins sombre, la rivière attrape quelques reflets de la lune qui s'est levée. Patience me tape sur l'épaule et me chante tout bas « Born to be wild... »

Je ne dis plus rien, et me concentre à mon tour sur mes sangsues. J'en ai partout. Si je suis tué, mon corps bougera tout seul. Un singe pousse un hurlement qui vrille l'air fétide et anéantit mon cerveau. Tout le monde reprend ses positions de sécurité, à vue les uns des autres, plutôt « à odeur ». Je les sens, je les devine, je ne vois rien et prie pour que le Hibou ait vraiment ce don de nyctalope dont il se vante. La nuit prend son temps et broie mes nerfs.

« On fait mouvement ! »

C'est le Hibou qui est penché sur moi. L'aube naissante essaie de laisser passer une lumière verdâtre qui donne à son visage et à ses peintures de guerre un air terrifiant. Je le fixe, incrédule, un court instant. Je suis tenté de fermer les yeux en imaginant que je ne suis pas là, que ce que je vois n'est pas vrai, mais c'est inutile : tout est vrai. Le froid, l'humidité, l'odeur de pourriture me le rappellent. Incroyable, j'ai dormi. Je me lève, engourdi. Mon Nikon et mon Leica sont humides et pleins de buée, ma montre aussi. J'ai un goût dégueulasse dans la bouche, j'ai mal partout, un serpent se glisse le long de la rivière en faisant un bruit mouillé infect, mes amies sangsues se sont multipliées, mes pieds... n'en parlons pas : si j'enlevais mes rangers, ils partiraient avec.

« Prêt ? »

C'est Sky, qui remonte la section.

Prêt ! Si on veut, mais prêt à quoi ? Je regarde les autres, ils n'ont pas l'air tellement plus frais, le toubib distribue les pilules obligatoires « anti-tout », il marmonne qu'on devrait se laver les dents. On est en ligne, quelques mots sont échangés à voix basse. Je sors du sac en plastique marron foncé une ration de combat, un cracker que je beurre d'un fromage orange mou immonde, je déguste l'ensemble en le trouvant délicieux.

C'est parti. Distance réglementaire, silence et vigilance, armes enclenchées, sécurités enlevées. L'ennemi s'est mis en mouvement, on les suit à bonne distance avec Luis en voltigeur de pointe et 360° qui ferme la marche. Jusque-là tout est normal. J'ai oublié de pisser, j'ai tous les signes annonciateurs d'une bonne diarrhée, c'est bien ça : tout est normal...

Frog, le radio, emmêle l'antenne de son poste Prick 25 dans une liane, je le rejoins pour l'aider. Un oiseau pousse un cri. Il sursaute et tourne son visage vers moi comme pour s'excuser de sa nervosité. Frog est grand et maigre avec un long nez aristocratique. Sur son casque, il y a un as de pique, le jus à bestiole, son groupe sanguin – O+, comme moi –, son adresse postale aux USA et l'incontournable slogan, le sien : « *Live long enough to become a problem to your kids* ». Vis assez vieux pour devenir un problème pour tes gosses. C'est un optimiste.

En attendant, il râle, je n'arrive pas à le dégager, et Patience, qui est devant, s'éloigne rapidement. Je lève la main pour signaler à 360° le problème. Frog se déplace d'un pas pour me faciliter le démêlage, c'est là que j'entends un tout petit clic. Pendant un millième de seconde, on échange un regard intense, comme deux amoureux – coup de foudre de la mort –, on se jette au sol. Il a coupé le fil d'un *booby trap*. J'atterris dans la boue derrière un tronc. L'explosion me broie les côtes, m'explose la tête, je vois un éclair orange, je suis soulevé, emporté, quelque chose de lourd me tombe sur le casque et m'assomme.

« C'est grave ? »

Je pose l'incontournable question en repoussant la main du toubib qui vient de me réveiller avec de l'alcool sous le nez. J'ai la tête qui bourdonne, un sifflement dans les oreilles. Je baisse les yeux, je suis couvert de sang et tous mes boyaux sont dehors. Je vomis.

« Non, t'as rien. Juste quelques coupures. »

Sur son visage blême, je lis tout le contraire de ce qu'il vient de dire, même sa voix est blanche. C'est bizarre, j'ai pas mal au ventre, ça pue la merde, je le lui dis en montrant mes tripes. Je ne reconnais pas ma voix, elle est cassée, rauque :

« Tu mens ! Je suis cuit, les tripes à l'air, ça pardonne pas ! »

Il me tapote l'épaule et me répond doucement :

« C'est pas tes tripes : c'est celles de Frog. »

Merde ! Frog ! Je me lève d'un bond, il tente de me retenir et bascule en arrière. Je regarde autour de moi, j'ai un moment de vertige. Ce qui m'a assommé... c'est la tête coupée de Frog. À l'endroit où il était, il y a une bouillie infâme qui se mélange à la boue avec des dizaines de sangsues. Je me mets à les écraser frénétiquement, une sorte de danse sauvage. Sky me prend le bras, sa voix est d'un calme incroyable.

« Reprends-toi. Pour lui, c'est fini : il a plongé du mauvais côté. Il y avait une chance sur deux, mauvais karma. Réveille-toi, il faut qu'on décroche maintenant. Les autres ont entendu, ils vont nous tomber dessus. »

Il se tourne, fait un signe circulaire, la section s'enfonce dans l'épaisseur de la végétation. J'entends les rafales courtes d'un M 16 et celles, plus lourdes, d'une mitrailleuse RPD [1]. Ça, ce sont les Nord-Vietnamiens.

« C'est Luis et notre Chieu Choï qui ont accroché. Tiens ! »

Le toubib me tend mon sac et mes appareils photo, dans une de ses mains ensanglantées, il tient les plaques d'identité souillées de Frog.

Je récupère mon casque dans la boue en évitant de regarder la tête de Frog fichée dans le sol, les yeux encore grands ouverts. Je le fixe malgré moi un instant, comme pour lui dire au revoir. Il a l'air étonné. Pas autant que moi. Je me mets en route derrière Sky qui m'attend, il me dévisage d'un drôle d'air. 360° me tape dans le dos.

« T'as de la chance, le Loup. Je vais rester près de toi : on va en avoir besoin. Plus de radio, et ces fumiers aux fesses !...

— Silence ! »

C'est Sky qui accélère le pas. Sa tête reste droite, mais ses yeux bougent sans arrêt. On avance vite, à mi-pente,

1. De fabrication chinoise, elle équipait les troupes nord-vietnamiennes.

décrivant un long arc de cercle puis revenant vers la rivière, loin derrière. Vingt minutes plus tard, on est en embuscade et on attend.

La chaleur moite nous emprisonne, les moustiques se ruent sur nous. Le Doc s'approche de moi.

« Comment tu te sens ? Pas de bourdonnements ? »

Je l'observe, ses questions m'énervent, même s'il a réellement l'air soucieux. Une image m'obsède : la tête coupée de Frog. Je veux dire quelque chose, mon nez se met à saigner, le Doc m'applique du coton. Il a les mains pleines de sang, moi aussi, tout mon uniforme est rouge sang. Le Doc me nettoie une petite plaie que j'ai sur le côté, il m'enlève quelque chose, ça brûle.

« C'est quoi ? Une épine ? »

Il ne me répond pas, il n'a plus son visage de môme. Il reprend sa position, son fusil M 16 bien calé, il n'a pas oublié la sécurité. Je ramasse l'épine, je l'observe un instant puis la jette au loin brutalement : ce n'est pas une épine, c'est une esquille, un bout d'os. Putain, Frog était vraiment en morceaux !...

Je regarde à droite et à gauche, je surprends sur moi l'œil inquiet de Sky et Gran'ma. Ils m'emmerdent à la fin, je leur fais signe du pouce que ça va, je vérifie mes appareils photo et, dans la foulée, l'état du colt 45. Mes principes se sont envolés dans l'explosion. Le sang de Frog s'est coagulé sur moi et mon uniforme, je pue. Un instant, je rêve de sauter dans la rivière. Une rafale toute proche me ramène à la réalité, je m'allonge. Une deuxième rafale, je reconnais la voix d'un M 16 : ça ne peut être que Luis, ou notre Viet. Ils sont encore vivants, je les vois. Le Viet est blessé, soutenu par Luis qui arrive à reculons. J'ai un début de mouvement pour monter vers eux, Sky m'arrête, puis nous désigne, moi et le Doc, et d'un geste nous ordonne d'aller les récupérer en aval. D'un autre signe, il indique qu'il reste en planque avec la section pour intercepter les Nord-Vietnamiens qui les suivent. On fonce, longeant la rive, freinés par la végétation, tandis qu'à mi-pente Luis et son blessé restent en flanc-garde, et finalement nous retrouvent dans une courbe de la rivière.

Notre Chieu Choï ne va pas bien : une balle dans la hanche, une autre dans le bas-ventre. Il est gris, mais n'a pas lâché son arme. On le traîne sous le couvert de la jungle. Je reste avec Luis en bordure, j'ai récupéré l'arme du Viet. J'explique à Luis où sont nos amis, il acquiesce sans quitter la rive des yeux. Le Doc donne les premiers soins à notre interprète, qui entre en état de choc. Impossible de lui administrer de la morphine : dans l'état où il est, son cœur ne tiendrait pas. Il souffre atrocement, mais sait se taire. Luis boit dans ma gourde. Son uniforme est trempé de sueur, il a le visage tendu, il jette un coup d'œil vers moi et d'une voix basse et rauque me demande :

« Tu es blessé ?

— Non, c'est le sang de Frog.

— C'était lui, l'explosion ?

— Oui. *Booby trap*. »

Après un temps, il hoche la tête et dit .

« Pas de chance, les autres ont réagi tout de suite. Un petit groupe nous a pris en chasse. J'en ai descendu trois, mais on est repérés... Vous avez planqué le cadavre ?

— Non.

— Ils vont comprendre en découvrant la radio. »

Puis, s'adressant au Doc :

« On peut le bouger ?

— Il faut le porter. Il s'est évanoui. État de choc, il a perdu beaucoup de sang.

— Le Loup, tu saurais retrouver ton chemin vers les autres ?

— Je crois. Il suffit de remonter la rivière...

— Fonce ! On a peu de temps, il y a du monde qui arrive. »

Au moment où je me lève, je tombe nez à nez avec 360°. L'air farouche, il jette un rapide coup d'œil sur le blessé.

« Il est mort ? »

Le toubib lève son visage navré et ruisselant de sueur.

« Pas encore. Le cœur bat, mais il n'a plus beaucoup de sang... »

360° échange un regard avec Luis. Le toubib s'insurge :

« Non ! On peut pas l'abandonner ! Patrick, tiens le sérum. »

Il se lève pour parler avec eux, me laissant seul avec le blessé, qui ouvre les yeux et me prend fiévreusement le bras.

« Je suis le lieutenant Lac Long, unité spéciale de la 3e compagnie parachutiste de l'armée vietnamienne.

— Du calme ! Vous fatiguez pas. Ça va aller. »

Tout en lui répondant, je fais des signes aux autres pour qu'ils rappliquent. On se rassemble autour du para, qui s'est redressé péniblement. Je le maintiens assis, le sang chaud coule de son dos sur ma main, s'échappant par l'énorme orifice de sortie de la balle. Il enchaîne, voix ferme, calme :

« Ne dites pas "le Viet", d'accord ? Je suis Lac Long, lieutenant Lac Long, je suis le plus haut gradé ici. Je vous donne un ordre : vous allez me laisser mon arme et des grenades, je peux les ralentir et vous donner un petit avantage.

— C'est hors de question. En tant que toubib, j'ai toute autorité sur un blessé, quel que soit son grade. »

Luis interrompt Gran'ma, l'œil aigu, rivé sur la piste.

« On perd du temps. Décidez-vous avant que les autres décident pour nous. »

Le blessé tousse, provoquant une hémorragie. Du sang coule de sa bouche. Le Doc veut l'allonger. Lac Long le repousse brutalement et se fâche :

« Donnez-moi mon arme ! C'est mon pays, ma guerre, ma famille a été massacrée par les communistes ! Laissez-moi mourir les armes à la main ! De toute façon, le Doc, vous jouez mal la comédie. Je suis foutu et on le sait tous les deux. »

Quelqu'un lui tend son fusil d'assaut, je lève la tête : c'est Sky, qui nous a rejoints.

« Calez-le contre l'arbre. De là, il aura un bon angle de tir. Exécution ! »

Luis et 360° l'installent le mieux possible, lui mettent une musette de grenades sur les jambes. 360° se redresse et le salue réglementairement ; le blessé lui rend son salut et d'une voix faible, souriant pour la première fois, dit :

« Merci. Racontez, le Loup, faites une photo et racontez ça. Et n'oubliez pas : le lieutenant Lac Long. Lac Long ! Lac Long ! »

Il répète son nom, ses regards se tournent vers la rivière, d'où viendra l'ennemi. On me tape sur l'épaule, c'est le Hibou :

« Viens ! »

En suivant la section le long de la rivière, j'entends encore la voix qui répète :

« Je suis le lieutenant Lac Long, parachutiste ! »

Merde ! Je ne sais même pas si la photo sera bonne. Il y a tellement peu de lumière dans cette putain de jungle ! Mais, Lac Long, je te jure qu'un jour je raconterai ton histoire. Pour l'heure, il s'agit de survivre. Je range mon Nikon et prends le colt.

On se hâte le long de la rivière, la section a repris sa route dans l'ordre, dans l'autre sens cette fois. Ils sont six au lieu de huit. Avec moi, ça fait sept, encore un bon chiffre, mais, là, j'y crois moins.

Deux courtes rafales interrompent mes pensées. Je me retourne. 360° me fait signe d'accélérer.

« Fonce ! C'est Lac Long qui les a accrochés ! »

On court, derrière nous les tirs se déchaînent, les kalachnikovs répondent aux tirs solitaires du M 16. On entend exploser plusieurs grenades, puis c'est le silence.

« Il s'est bien défendu, le Viet ! crie 360°.

— Lac Long ! C'est son nom, putain !...

— Oui, oui. Lac Long. Lieutenant Lac Long. Fonce, je vais poser une Claymore, m'attends pas. »

Il s'arrête, ouvre son sac pour mettre la mine, je reste avec lui en surveillant la piste.

« T'es un con, le Loup : je t'ai dit de foncer... marmonne-t-il, tout à son travail de mort... Voilà, c'est prêt, ça va leur péter à la gueule. Un petit cadeau de la part de Frog et du Viet !

— Lac Long, merde !

— Ouais. Allez, on fonce ! »

On glisse, on saute des troncs d'arbres couchés, des branches nous giflent, mais on ne sent rien. Je ne sais pas où on va.

Je balade mes sangsues, ma peur et ma peine en courant dans la jungle avec six survivants, un appareil photo dans une main, un flingue dans l'autre. J'ai dix-huit ans et je dois raconter, je suis journaliste, je suis au Vietnam. C'est un privilège d'avoir été là-bas à l'époque, me diront plus tard de jeunes photographes.

Une explosion derrière nous. 360° affiche un sourire carnassier.

« Ils ont trouvé mon cadeau.

— La vache ! Ils sont vraiment juste derrière nous ! » dis-je bêtement.

Deux bruits sourds. 360° crie :

« *One two two !* »

Cent vingt-deux, chiffre terrifiant : c'est le calibre des obus de mortier nord-vietnamiens. Le bruit sourd, c'est un départ. On se jette dans la boue qui vibre sous la première explosion devant nous. Je veux me relever, mais 360° me retient.

« Ça vient jamais seul. Ils nous cherchent. »

Cinq autres obus arrivent – deux derrière, deux devant, et un dans la rivière qui soulève un geyser d'eau tout près, nous voilà trempés de la tête aux pieds.

« Allez, debout ! »

On repart, glissant dans la boue. On ne cherche même plus à se planquer, c'est une course contre les obus. Je parviens à la hauteur de Sky, qui a ralenti. Il consulte sa carte plastifiée, son visage est fermé. Il tourne la tête vers moi, ses yeux gris clair sont d'un calme incroyable.

« Ça va être serré : on n'a plus de radio, on est seuls... Reste avec moi. »

Un tir très proche, Sky crie un ordre :

« Tout le monde à couvert ! C'est Luis qui approche ! »

Les Viets nous ont contournés, on est encerclés, les explosions de mortiers se font de plus en plus précises. Un sifflement suraigu me précipite dans l'eau. L'explosion est si proche que je sens la chaleur. 360° roule et se tord dans la boue : il est blessé. Le Doc court vers lui malgré les explosions, il tente d'enrayer l'hémorragie, du sang gicle de l'uniforme déchiré, il me crie :

« Aide-moi ! Vite, il fout le camp ! »

Puis, s'adressant au blessé :

« Reste avec nous, ça va aller, tu vas t'en sortir. »

Je rampe vers les deux hommes, prends la main de 360° et lui parle à l'oreille. Je n'entends plus les explosions. Gran'ma déchire les enveloppes de pansements avec les dents et tente de boucher les trous énormes de la poitrine de 360°, d'où s'échappe le sang par à-coups. C'est désespérant, ça ne sert à rien, à peine posées, les compresses sont tellement imbibées qu'elles glissent sur le sol. Il m'arrache le pansement que j'ai sur le casque et me répète :

« Parle-lui, n'arrête pas, merde ! »

Mais 360° s'est raidi, il est livide, ses yeux grands ouverts sont vitreux, fixes, je serre sa main molle et froide et je me souviens alors qu'il s'appelle José Maria

Hernandez. Au-dessus de lui, le Doc, fébrile, continue de faire tous les gestes qu'on lui a appris. Après une hésitation, j'ose enfin parler :

« Doc, il est mort, arrête. »

Il ne m'écoute pas. Il frappe la poitrine d'Hernandez, puis lui fait du bouche-à-bouche, avant de basculer en arrière dans un sursaut, s'étouffant dans un dégueulis de sang : il vient d'avoir droit au « baiser de la mort », une dernière hémorragie a giclé dans la bouche du toubib. C'est un phénomène courant dont sont prévenus les médecins de combat. Gran'ma vient d'en faire les frais, victime de son attachement pour ces hommes auxquels il tient. Il se met à hurler en jetant ses compresses dans la boue.

« Merde ! Mais donnez-nous une chance !... »

Sky l'attrape et l'écarte violemment, le plaquant contre la rive. Il me fait signe de m'éloigner. Je recule en glissant la moitié de mon corps dans le froid de la rivière. Les obus tombent autour de nous, les tirs se rapprochent ; à l'avant, c'est une bataille qui est engagée. Je cherche mes appareils photo et m'aperçois avec horreur que je tiens encore la main de 360°, je n'avais pas vu qu'elle était détachée, coupée, et qu'il n'avait jamais senti que je la lui serrais. Je la regarde bêtement, cette main dans la mienne qui veut rester avec moi comme si elle avait peur d'être seule. J'ai un réflexe stupide, je la range dans ma musette au milieu de mes appareils.

Sky tire vers la jungle, arrosant en haut, à gauche. Les mortiers se sont arrêtés. On reçoit quelques grenades, je fais quelques photos, une rafale soulève l'eau et la boue près de moi. Je fais tomber mon Nikon dans l'eau, prends le M 16 de 360° et saute le pas. C'est foutu, il n'est plus question de journalisme, je brûle d'une rage qui annule ma saine paranoïa, j'ouvre le feu.

Sky pivote et me fixe un court instant.

« Toubib ! Toubib ! »

Le cri vient de ma gauche, je reconnais la voix du Hibou. Gran'ma, qui, lui aussi, s'était mis à canarder rageusement les Viets, se relève et, au mépris des tirs, commence à courir vers le nouveau blessé.

« Non ! Pas lui ! »

Je viens de hurler. L'inacceptable s'est produit. Le corps du Doc s'agite sous les impacts avant d'être projeté dans la boue à trois mètres devant moi. Je me lève et arrive sur lui en même temps que Sky. Il est touché sur le côté, il a l'air étonné et répète :

« Je suis désolé ! Je suis désolé ! *I'm sorry...* »

Tout en l'implorant de rester calme, Sky fouille le sac du Doc à la recherche de compresses. On est encadrés de tirs, Sky jure, réplique, le Hibou crie toujours : « Doc ! Doc ! »

Je mets ma serviette pour ralentir le sang qui coule en abondance. Patience déboule à toute allure et se jette près de nous, ouvrant le feu sans tourner la tête, l'œil rivé sur la jungle. Il demande :

« C'est grave, Doc ? »

Il pose la question au blessé, c'est le monde à l'envers, mais on est tous sens dessus dessous. C'est pas un blessé, c'est Gran'ma, c'est notre toubib, alors, par réflexe, on lui demande un diagnostic.

« Ça va aller, ça va aller. »

Gran'ma répète lui-même ces mots qu'il a dits tant de fois à ses blessés – il a même cette grimace qui se veut un sourire rassurant. Patience me lance ses pansements, je tente d'en faire quelque chose, une rafale percute le corps du Doc qui hurle : « Oh ! Mon Dieu ! »

C'est pas possible. Je reste paralysé. Sky m'agrippe, on se planque derrière une grosse souche. Je vois le Hibou appuyé contre un arbre, il est plein de terre et de sang mais ne crie plus. Doucement, d'une voix grave, il a entamé un chant indien. Les Viets se déchaînent, ils ont le goût du sang et s'enhardissent. On entend leur slogan : « *Dôc lap* », « l'Indépendance », auquel répond le chant du Hibou. Patience en descend deux presque à bout portant. Il porte bien son surnom, et il fait tout pour le mériter. Calme et précis, à chaque tir il fait mouche. Les morts perdent leur surnom : 360° est maintenant José Maria Hernandez, notre Chieu Choï, Lac Long, et Frog le radio est redevenu Tom Bethancourt. Tous les KIA – « Killed in Action » – ont perdu leur alias, je m'accroche au mien.

Un obus de mortier explose tout près et soulève le corps de Gran'ma qui retombe, fumant, des balles le frappent en faisant un bruit mat insupportable. Je ressens la douleur, aiguë, comme si j'étais touché dans ma propre chair. Son cadavre sursaute sous les coups, comme indigné. Ce corps qui est tué et retué a l'air de vivre tellement il sursaute, à tel point qu'un instant j'y crois et je suis tenté d'aller le secourir, mais une poigne puissante me ramène à la réalité. Sky me fait signe que c'est fini.

Il y a des morts impossibles, inenvisageables. Je fixe le corps disloqué du Doc, Toubib ou Gran'ma, je n'arrive pas à le débarrasser de ses surnoms, trois pour un seul homme, comme pour mieux le protéger, et c'est peut-être pour ça que les Viets l'ont tué trois fois. On se retrouve tous orphelins, il y a comme un moment de stupeur. Même le Hibou, qui n'a rien vu, a compris. Il a fallu forcément qu'il se passe quelque chose pour que le bon Doc ne soit pas déjà là à s'occuper de lui. Le pire, c'est qu'il est mort après avoir vu mourir trois hommes sans rien pouvoir faire pour eux, trois échecs. Je sens un désespoir immense me submerger.

Et les tirs ne cessent pas, c'est l'hystérie. Touché à la cuisse, Patience roule près de moi, il peste contre les Viets et, après un bref regard, commence à répliquer, toujours aussi posément. Sky est touché à l'épaule, il grogne sous l'impact et je l'entends entonner un chant de guerre auquel répond le Hibou.

On n'a plus peur. La peur a eu peur, elle nous a quittés. Je me sens incroyablement lucide, tout à coup. Je remarque, malgré l'intensité de la fusillade, que Luis ne tire plus. J'analyse tout froidement – une sorte de grâce qui m'est accordée avant ma fin prochaine, à n'en pas douter. J'observe le visage de Sky, ses cheveux défaits, ses peintures de guerre luisantes sous la sueur, la veste déchirée découvrant sa blessure à l'épaule. Patience, le visage peint de vert et noir, ruisselant de sueur lui aussi, scrute la jungle sans bouger la tête. Même le sang qui coule de sa plaie le fait calmement.

Une grenade Chicom tombe devant nous avec un choc mouillé. On glisse dans l'eau, je perçois l'explosion assourdie et je rêve d'être un poisson, un serpent ou n'importe quoi, sauf ce que je suis.

Une série d'explosions dans la végétation du côté de l'ennemi (car maintenant, c'est clair, c'est aussi mon ennemi). Les Viets sont autant surpris que nous, il y en a même un qui se redresse, instantanément abattu par Sky. Je vois son corps sursauter, puis s'affaler comme un chiffon. Les tirs viets deviennent moins précis, on entend un combat s'engager derrière eux. Je me retourne vers Sky.

« Qu'est-ce qui se passe ? Qui tire ? »

Il continue à tirer au coup par coup, puis :

« On décroche ! Le Loup, tu saisis le Hibou par la droite, je le prends à gauche. Patience, tu nous couvres ! Maintenant ! »

C'est parti. On attrape le blessé et on s'enfonce à gauche des Viets, dans la même végétation qu'eux. Patience envoie deux grenades, on essuie quelques tirs. Sky et Patience font le compte des munitions, c'est pas brillant. Ils ont récupéré une kalachnikov avec deux chargeurs pleins. C'est maigre. On ne survivra pas à une deuxième attaque. Je les aide à se soigner – rien de très grave, sauf pour le Hibou qui souffre d'une fracture ouverte du fémur et d'une balle dans la hanche, il a de la fièvre et délire un peu. Plus rien ne bouge autour de nous. L'angoisse s'empare de moi, pas besoin de lire dans les lignes de la main pour comprendre que notre petit groupe, ce kaléidoscope de survivants, a un avenir plus qu'incertain.

« Mais qu'est-ce qu'ils attendent ? »

Remarque stupide qui sort presque malgré moi, inspirée par mon impatience. N'étant plus protégé par mon adrénaline, je me sens à poil. Sky me fait signe de me taire et murmure en indiquant la jungle, côté pente :

« Ça bouge. Attention. Préparez-vous. »

Le Hibou s'est traîné vers nous et, son arme calée contre une roche, silencieux et farouche, il scrute le mur vert qui nous cache la menace. En une seconde, j'imagine ma mort de mille façons et maudis mon imagination. Un hululement long, suivi de deux courts.

« C'est quoi, cet animal ? » dis-je tout bas, le regard tendu droit devant moi.

« C'est un Chiricahua », répond Sky.

Je me tourne vers lui, il sourit et, les mains en cône autour de la bouche, reproduit le même son. Patience, l'œil rivé à sa lunette, relève doucement la tête.

« Attention ! Si c'est Luis, il est pas tout seul. »

Sky reproduit le triple cri, la jungle répond. Sky se lève lentement, je me tends, j'ai vieilli d'une centaine d'années en quelques heures.

J'entends des frottements, les feuilles s'écartent, Luis est là. Indestructible. Derrière et autour de lui se rassemblent des dizaines de types. Un court instant, je crois voir des Apaches, longs cheveux noirs, torse nu, en pagne... C'est pas possible, j'ai une hallucination. Où a-t-il trouvé tous ces Chiricahuas ? Sky et lui s'embrassent, il serre la main de Patience et enlace le Hibou, puis, après m'avoir observé un moment, il me prend dans ses bras et dit quelque chose en apache.

« C'est des Indiens ?

— Non. Des Moïs. Une tribu de montagnards, ils détestent les Vietnamiens. Depuis deux jours, ils nous observent. Je suis tombé sur eux en essayant de contourner les Viets. Très intrigués par mon physique, ils m'ont pris pour un des leurs. »

Il en sort de partout. Tous armés de plusieurs fusils, et arborant des bouts d'équipement récupérés sur les

Viets. Leur chef, trapu, musclé, porte élégamment un chignon. Un Luis plus petit, une sorte d'Apache miniature.

Il fait signe à ses hommes de s'occuper du Hibou et les voilà qui fabriquent, à coups de machette rapides, avec une précision redoutable, un brancard en branches sur lequel ils le hissent. D'autres veulent aider Patience à marcher, mais il résiste et, même s'il a l'air soulagé, il refuse de leur confier son arme. Comme il passe près de moi, je l'entends grogner entre ses dents, avec une grimace de réticence :

« Drôles de mecs. Sacrément costauds, mais putain qu'est-ce qu'ils puent ! »

Luis et le Hibou ont l'air parfaitement à l'aise avec eux. Je leur emboîte le pas. Sky, naturellement, est aux côtés du chef. Un lien ethnique unit ces hommes, quelque chose de fort qui a franchi les océans, les frontières, résisté à toutes les politiques, à toutes les invasions. Ils sont libres, ils font partie de leur paysage au même titre que la pluie, le vent, les arbres ou la faune ; en accord avec la nature, ils sont les lointains cousins des Apaches, et aujourd'hui, ils se paient le luxe d'être nos anges gardiens. J'aime les Moïs. À cet instant, je suis un Moï – sauf qu'ils marchent un peu vite pour moi.

Je me sens vidé, et c'est en somnambule que je les suis pendant une heure dans la jungle qui monte et descend comme mon moral.

Tout le long du chemin, on récupère des hommes qui semblaient nous attendre. Chaque fois, c'est la même cérémonie : ils se saluent, se passent les armes capturées aux Viets en riant. Joie des retrouvailles, joie du butin pris à l'ennemi. En voyant Luis, le Hibou et Sky, ils se taisent soudain, pleins d'une curiosité mêlée de respect.

On arrive dans un village sur un plateau. Des paillotes sur pilotis sont disposées en cercle autour d'une grande maison. Des femmes viennent, accompagnées d'enfants qui nous regardent avec des yeux étonnés. Souriants, nus, ils nous pointent du doigt, leur ventre ballonné en avant. Les femmes se chargent des blessés, Sky me fait signe de le suivre. On s'installe autour du chef dans la grande maison. Une immense pièce dépouillée, traversée d'un courant d'air frais, le sol moucheté de taches de soleil qui font une pluie de petits ronds dorés, on dirait des milliers de pièces d'or, un trésor qui nous est offert en partage. Sky, torse nu, cheveux défaits, se laisse soigner par deux jeunes femmes sous l'œil calme du chef. Luis s'est mis torse nu à son tour, j'ai l'impression d'être dans un autre monde.

« Vous êtes français ? »

Surpris par la question du chef, j'acquiesce. Il me raconte qu'il a combattu aux côtés des Français et veut savoir s'ils vont revenir. Il a l'air déçu quand je lui réponds que les Américains nous ont remplacés, puis, d'un signe de tête en direction des Apaches, il me demande d'où ils viennent. Je sens que la soirée va être longue. D'autres hommes s'installent près de nous en cercle, Sky m'interrompt :

« Patrick, vois auprès d'eux s'il est possible de récupérer nos morts.

— Pas avant la nuit, répond le chef en ajoutant que ses hommes sont restés en arrière pour surveiller les Viets.

— Ils ont une radio ? »

Le chef, là encore, nous prie d'attendre : un de ses groupes a assisté à l'attaque du poste il y a quelques jours, ils doivent arriver plus tard dans la soirée. Une femme m'enlève ma veste, immonde de boue et de sang. En voyant ce mélange dégueulasse, les événements me reviennent et je suis pris d'une telle fatigue que j'ai envie de me coucher à même le sol, terrassé. Du bout d'une braise, la femme fait doucement tomber les sangsues, puis elle me lave du sang de mes amis, avec une telle délicatesse que je sens le sommeil m'embarquer. Allongé sur le flanc, Sky se hisse sur un coude pour me faire signe que tout va bien. La main à plat, la paume vers le bas, c'est un geste de gauche à droite qu'il conclut par : « *Enju !* », formule rituelle entre « Amen » et « Tout baigne ». Je m'endors, ou plutôt je perds connaissance.

Le bruit de la pluie sur le toit me réveille. Je lève la tête, la pièce est nimbée d'or, comme si toutes les taches de soleil s'étaient réunies. Ce sont des bougies. Ça sent l'encens, il fait nuit. Je suis en pagne, torse nu, j'ai des croûtes partout. Une jeune femme me tend une noix de coco, je bois, c'est frais. Je regarde autour de moi : Sky est accroupi avec Luis près du Hibou, qui est allongé sur une natte. La cuisse bandée d'un pansement frais, Patience s'affaire à nettoyer son fusil de tireur d'élite. Il ne se détend jamais, ce mec-là : même torse nu, en pagne, malgré le teint gris qui domine son bronzage de terrain, il a l'air d'un môme qui fait consciencieusement ses devoirs ; il n'a que vingt ans, après tout. Au centre de la pièce brûle un feu autour duquel des Moïs sont réunis en cercle. Ils parlent entre eux, le visage grave.

Je repousse doucement la main de la jeune femme qui me tendait une pipe d'opium et rejoins Sky. Le Hibou me salue, il est d'une pâleur terrible et transpire beaucoup.

« La mort est sur lui, me dit Sky. Il faut trouver des médicaments. La gangrène a atteint sa hanche, ses os sont en bouillie... Il faudrait être dans un hôpital dans vingt-quatre heures. »

Le tout débité d'une voix sans timbre. Ses yeux gris sont presque noirs – une obscurité qui vient du dedans.

« Demande au chef s'il a des nouvelles, pour la radio. »

Je me dirige vers le cercle. Autour du feu, les conversations s'arrêtent. Gêné de poser une question trop directe, je commence par remercier le chef en notre nom à tous, puis j'aborde le sujet de la radio. C'est un autre homme, plus vieux, qui me répond en français. Un autre chef, sans doute.

« Demain, mes hommes vont essayer de contourner les Viets. Demain matin, la radio ; si tout va bien.

— Votre ami a de la fièvre, reprend l'autre. On attend un soigneur, avec des herbes ; donnez-lui de l'opium. Mes hommes vont revenir avec vos morts. »

Je lui réplique qu'on veut aller à leur rencontre. J'ai dit ça sans consulter Sky, mais aussitôt l'Indien approuve. Et habillés de nos uniformes fraîchement lavés, encore trempés, Luis, Sky et moi retournons dans la jungle, accompagnés d'une dizaine de Moïs.

Cette fois, on est équipés de kalachnikovs et je n'ai même pas fait semblant de saisir mes appareils photo.

Porté par une tristesse qui alimente ma rage, je me prends à souhaiter un affrontement. Ces vingt-quatre heures m'ont totalement transformé. Mes repères sont tombés, je ne sens ni la pluie ni le terrain. Sky et Luis ont l'air habité, un peu fou. Une branche frappe Luis au visage, il n'en a même pas conscience ; pourtant, il saigne. Personne ne sent plus rien. Personne ne parle, on avance vite, et plus on s'approche du lieu de l'attaque, plus je perçois cette énergie violente me traverser tout le corps. Ma fatigue est restée dans la pagode avec les blessés. Un mouvement devant, j'arrête de penser, je lève mon arme. La pluie semble s'écarter comme un rideau de théâtre. Une colonne de Moïs s'avance, portant deux corps en balancier. Spectacle irréel. C'est le Doc et 360°. Ils n'ont pas pu récupérer Frog ni le Viet.

Sans même nous concerter, Sky et moi saisissons la branche où pend le corps du toubib. Luis prend en charge un des côtés du corps de 360° : notre voltigeur de pointe transporte ainsi le corps de celui qui fermait toujours la marche...

Comme Gran'ma est léger, alors que je me sens si lourd ! Sky est devant, ruisselant d'une pluie qui paraît rassembler toutes les larmes que je refuse de verser. Je tente de me souvenir du vrai nom du toubib, je ne sais même pas s'il me l'a dit. Était-ce volontaire ? Peut-être... Ici, on ne connaît que les noms de guerre. Moi, c'est Wolf, le Loup, et je marche sous une pluie chaude, le fusil pèse lourd sur mon épaule, mes jambes avancent mécaniquement. On atteint le village, ils nous accueillent avec des torches, j'en ai aperçu le reflet à travers la pluie, avant d'arriver.

Patience nous a rejoints en boitant, le vieux chef est là. On pose les corps au sec, dans la grande pagode, avant de les débarrasser des ponchos qui les couvrent.

Doc est tout mou, son corps tellement brisé qu'il ne tient que par l'uniforme. Son visage porte encore sa gentillesse, on dirait qu'il s'excuse d'être mort. Sky lui adresse quelques mots en apache, puis se dirige vers 360°.

« Merde, la main ! »

En remarquant son absence, je viens de me souvenir de cette main coupée que je tenais dans la mienne. Je me précipite et ouvre mon sac photo. Elle est là, seule, stupide. Je la regarde fixement, comme on pourrait fixer un serpent. Je n'ose pas la prendre ; pourtant, il faudra bien la lui rendre !... Je m'empare de mon sac et retourne près du corps. Là, je lève très doucement le rabat. On dirait que cette main s'est cachée au milieu de mes appareils, qu'elle ne veut pas rejoindre le corps sans vie de 360°. Je la récupère, elle m'échappe et tombe. Je reste planté là sans bouger, les yeux rivés sur elle. On dirait que quelqu'un se noie et m'appelle. C'est finalement Sky qui la prend pour la remettre à sa place. Je suis saisi de tremblements et me mets à rire, d'un rire que je ne reconnais pas, haut perché, un rire de fille. Sky m'attrape l'épaule et lâche, entre ses lèvres serrées :

« *It don't matter*. C'est pas grave. *Enju.* »

Je lève la tête vers lui. Son geste m'a fait du bien, ses mots me font chier.

Je me mets debout sans répondre, la kalach que je porte en bandoulière glisse et atterrit sur mon sac, je la récupère en jetant un coup d'œil presque étonné sur mes appareils photo. Ils sont là, inutiles, étrangers, séparés de moi. Ils étaient mon innocence, comme la main saugrenue de 360°. Je me redresse, ferme le rabat avec le pied et m'éloigne, laissant le sac dans la boue à côté du mort. Je parcours le village en serrant l'arme, empreint d'une tristesse qui me submerge au point que je suis obligé de me concentrer pour tenir debout, comme un enfant qui marche pour la première fois.

Le journaliste photographe que je rêvais d'être est mort. Ce sont mes premiers pas de guerrier. Des enfants s'approchent de moi, puis s'écartent. Ils étaient joyeux et curieux, ils reculent en ne voyant que du vide. Je m'appuie contre une petite pagode. Assis dans la boue, je laisse la pluie me gifler le visage, mon uniforme se colle à moi comme un dernier ami. Je m'endors.

Luis me secoue. Je suis engourdi, frigorifié, la pluie a cessé, la nuit s'est installée. Je sens tout de suite que quelque chose ne va pas, malgré le visage impassible de l'Apache. Ses émotions, il me les transmet sans un mot, je me lève difficilement et le suis.

Dans la pièce principale de la grande pagode, Sky et Patience, torse nu et en pagne, entourent le Hibou, adossé contre une des parois en bambou. Les reflets dorés du feu qui les réunit n'arrivent pas à cacher la pâleur du jeune Indien. Il est mourant, je le sens, ils le savent, il le sait. Je m'assieds à côté des autres, qui s'écartent un peu. Luis reste debout, le dos tourné. Le Hibou me fait un faible salut de bienvenue, qu'il ponctue d'un sourire fragile. Sky jette de la poudre sur le feu, une fumée blanche s'en dégage. Il sort ses peintures et se met à tracer des signes sur la poitrine du Hibou. Après quoi, Patience et Luis, qui s'est agenouillé, se prêtent au jeu.

Je n'ai plus envie de rire. Fini le petit sourire ironique qui saluait leurs cérémonies. Sky s'est tourné vers moi, il prend mon visage entre ses mains et cette fois je me laisse faire. Je sens le tracé de sa larme qui traverse ma joue. J'ose à peine respirer. Un air lourd nous enveloppe et me serre la gorge.

Le Hibou murmure un chant et, grimaçant de douleur, commence à se balancer doucement, imité par Sky et Luis. Je regarde Patience à la dérobée, ce type qui d'habitude affiche un cynisme à faire peur a le visage imprégné, il en devient presque beau. Le feu allume des reflets sur sa joue, son menton tremble légèrement, il se tourne vers moi, ses yeux sont ceux d'un enfant, immenses, brillants d'une flamme qui danse au rythme de sa peine.

Sky et Luis chantent de plus en plus fort, le visage impassible. Les paupières baissées, le Hibou semble apaisé. Il rouvre soudain les yeux pour cueillir au creux des mains des volutes de fumée qu'il envoie en l'air, puis sur nous, avant de s'en couvrir le visage, répétant ces mouvements à l'infini. Je tourne la tête vers le centre de la grande salle : le chef est là avec une dizaine de ses hommes. À l'entrée, quelques femmes tentent de voir ce qui se passe. Tous attendent, impassibles, deux mondes dans une seule pièce.

« Ma mort va apaiser les esprits, dit le Hibou dans un souffle. Il ne fallait pas déranger G'ans. Le Loup, tu parleras. Tu te souviendras. Tu m'entendras quelquefois. Sky t'a bien choisi. Je suis mort dans un "raid", c'est bien. Maintenant, laissez-moi avec mes frères. »

Sky me fait un signe de la tête, Patience se lève, je m'éloigne avec lui du cercle, qui se resserre aussitôt autour du mourant. Le chef nous accueille avec une gravité soucieuse et la conversation s'engage. Très vite, Patience perd son calme en réclamant le fameux poste de radio qui n'arrivera que demain. Il a des tonnes de questions à poser, toutes d'ordre tactique, et qu'il me demande de traduire en rafale. Puis d'un seul coup il se lève, tourne le dos, empoigne son fusil et quitte l'endroit sans un mot. Nos hôtes restent un instant choqués, et la conversation reprend.

Ils sont très intrigués par les Apaches. Les questions pleuvent, la nuit s'avance pendant que, dans un long monologue, je raconte tout ce que je sais sur les Indiens. Tout ce que je sais, et même un peu plus : emporté par l'attention de mon public et pris d'un lyrisme qui me dépasse, j'en arrive à mimer des actions, j'improvise, je joue, je ne parviens plus à m'arrêter. Captivés, ils rient, écoutent gravement, poussent des Oh ! et des Ah !, se tapent dans les mains. On m'apporte du thé. Étonné par le silence, je me retourne et derrière moi la pièce est bondée. Une assistance patiente attend sagement le deuxième acte. Impressionné, j'essaie de me défiler, mais ils me réclament la suite, alors je pose mon bol, je m'accorde une mangue, et je reprends.

Je ne sais plus combien de temps a duré mon one-man show, je ne me souviens plus de ce que j'ai dit. Mais quand enfin je me suis tu, vidé, tout ce que ces Indiens m'avaient offert, je l'avais donné aux Moïs.

Après un court silence, le chef a pris la parole à son tour pour me raconter l'histoire de sa tribu. La nuit n'en finissait pas de nous écouter. Et puis l'aube nous a surpris.

Avec la lumière, la fatigue et la tristesse sont revenues.

Je retourne auprès du Hibou. Il est allongé dans un poncho, ses longs cheveux noirs encadrant un visage peint en rouge vif. Sky dort contre lui, le bras en travers de sa poitrine. Assis en tailleur, Luis leur tourne le dos. Les cheveux défaits, le visage peint en noir, il me salue d'un geste et m'invite à m'asseoir. Un long silence s'installe. Les Moïs derrière moi se sont endormis, leur chef ronfle.

Et là, miracle : Luis parle.

« Ici, ça ressemble au pays là-bas. Le nôtre, "l'Apacheria". C'est bien. Même si, pour accomplir les "Di K Oke", les raids sacrés qui donnent à sa famille le statut de "hatzil", Noch a suivi la route de l'homme blanc. »

Je ne suis pas sûr d'avoir tout compris, mais j'ai retenu un nom.

« Noch ?...

— C'est son nom de chaman, pour honorer celui d'un grand prophète apache de la tribu "Cibecue". Il s'appelait "Noch ay del Klenne", il est mort au combat en 1880, comme le Hibou. C'est une bonne mort. *Enju !*

— Attends, il n'est pas encore mort ! »

Luis a un sourire parfaitement serein.

« Tu refuses. C'est bien. Mais tes yeux ne voient pas : il ne reste que le corps du Hibou. À l'intérieur s'affrontent les puissances qui s'équilibrent dans Noch. Il part en paix. Et si Sky a posé son bras sur lui, c'est pour s'emparer de sa force. Quand la lutte sera terminée, Sky se réveillera et on partira vers d'autres raids. *Enju !* »

Incroyable. Jamais Luis ne m'avait tant parlé. Je le regarde, sidéré : il a repris son immobilité.

Soudain, un cri féroce, terrible et joyeux, me fait sursauter. C'est Sky, qui se dresse en hurlant, riant. Tous les Moïs se réveillent brutalement, le chef se cogne contre une jarre et nous regarde, l'air effaré, Patience, alerté, déboule, l'arme au poing, trébuche sur un Moï et s'étale comme une crêpe. Sky s'arrête de crier, considère l'effervescence qu'il a provoquée, éclate de rire et proclame :

« Le Hibou est mort. Noch est en paix ! »

Il rit encore plus fort, des larmes se mêlent à la peinture rouge de ses joues. Luis se met à rire à son tour, suivi par tous les Moïs qui s'esclaffent. Effaré, je dévisage Patience qui se relève, hébété. Il s'approche du corps.

« C'est vrai, constate-t-il, il est mort ; puis il se tourne vers moi pour annoncer : On n'est plus que quatre sur neuf ! »

Et il éclate de rire, comme si c'était la blague du siècle.

Sky et Luis se sont mis à chanter en sourdine, en se balançant au-dessus du corps. Les Moïs s'avancent, les rires s'éteignent et l'attroupement autour de Noch se fait respectueux, le silence s'installe peu à peu...

Les deux Apaches transportent le corps à l'extérieur. Il fait beau, la lumière est belle. On enterre nos trois amis un peu à l'écart du village, à flanc de montagne. De là, la vue porte loin sur les pitons nimbés de brume. Sky hume l'air, contemple le ciel et suit du regard un oiseau qui tourne là-haut...

C'est un aigle.

« Il faut partir », dit-il.

Les Moïs sont rassemblés autour des trois tombes, dans une rumeur de prières. Je pense à mes appareils photo : quelle image ! À part le paysage, ça pourrait être une photo prise dans les années 1850, quelque part entre le Mexique et l'Arizona, en pleine Apacheria.

Luis me tape sur l'épaule, je retourne à la grande pagode, où le chef nous rejoint. Entre-temps, le poste de radio est arrivé, apporté par un groupe qui a assisté de loin à la prise du piton Alpha 98.

Pendant que Patience tente de faire marcher l'engin, le chef me raconte la chute de la base, comment les Viets ont fait quinze prisonniers américains qu'ils ont embarqués avec eux. Sky a le visage grave, il est redevenu le chef de la section – enfin, ce qu'il en reste. Patience se redresse : le poste marche. On décide de partir immédiatement, avec dix Moïs comme escorte. Une fois loin du village, on utilisera le poste pour faire une transmission, et les Moïs le reprendront pour le rapporter avec eux. Tout le monde se salue avec beaucoup de sérieux.

Maintenant, j'ai vraiment hâte de partir. De toute façon, on s'est attardés trop longtemps, notre présence peut mettre la tribu en danger. Les Nord-Vietnamiens sont loin d'être idiots, et ils doivent toujours nous chercher, même s'ils hésitent à s'en prendre aux Moïs : ils auraient toutes les tribus contre eux et se feraient tailler en pièces un par un, dans ces montagnes où ils ne sont pas chez eux.

La marche a repris depuis deux heures. Il fait une chaleur infernale. Patience boite de plus en plus, il est soutenu par deux Moïs, sa blessure à la cuisse s'est rouverte. Il souffre, transpire énormément, au point d'avoir confié son arme à un des Moïs, ce fusil à lunette qui fait partie de lui. Sky se laisse doubler, puis, arrivé à hauteur du blessé, ordonne une halte. Les Moïs hésitent. Quelques minutes de pause, ce n'est rien. Pourtant, ici, c'est énorme. Un quart d'heure pourrait se traduire par un quart de vie. Ces minutes-là peuvent sauver Patience, ou signer la mort de toute la patrouille.

Sky refait le pansement de Patience avec des gestes rapides, précis. Luis, en protection, scrute la jungle en contrebas. Nous sommes à mi-pente. Les Moïs se sont dispersés. Mes yeux vont des crêtes à la pente, ils sont mes soldats, je compte sur eux. La kalach que j'ai sur les genoux est devenue mon arme, les appareils photo des objets hors de propos, inadaptés à la situation.

Situation sans issue, puisque de toute façon on n'est pas supposés être là. Comment sortir d'un endroit où l'on n'est pas ? Trois lurps, survivants d'une patrouille fantôme, et un photographe qui n'est plus en état de faire de photos. Il s'agit juste d'extraire nos corps de ce « non-endroit ».

Sky revient à son blessé.

« Il va falloir le transporter », dit-il.

Patience proteste, veut se redresser, et s'évanouit. Le débat est clos. Une civière est improvisée, on repart, chenille de gibier d'embuscade ondulant tour à tour sous un soleil de plomb ou dans l'ombre glauque de la jungle. Souffrance tout-terrain, mille-pattes silencieux de quatorze têtes farouches et déterminées à s'en tirer – ou du moins à vendre chèrement leur mort.

On avance trop lentement, ma tristesse m'a rattrapé. Elle monte et descend en moi par vagues. Impuissant, je la laisse faire, elle ne me lâche pas, même au plus épais de la jungle où la végétation me fouette la gueule, ou dans la rivière froide au fond visqueux qu'on traverse avec une lenteur effroyable. Les sangsues aussi m'ont retrouvé. Je me sens moins seul.

Je revois le Doc, inquiet pour ses hommes, Frog le radio qui riait en se réclamant de ses origines françaises, 360° le râleur, avec son agressivité de loubard portoricain, notre Chieu Choï, officier droit et sans pitié dans cette guerre civile qui le torturait, et enfin notre chaman, l'homme des visions, mort, le sourire accroché au visage, convaincu d'avoir apaisé les G'ans. Sky pose sa main large sur ma nuque, puis me tape sur l'épaule.

« *It don't matter. Enju !* »

C'est la même phrase, mais cette fois elle fait mouche. Ce type est un devin, comment a-t-il compris ? Je lui fais signe que tout va bien, il a un sourire épanoui et reprend sa position, cinq mètres devant moi. Ma tristesse a foutu le camp, remplacée par mes sentiments pour ce sang-mêlé, ce grand type aux allures de rock star qui n'a pas eu le temps de vivre sa jeunesse, enfant sauvage qui maintenant mène ce qui reste de ses hommes à travers ce purgatoire. Ses rires et ses pleurs m'intriguent, alors qu'au combat il est la pire des mécaniques, terriblement efficace, un cauchemar pour l'ennemi, surtout lorsqu'il fait équipe avec son complice, l'incontournable Luis.

Luis. Encore une énigme. Le même calme, la même férocité au combat. Ange gardien de Sky, éternel silencieux, un vieux sage dans un corps de jeune guerrier. Le seul qui me rassure dans ce groupe, c'est Patience – ce qui prouve bien que je suis devenu fou, au point de trouver à ce tueur cynique des allures de normalité. Mais au moins, quelques rares fois, il m'a parlé d'une fille qui l'attendait au pays, et il a sorti sa photo d'un air un peu crétin, guettant un compliment, alors que je la jugeais tarte. Je la lui ai rendu sans rien dire, en pensant à Paris, à mes amies beaucoup moins tartes qui ne m'attendent pas, mais qui ne perdent rien pour attendre si je reviens entier de cette galère.

Des rafales claquent. Juste devant moi, un Moï s'écroule, désarticulé, mort avant de toucher le sol.

Je me jette contre une grosse pierre, j'ouvre le feu en hurlant :

« Merde ! Y en a marre ! Ça s'arrête jamais ! Fumiers ! »

Dôc lap. Indépendance. Ma cause est loin d'être aussi glorieuse : ma cause, c'est moi. Me barrer, me tirer, rentrer, salut, ciao, bon vent ! Je les emmerde tous !

Je suis pris d'une rage froide, j'ajuste mon tir... et je fais mouche, je le vois nettement pour la première fois.

Sky me fait un signe, le pouce levé, avec un sourire féroce. Je lui réponds par un rictus, c'est le pire de tout. Je me sens libéré de toutes mes pensées d'homme civilisé – plus de tristesse, plus de peur, plus de questions. La vie, la mort. Le fort, le faible. Un coup de feu très proche me claque aux oreilles, je sursaute et me retourne : c'est Patience, qui s'est réveillé pour tirer posément. « *One shot, one kill !* » dit-il – un tir, un mort.

Avec un grand sourire, c'est terrifiant.

Sky crie :

« Halte au feu ! »

Faisant le signe, la main à plat, qu'il agite horizontalement. Les Moïs ont un temps de retard mais cessent enfin de tirer. Luis déboule avec deux kalachnikovs, trophées sinistres. Sky m'invite du geste à les rejoindre, ce que je fais à toute allure, le corps cassé en deux.

« Beau tir, le photographe !

— Sale con ! »

Il ignore l'insulte et distribue ses ordres, un ton plus bas :

« On reste groupés. Il va falloir se dépêcher. Luis, tu prends trois Moïs et tu pars en reconnaissance, nous, on continue à marche forcée sans dévier d'un pouce. »

Il tape sur sa carte.

« Quatre hommes porteront Patience au milieu du groupe.

— On change pas de direction ? »

Je demande ça d'une voix que j'aurais voulue plus ferme.

« Ça sert à rien. On est repérés, maintenant. Notre atout, c'est la rapidité. »

C'est parti. On presse tellement le pas que par moments je suis obligé de courir. Les Moïs responsables de Patience se relaient toutes les quinze minutes, ces types sont des forces de la nature. Patience râle à chaque secousse, mais tout le monde s'en fout, moi le premier. La nuit nous rattrape en pleine course, tellement vite que notre cavale ralentit à peine, à part quelques gadins que je me paie comme d'habitude, pour le bonheur des Moïs qui sont derrière moi.

« Halte ! »

Enfin ce mot. Ouf ! Je m'écroule à l'endroit même où je me suis arrêté. Sky s'approche de moi, me tape sur l'épaule, je le repousse. Il prend mon poncho, s'en couvre, consulte la carte avec sa petite lampe rouge entre les dents, puis, après une discussion avec les Moïs, que je traduis en français, il allume la radio et annonce :

« Plus bas, de l'autre côté de cette crête, c'est le Vietnam. J'envoie un message, et... »

Des tirs dans la nuit derrière nous l'interrompent.

« C'est Luis. Il accroche les Viêt-cong, ça peut marcher. Départ dans une heure, ensuite deux heures de marche et on l'attend. Il sait où. Dis à nos amis de laisser quelques types en arrière-garde. »

Patience délire, je lui passe de l'eau sur le visage, il est brûlant. Je m'endors d'un coup, allongé près du brancard de bambou.

« Tu ronfles ! »

Le visage de Sky est tout près du mien. Je me redresse en protestant :

« Sûrement pas ! Je ne... »

Il me plaque la main sur la bouche et murmure à mon oreille :

« Victor Charlie est là. »

Je prends mon arme. J'ai la tête comme une pastèque et cette info met mon cerveau en carafe.

« C'est pas possible, ils sont partout, ces mecs !

— Oui, partout. »

La réponse de Sky est simple. Comme toutes les vérités.

« Luis ?

— Pas de nouvelles. Mais je le sens, il n'est pas loin.

— Comment ça, tu le sens ? C'est idiot, t'as pas senti les Viets !

— Les Viets ne sont pas mes frères.

— Et les Moïs, ils ne les ont pas sentis non plus.

— Si, et depuis un moment. »

Ça recommence. Silence et immobilité totale.

Sky reprend son murmure :

« Les Viets ne sont pas partout. Ils sont. *Enju !*

— Tu crois que c'est le moment de jouer au philosophe apache ? “Ils sont”, tu parles ! Et nous, alors, “on est” ? En tant que philosophe parisien, j'ajouterais : dans la merde. »

Il se marre en m'écoutant continuer :

« Déjà avec le chaman j'avais du mal à suivre, mais si tu prends le relais...

— Red Owl nous protège, dit-il, et ses pouvoirs naissent en moi. “Ils sont” est une vérité, comme Luis et moi ne sommes qu'un. *Enju !*

— Sky, tu me les brises. On est en 1968, on a envoyé un homme dans l'espace, et, si j'avais une vision, je dirais qu'on est plus près d'être bousillés par les Viets que de boire une bonne bière fraîche à Saigon ! *Enju !* »

Sky rit tout bas, puis il se tait. Pendant un instant, je me dis qu'en tant que Loup je pourrais le mordre sauvagement, puis me barrer sur mes quatre pattes jusqu'à Saigon, personne ne ferait attention à un loup. Ça y est, je deviens fou, je commence à avoir des visions. Je ris. Sky aussi. Puis le silence environnant nous fait taire et on l'écoute de toutes nos forces. Un léger mouvement fait vibrer l'air devant moi, je tente de percer la nuit, je ne vois rien. Sky bouge légèrement, un Moï s'approche et me parle en français :

« Pas Viet, animal ! »

Je traduis pour Sky, qui sourit :

« Animal ! C'est vrai : c'est Luis ! »

Il émet un hululement, de la nuit nous parvient le même en réponse. Quelques minutes plus tard, Luis est là, il touche le visage de Sky, qui fait de même, puis ils discutent tout bas. Apparemment, le groupe de Viêt-cong qui est passé tout près de nous transporte des blessés, sans doute le résultat de l'accrochage avec Luis. Et puisqu'ils vont vers le Vietnam, le mieux, c'est de les suivre.

On repart en compagnie de nos fidèles Moïs, Luis en pointe avec eux, Patience sur son brancard et moi au milieu, d'autres montagnards en arrière-garde fermant la marche. Notre laissez-passer, ce sont les Viêt-cong : ils nous cherchent et on est juste derrière eux.

L'aube nous fait découvrir la vallée, les reflets apaisants du ciel dans les rizières tranquilles.

Le Vietnam. C'est bizarre d'être heureux en prononçant ce mot, alors qu'il est synonyme de guerre. Mais la guerre du Vietnam, c'est chez nous, chez moi, ma patrie.

Sky parle à la radio, un petit groupe de Moïs très intéressés se tient autour de lui. Après le quatrième appel, le récepteur nous répond : une voix nasillarde nous demande, étonnée, confirmation de notre identité. Sky donne des numéros de code. Après un moment d'attente, le dialogue reprend. Carte, boussole, l'extraction s'organise. Ça sent l'écurie, je commence à y croire.

On repart. La descente est difficile, la moitié des Moïs sont restés sur la montagne en protection. Arrivés en bas, on traverse une rivière, bien froide, bien dégueulasse, comme je les aime, c'est l'endroit parfait pour une embuscade. Je m'attends à tout instant au claquement des balles qui vont traverser mon corps, réduisant à néant ma carrière peu concluante de journaliste. Mais rien ne se passe, il faudra donc que j'assume ce que j'ai fait. Je ne suis pas le même que celui qui en était parti quelques jours plus tôt. Maintenant, le Loup est en moi. Sky dirait : il « est » moi. *Enju !*

Le bruit lointain d'hélicoptères me fait lever la tête, je vois quatre petits points qui viennent droit sur nous. On se dit adieu avec les Moïs, nos sauveurs, nos amis. Ils s'éloignent avec le poste de radio, je les regarde disparaître dans la jungle. Ont-ils jamais existé ?

Une petite explosion sourde me sort de ma rêverie, Sky a allumé un fumigène, la fumée rouge monte en spirale vers le ciel, les hélicoptères descendent sur nous, deux autres passent sur les côtés et mitraillent pour nous protéger. Merde ! Les Moïs ! Sky a compris la confusion, mais il n'a plus de radio. On fonce vers ces oiseaux de malheur tant attendus, Patience en premier, Sky en deuxième qui hurle au mitrailleur de faire cesser les tirs. Celui-ci transmet par radio, je monte et Luis me suit en dernier, l'arme braquée vers la montagne où nos amis se font tailler en pièces par nos sauveurs.

On décolle brutalement, les hélicos Cobras arrêtent leurs tirs et on s'éloigne. Chaque tour de pale nous civilise et ma tristesse en profite pour revenir.

Je ne suis pas seul à me sentir isolé. Détachés les uns des autres, on regarde défiler les rizières de la deuxième région militaire par l'ouverture où se tient le mitrailleur, qui tire de temps en temps au jugé, puis se retourne et crie, pour couvrir le bruit du vent :

« Tout est OK ! Vous êtes dans les couilles de Dieu ! Et j'ai la trique ! »

Et il part d'un grand rire. Encore un fou. Je fais face à Sky, mais il s'occupe de Patience, qui est enfin sorti de son évanouissement et nous fixe d'un air hébété. Il a une sale gueule. Un infirmier lui ajuste une perfusion et lui parle :

« Ton nom, mon garçon, c'est quoi ? Reste avec moi ! T'es d'où, aux États-Unis ?

— Pas de nom ! Seuls les morts ont un nom », réplique Patience avant de fermer les yeux.

Sky sourit à l'infirmier, qui nous dévisage tour à tour bizarrement avant de demander, avec un respect craintif :

« Vous êtes des lurps ? »

Personne ne répond et je ne le contredis pas.

J'ai le cerveau vide. Je suis aussi un lurp, mais ma tristesse me rappelle que je suis avant tout un témoin et qu'il va falloir raconter. Pourtant, comment raconter ça à ceux qui n'imaginent même pas que « ça » a eu lieu, ceux qui mangent, dorment, baisent, dansent, vont au cinéma, ceux qui croient que tout est normal, que tout est acquis, ceux pour qui la guerre du Vietnam est loin, comment leur raconter ce qui se passe de l'autre côté de la guerre, au bord du monde ?...

Je pense aux Moïs, au Doc, à Frog, Lac Long et 360°, j'ouvre ma sacoche et regarde mes appareils photo comme si je les voyais pour la première fois. Ils sont là, inutiles. Et puis, sans prévenir, je me mets à rire, le mitrailleur se retourne et rit aussi en criant :

« Les couilles de Dieu, c'est nous ! »

Sky et Luis dorment, je m'installe dans une déprime qui me rassure, et m'assoupis à mon tour. Un hurlement me réveille brutalement, c'est Sky qui a fait un cauchemar. Luis met un bras autour de ses épaules, je remarque à ce moment-là qu'il a un ranger posé sur le crâne. Une godasse sur la tête ! Luis est devenu fou.

Voyant qu'ils sont assis sur leur casque, je les imite, j'avais oublié cette précaution élémentaire : il vaut mieux protéger ses organes génitaux, même si on vole avec les « couilles de Dieu ». L'infirmier me demande s'ils ne sont pas tous un peu barrés, je lui rétorque que ce sont juste des Indiens apaches, des Chiricahuas.

« Il est bizarre, le grand, on dirait presque un Blanc.

— Sang-mêlé, lui répond Sky, qui a tout écouté.

— C'est pire que tout : tu sais jamais à qui tu parles, le Blanc ou l'Indien. C'est le pire fils de pute de tous les fils de pute, et c'est mon pote ! »

Patience va mieux : je suis ravi d'entendre sa douce philosophie, si pertinente.

À cent quatre-vingts kilomètres/heure, quatre survivants foncent vers ce qu'il y a de plus civilisé dans le coin : la base de combat de Biên Hoa.

« *Home !* » crie le mitrailleur.

J'aperçois l'énorme bordel organisé d'où des milliers d'hommes partent pour la guerre. D'autres reviennent vers l'hôpital ou la morgue, carrefour de destins dans un décor de boue rouge où une nuée de bureaucrates en uniforme tentent de gérer froidement les dépenses du contribuable américain.

« Cette guerre s'arrêtera un jour, me confiera l'un d'eux : elle revient à un million de dollars par Viet tué. Si ça continue comme ça, ce sera pas rentable. »

Voilà où va se nicher l'espoir de paix. Ce petit mec à la tenue impeccable, qui n'a jamais entendu un coup de feu, connaît la fin de l'histoire bien avant tous ceux qui la subissent, grâce à ses calculs, entre l'intendance, les uniformes, la blanchisserie, la bouffe, l'essence, les médicaments, les pansements, le rapatriement des corps, les permissions, les voyages, les munitions, le matériel, les chiottes ou les tanks, les canons ou les hélicoptères, les avions et les bateaux, en passant par les capotes, les gilets pare-balles, les permissionnaires. Une simple équation froide et précise.

« Vous vous rendez compte, rien que sur le porte-avions *Coral Sea*, ils ont bu neuf cent vingt mille tasses de café en six mois ? Et il y a sept porte-avions en mission. Rien que le putain de café ! » conclut-il, essuyant ses lunettes, fixant sur moi ses yeux myopes de premier de la classe.

Puis, dans un élan de générosité :

« Vous voulez un café ?

— Je ne voudrais pas abuser. Mais, après tout, pourquoi pas, si ça peut accélérer la fin de la guerre. Je prendrai deux sucres.

— Là, c'est presque trop. Je vais vous dénoncer pour complicité avec l'ennemi... »

On sourit, unis dans la dérision. Puis je pars pour Saigon.

Sky et Luis restent à la base pour le débriefing, Patience embarque sur un navire-hôpital... Voilà, je me retrouve, l'œil vide, dans un avion C-130. Cap sur Saigon – le Paris asiatique, comme me disaient les anciens de la guerre d'Indochine, celle des Français, la version pas chère de celle d'aujourd'hui.

Saigon maintenant ressemble plus à Dodge City pendant la conquête de l'Ouest qu'aux souvenirs romantiques des Français nostalgiques. Néons, bars à putes, espionnes, espions, Viêt-cong infiltrés, journalistes, écrivains en quête de reconnaissance, profiteurs en tout genre, mercenaires, militaires en goguette, soldats fous, perdus ou traumatisés, tueurs désœuvrés, flics, diplomates, agents de la CIA, soldats vietnamiens, population repliée sur elle-même, bouddhistes, suicidaires, crises de nerfs, bagarres, associations humanitaires, innocents, puceaux. Saigon, enfin. La civilisation.

« C'était un homme !

— Pardon ? »

Je lève les yeux de mon verre embué et frais, plein de cette bière Ba-Moui-Ba, ou bière 33. C'est Yann, un journaliste australien, qui vient de laisser tomber cette petite phrase en s'asseyant à ma table à la terrasse de l'hôtel Continental. Il répète :

« C'était un homme.

— Mais de quoi tu parles ?

— La Tigresse de Saigon ! La pute tueuse. Celle qui abattait les soldats américains d'une balle de colt 45 dans la tête. C'était un putain de travelo !

— *Enju !*

— Comment ?

— Ça veut dire “amen” en apache.

— Tu parles apache ?... Remarque, ici, ça pourrait servir, tout peut arriver.

— Non. Je pense apache. Je suis apache, je m’appelle Wolf, le Loup.

— Patrick, sans vouloir jouer les mères poules, peut-être qu’il est temps que tu rentres. Cette saloperie de guerre peut te bouffer tout cru, tu sais. Surtout, vu la manière dont tu la couvres. T’as quel âge ?

— Dix-huit, en allant sur mes cent. »

Il commande deux autres bières à une Vietnamienne en tenue traditionnelle. Je la regarde, et songe à Dao.

« Il y a d’autres choses dans la vie... » continue l’Australien.

Je ne réponds pas. Ma vieille mélancolie vient de s’inviter à table. Je repense à Gran’ma, le Doc, l’infirmier de combat, si doux et si bon, qui voulait toujours qu’on se lave les dents... Tous ces docs, qui, au moment même où je bois, sont en train de courir d’un blessé à l’autre sous le feu, ne font qu’un, comme s’ils n’étaient qu’un immense personnage qui se fait rogner chaque fois qu’on en tue un. À la fin, la réserve de ces hommes s’épuisera et il ne restera que les tueurs...

« Qu’est-ce qui s’est passé là-bas ? »

La question de Yann me sort de mes réflexions.

« Rien de neuf. On a tué des hommes. Ils nous ont tués. Puis on est rentrés boire une bière

— “On” ? Tu as dit “on” a tué ?

— Ah ouais ? Possible. On dit tellement de choses ici, va savoir ce qui est vrai. Regarde la Tigresse, c’était un homme... Tout ça n’a aucune importance. Tu dis que c'était un travelo, d'autres disent : un héros de la résistance. Ce qui compte, c'est d'être en accord avec ce qu'on fait. Non ?

— T'es journaliste avant tout, ne l'oublie pas.

— Je suis un homme avant tout. Et, pour raconter, il faut revenir. Va faire un tour avec les boys, tu verras, c'est beaucoup plus clair là-bas.

— Non merci, j'ai passé l'âge. Et puis tu racontes suffisamment bien, je n'ai plus qu'à écrire derrière. Alors, qu'est-ce qui s'est passé là-bas ?

— Là-bas ? J'y suis encore. Alors, si tu veux raconter, tu prends le vol des couilles de Dieu direction "*never land*". Et si tu oublies tes principes, tu reviendras peut-être avec un ranger posé sur la tête, et tu pourras raconter. »

Il me dévisage d'une drôle de façon, puis hausse les épaules. Après quoi, il commande deux autres bières et le silence s'installe entre nous. Je regarde sans la voir l'agitation sur l'avenue Tu Do, qui part du Continental et va jusqu'au port de Saigon. Ce silence me convient. Seul, mais avec quelqu'un, comme avec une ombre rassurante sur le sol qui vous rappelle que vous êtes bien là. Or on ne parle pas aux ombres, à moins d'être fou...

La nuit est arrivée vite, comme à son habitude. Je monte sur le toit de l'hôtel Caravelle, j'observe les hélicoptères vietnamiens qui larguent leurs fusées éclairantes pendues à des parachutes, au son de l'artillerie américaine, et plus loin, plus sourd, le grondement des explosions, des bombes, des B-52 qui font trembler l'air, le fameux et redoutable « *arc light* », des centaines de bombes de sept cent cinquante kilos d'Amatol : le napalm. C'est la réponse.

Je songe à ce que disait le Hibou, les « puissances » qui dominent le monde, qui font que la paix n'est pas éternelle. C'est la vérité des Chiricahuas : un brave doit toujours être prêt à la guerre. Nous sommes tous des Apaches, voilà ce que je pense. Je me sens plus près des Moïs, et même des combattants de la guérilla dans la jungle, que de mes « amis » américains...

Je bois une vodka Collins, je décide d'aller faire la tournée des bars. Un air me trotte dans la tête, un truc du Grateful Dead. Je marche dans les rues vides, je me retourne brutalement pour voir si 360° est bien derrière moi. Un soldat devant une boîte lève la main pour saluer un ami, je lève la main à mon tour, puis, réalisant ma confusion, je me redresse en tentant de garder un minimum de dignité. Je passe devant le soldat, qui me tape sur l'épaule et chante : « I can't get no satisfaction ». Il m'offre un verre. Il ressemble à Frog. Ils se ressemblent tous.

Une bagarre éclate dans le bar, tout le monde s'y met, ça fait du bien. Les putes hurlent, les civils fuient, le disc-jockey met à fond « Born to be wild », tout le monde hurle de joie et on se remet à boire.

À travers les brumes de ma cuite et la fumée du bar, je cherche Sky, Luis, Patience et les autres, et puis mon cerveau s'arrête net. Il s'est couché avant moi, mauvais signe.

Il est midi le lendemain, ma tête est ma punition. J'ai l'impression qu'un hélicoptère Chinook tourne à l'intérieur. Quelqu'un frappe à la porte de ma piaule, je m'enveloppe du drap et ouvre en titubant.

« Sky ! »

Il éclate de rire en me voyant, je retourne me coucher, son rire m'a transpercé le crâne, l'Indien soulève le drap du bout du pied et je me retrouve complètement à poil. Il émet un sifflement et, pivotant vers Luis, qui est juste derrière lui :

« Regarde ce vaillant guerrier nu comme un sauvage... Allez, rassemblement à la réception dans dix minutes, opération déjeuner. Exécution. »

Il claque la porte, ma tête éclate, je les entends rire, ces types sont des sadiques. Je me mets à gratter comme un fou les plaies infectées laissées par mes fidèles sangsues, j'enfile un jean, un tee-shirt kaki, et des tongs rouges avec des petites fleurs – mes pieds sont en vacances et méritent de respirer, ils ont failli pourrir dans cette dernière patrouille.

« On va où ? »

Sky, impeccable dans une tenue de camouflage, les cheveux en chignon, un ceinturon où pend son colt 45 dans un étui réglementaire en cuir marron ; Luis, pareil, avec une touche apache : foulard rouge épais noué autour de ses cheveux défaits ; même leurs rangers sont cirés. Tous les deux me font signe de les suivre, sans répondre. Trois pousse-pousse nous attendent devant l'hôtel. On part à travers la ville. Une ville en pleine effervescence : il y a eu un attentat près de la poste. Rien de neuf. On zigzague entre les piétons inconscients, les vélos, les taxis quatre-chevaux et les soldats américains qui courent en tenant des filles par la main. Deux fois de suite, on est arrêtés par des barrages de police militaire. Chaque fois, ils saluent Sky et Luis avec respect, en reconnaissant l'uniforme et l'insigne des lurps. Sur moi, ils jettent un regard fermé qui s'attarde un peu sur mes tongs, puis me laissent passer, puisque je suis avec eux...

On abandonne les pousse-pousse pour une très coloniale Peugeot 203 qui traîne fièrement sur les cent kilomètres qui nous séparent du fleuve.

Arrivés au bord du Mékong, on embarque sur un petit sampan qui nous attendait. Le moteur ronronne doucement. On s'installe nez au vent, Sky défait son chignon. Je me sens un peu mieux, l'air est bon.

« On va où ? »

Sky répond, en se roulant un joint : *« If all religions were rivers, this is the lake into which they would flow. »*

Il me tend son pétard, je tire une taffe en traduisant :

« "Si les religions étaient des rivières, c'est dans ce lac qu'elles viendraient se jeter."

— T'es devenu poète ?

— Non, je cite Steinbeck.

— Je croyais que tu savais pas lire.

— J'ai un peu appris en prison. »

Puis, s'empressant de changer de sujet, il me montre une île au milieu du Mékong :

« C'est là qu'on va déjeuner. »

Au loin, je vois un banc de sable qui s'étire sur l'eau du fleuve, des arbres, une espèce de pagode dont les toits pointent à travers les feuillages.

« L'île de Phuong, reprend Sky. Un endroit où tout le monde se retrouve et prie pour la paix.

— Tout le monde, c'est qui ?

— Tout le monde : soldats américains, beatniks, déserteurs, réfugiés viets et viêt-cong... C'est le R and R[1] de Victor Charlie.

— Nos amis... Victor Charlie ?

— Oui. Là-bas, on ne se bat pas. L'île appartient à la secte Dao.

— Des admirateurs de ma copine ?

— Les Dao Dua. Une secte créée par un Vietnamien, un ancien chimiste d'éducation française.

— Sky, tu me sidères. Je te rappelle que sur ton casque il y a écrit : "La seule chose que je sens quand je tue un Viet... c'est le recul de mon M 16."

— Ça, c'est pour "là-bas", pour survivre. Mais l'île de Phuong, c'est un autre monde. Tu verras.

— On y mange bien ?

— Oui.

— Alors, ça va. »

Je m'allonge sur une natte, torse nu, et profite du soleil. De toute façon, depuis quelque temps je me pose trop de questions sur le bien et le mal, s'ils existent. À part la méchanceté, la bêtise et l'orgueil, qu'est-ce qui est mal ? D'ailleurs, pourquoi me sentirais-je responsable de ce que nous sommes, et de ce qui nous arrive ? Épuisé par une tentative de réflexion qui s'ajoute à ma gueule de bois, je m'endors. Sky et Luis ne m'ont pas attendu, ils sommeillent l'un contre l'autre au fond du sampan, à l'ombre. Pendant un instant je les vois morts, on les ramène pour le *body count*.

L'île, une longue plage de sable, avec une sorte de temple mi-béton, mi-bois, bâti sur pilotis avec de

---

1. *Rest and Recreation* : permission.

grandes statues colorées entourées de superbes manguiers, est un vrai Disneyland oriental. Des moines – enfin, je suppose –, en robe marron, nous accueillent avec joie et courbettes. Visiblement, ils connaissent mes Apaches, qu'ils entraînent dans une pièce, me laissant seul sur la terrasse face à un moine chauve, assis à côté d'un immense gong fabriqué avec des douilles d'obus. Il me sourit, béat, je le contemple, l'œil vide.

Sky et Luis réapparaissent affublés d'une robe, eux aussi. C'est plus fort que moi, je brise le très religieux silence par un fou rire. Ils se regardent, regardent leur tenue, l'air étonné, puis, haussant les épaules, me font signe de les suivre. On se pose dans une grande pièce, sous l'œil de béton d'un public de dragons. Du thé nous est servi, avec du lait et des morceaux de noix de coco. C'est bon, c'est frais, j'attends la suite...

Il n'y a pas de suite. Je veux protester, mais Sky aligne devant lui les plaques d'identité militaires de nos morts. Elles sont là toutes les cinq, brillant au soleil. Luis sort d'un sac leurs affaires personnelles, récupérées à la base. Le bonze allume de l'encens, le gong entre en action, une sorte de flûte de pan entame une mélodie tout en douceur. Luis attrape la fumée, il se balance d'avant en arrière. Sky se met à parler, le regard perdu devant lui. Il décrit les morts, se souvient, rit d'aventures partagées avec eux, cite une phrase ou deux, Luis approuve de temps en temps, j'interromps leurs souvenirs avec les miens et à la fin, épuisés de paroles, on se distribue quelques objets, Zippo, livres, jeux de cartes, petits trésors qui leur appartenaient. Un rite païen, simple et bienfaisant. La nuit nous tombe dessus en même temps que la tristesse.

Le moine prend alors la parole à son tour, une jeune femme nous apporte de la noix de coco en morceaux. Encore. Ils commencent à me gonfler, ces bonzes macrobiotiques ! Je proteste. Mais le moine lit des textes bouddhistes, je n'y comprends rien et je doute que mes amis indiens y comprennent quoi que ce soit.

Agacé, je me lève et j'admire le ciel rougissant au loin, un avion de ligne passe près de l'horizon.

« *Freedom flight !* »

C'est Sky, qui s'est approché de moi et me parle, la main sur l'épaule.

« C'est le vol de la liberté, United Airlines, celui que va bientôt prendre Patience pour retourner chez lui. Il est peut-être dans celui-là, d'ailleurs, en train de boire un whisky à notre santé.

— On pourrait peut-être en faire autant ? C'est bien, de prier pour la paix en mangeant des noix de coco, mais moi j'ai la dalle. Et tous ces chants, ça me fout le bourdon. Surtout quand je sais qu'à quelques kilomètres de là vous avez rayé de la carte la ville de Bentre, en déclarant à la presse : "Nous avons détruit cette ville pour la sauver." C'est bien joli, vos prières, vos dévotions et vos airs dignes, mais c'est du flan ! »

Sky reste planté là, il a vraiment l'air trop con dans sa robe marron.

« Enlève ça, merde ! Toutes ces conneries, franchement !... T'as oublié ce qui s'est passé là-bas ? On y a laissé plus que des copains, Sky. Tu sais, comme moi, que vous faites partie des quinze pour cent d'idiots qui se battent au Vietnam, pendant que tous les pistonnés de la Watch List se planquent à l'arrière, veillés comme des poussins par les mères poules de l'état-major qui voudraient surtout pas envoyer les fils de famille au casse-pipe. Et c'est ceux-là qui rentreront couverts de médailles en racontant leurs exploits. Sans compter les bureaucrates, qui restent au frais en gérant le massacre. Tu sais quel serait le meilleur moyen d'arrêter cette putain de guerre ? »

Sky ne répond pas. Accoudé à la rambarde, il fixe le Mékong qui reflète les flammes des grandes bougies allumées tout autour de nous.

« Il suffirait de couper l'air conditionné. Ce serait la panique à l'arrière, tous les généraux, officiers et bureaucrates prendraient d'assaut les "*freedom flights*". Il resterait plus que les "*underarchievers*", les Noirs, les Mexicains, les Apaches, les pauvres cons qui n'ont pas fait d'études, qui n'ont pas de relations, cinquante mille couillons, qui se feraient bouffer en trois jours par les divisions viets.

— C'est une idée ! »

Je me retourne, ces mots ont été dits en français. Un homme me regarde en souriant. Il est vêtu d'un pyjama noir, et porte les très reconnaissables sandales Hô Chi Minh dont les soldats américains suivent les traces dans le Delta, l'angoisse au ventre. Sans le quitter des yeux, je lance à Sky :

« C'est un moine, lui... ?

— Non, lui, c'est notre Victor Charlie. C'est Minh. Il a trente ans, c'est un très bon ennemi. »

Le dénommé Minh me tend une main, que je serre après une courte hésitation. La poigne est franche, la peau sèche et rugueuse.

« Vous êtes... viêt-cong ?

— Parfaitement. Bonne idée, l'air conditionné, j'en parlerai à mes camarades. »

Je reste un instant sans voix.

« Vous êtes le photographe français ? reprend-il ; ça m'intéresse, de discuter avec vous. Vous êtes communiste ?

— Non, pas que je sache. Mais tout est possible, comme ils disent tous ici : c'est plus une guerre, c'est un happening. »

Il rit et nous propose d'aller avec lui sur la rive, à deux cents mètres, de l'autre côté du Mékong. Il nous invite à dîner dans un village où il a, dit-il, des « amis ». Je veux bien le croire, mais, s'ils sont tous comme lui, on est morts. Effaré, j'entends Sky répondre :

« OK. On va dîner chez Victor Charlie ! »

L'autre, ravi, part chercher un sampan. Je profite de son absence pour prendre Sky à partie.

« T'es complètement con ! Je te rappelle qu'il y a quelques jours à peine, on était en train de se battre contre eux ! »...

Sky se défait de sa robe et me réplique, le plus tranquillement du monde :

« Ça, c'était il y a quelques jours.

— Et je te rappelle aussi qu'on vient de faire une cérémonie à la mémoire de ceux qu'ils ont tués !

— Il y a une heure, objecte Sky. Maintenant, c'est maintenant. »

Il reparaît en uniforme, ajustant son colt à sa ceinture, me répétant une fois de plus que le temps des Apaches n'est pas le même que le mien. Hier, pour eux, c'est carrément une autre vie.

« Et puis, continue-t-il, on connaît Minh. On le rencontre souvent ici, on lui a parlé de toi.

— Trop aimable. »

Luis aussi a remis sa tenue de camouflage, son foulard rouge et son colt. Il rit et me tape sur l'épaule, en ponctuant par l'incontournable : « *Enju !* »

On traverse le fleuve dans la nuit noire. Au loin, le canon nous ramène à la réalité. Je n'ai plus faim du tout.

Des chiens aboient, ils nous annoncent la rive. Le village est faiblement éclairé par des bougies qui renvoient leur lumière de l'intérieur des maisons en bambou.

« Bienvenue au Vietnam démocratique libre ! » déclare Minh en nous faisant entrer dans une maison plus grande.

Cinq Viêt-cong se lèvent, l'air farouche. Devant Sky et Luis en tenue, deux d'entre eux ont un regard vers leurs AK-47, posés dans un coin. Minh se lance dans un long discours en vietnamien où je reconnais plusieurs fois le mot « *Bao chi phap* », journaliste français, et « Apache » (ça, c'est facile : le mot n'existe pas en vietnamien). D'ailleurs, il suffit de voir leur étonnement pour comprendre que la situation est très particulière. Heureusement, je n'entends pas le mot « lurps ».

On nous apporte du thé, du poulet grillé, du riz gluant, des soupes, des bières, de l'alcool de riz, je me régale, je me sens de plus en plus communiste. Les questions fusent de toutes parts, Minh et moi jouons les interprètes. Deux jeunes femmes en noir se joignent à nous. Elles ont l'air plus féroce que les hommes, elles portent des fusils Simonov sur l'épaule. Il faut un peu de temps avant qu'elles acceptent de participer à la conversation. Luis se tait, comme toujours. Je surprends plusieurs regards inquiets tournés vers lui. Ils n'ont pas peur, mais ils sentent le guerrier chez lui. Les hommes qui ont livré combat se reconnaissent, et flairent encore plus rapidement un homme qui sait se battre.

Minh me fait signe de sortir, je le suis à l'extérieur. Il s'assied à même le sol, éclairé en contre-jour par la lumière de la maison. Sa voix est calme, son français impeccable.

« Un caillou jeté dans la mer trouve sa voie, stricte et verticale, et pèse de toutes parts sur l'océan. Vos amis apaches se trompent de camp, ils luttent pour eux, ils mélangent tout. J'ai de la sympathie pour eux, mais ce sont des lurps.

— Et alors ?

— Un jour, on se retrouvera face à face. Ils travaillent souvent pour le programme Phoenix, qui élimine les cadres dans les villages comme celui-ci...

— Vous n'avez pas confiance en eux ?

— Il ne s'agit pas de confiance. J'ai eu l'occasion de les rencontrer plusieurs fois. Nous avons parlé philosophie, religion, etc. Ce sont des hommes... comment dire ?... vierges, réactifs. Il est possible de leur transmettre nos idées. »

Minh se tait un instant avant d'ajouter, avec la foi d'un missionnaire :

« Quelquefois un doute, ou une rumeur, peut changer l'issue d'une bataille, au même titre qu'un B-52. Et puis la connaissance est une rencontre. Je suis communiste, la doctrine politique est ce qu'elle est...

— Avec ses hérésies. »

Il sourit pour la première fois.

« Le communisme est une façon d'être. La révolution est un état d'esprit. Ces soldats rentreront chez eux, troublés peut-être par nos idées et, qui sait, prêts à provoquer une révolution : après tout, les Américains sont des révolutionnaires – comme vous, les Français. Nous gagnerons, quoi qu'il arrive.

— Malgré leur supériorité technologique ?

— Les armes ne prévalent pas contre l'homme. Ce qui nous lie tous ce soir, c'est ça. »

Un rire étouffé nous parvient de l'intérieur de la maison. Minh sourit de nouveau.

« Ils commencent à s'entendre. Il est temps que nous partions. Mes jeunes pourraient oublier que nous sommes en guerre, et le jour va se lever. »

Il m'observe un instant, puis :

« Adieu le *Bao chi phap*, dit-il en se levant pour se diriger vers l'entrée. Faites attention, avec vos photos... Vous êtes bien là pour ça ? »

Il sourit, rentre dans la maison, salue Sky et Luis, et s'éloigne avec les siens le long d'une rizière, petit groupe fragile d'hommes en noir. Un chien aboie, l'aube se lève, je frissonne. Pour nous aussi, il est l'heure de partir. On retourne dans la guerre, on quitte ce banc de sable.

Fin de journée à Saigon. J'attends Sky et Luis sur la véranda du Continental, c'est l'heure de l'apéro. Les serveuses en tenue traditionnelle, pyjama noir et haut en soie blanche, passent, délicates, souriantes, entre les tables. Vrais sourires ou vraies Viêt-cong, il suffirait de remplacer le haut pour qu'elles soient tout en noir. Je continue à penser à Minh, aux Moïs et aux autres. Je contre, avant qu'il ne soit trop tard, ma tristesse par une belle mauvaise humeur que je distribue autour de moi, par les yeux, aux confrères et autres clients trop joyeux. J'en ai marre, je veux repartir en patrouille. Justement, voilà mes deux joyeux compagnons qui descendent de leur pousse-pousse. Les conversations s'arrêtent.

« Toujours aussi élégantes, les filles ! »

Ma remarque tombe à l'eau, ils s'assoient. La mine sombre, Sky m'annonce :

« On part cette nuit en mission Phoenix pour le programme CORDS.

— CORDS ?

— Service d'aide aux opérations civiles et au développement rural.

— ... ?

— C'est un programme de la CIA qui consiste à capturer vivants des cadres communistes afin de les interroger et, ensuite, de s'en servir à des fins d'espionnage. Phoenix, tu le sais, c'est la phase où on définit nous-mêmes où est la loi.

— ... De la guerre ?

— La sale guerre. Cette nuit, c'est dans la quatrième région militaire, le Delta.

— Merde ! Minh !... Je peux venir avec vous ?

— Non, impossible. Déjà, la dernière opération, tu n'aurais même pas dû en entendre parler, et des bruits courent sur la présence d'un homme "en plus" dans l'hélico du retour. On a embrouillé tout le monde, mais, là, ils me surveillent de près. Pas question. »

On commande trois vodkas Collins et trois *T-bone steaks*, on trinque à la santé de Minh. Le regard de Luis s'attarde sur les sandales Hô Chi Minh d'une serveuse, il lève les yeux et la fixe calmement pendant un court moment, elle soutient son regard, dure, immobile, puis elle sourit et pose la salade au Thousand Island dressing sur notre table avant de nous tourner le dos.

« Ils sont partout, murmure Luis ; pas la peine d'aller dans le Delta. »

On rit, on trinque. Toute la soirée, je vais la passer non à maîtriser mon angoisse, mais à tenter de m'en départir. J'ai une pensée pour Rimbaud :

« Voici la nuit de l'homme qui s'est laissé pêcher pour connaître. »

Je me lève d'un coup et donne mes ordres :

« Sky et Luis, sur moi. Opération bars. C'est non négociable. En formation, respectez les distances. »

C'est parti pour le Club 147 rue Vo Thouh, le Dragon Bar derrière le boulevard, le Loi rue Nguyên Huê, le Mimi's flamboyant où un minable fait une réflexion sur les Indiens. Uniforme impeccable de gratte-papier, tête de souris ; je lis son nom : P. Nichols, et lui écrase mon poing sur le nez. Avant même qu'il ne touche le sol, son corps est projeté derrière le bar, où il disparaît dans les débris de verre, expédié par un Luis très en forme. On termine chez le Corse, qui, nous voyant arriver, lève les mains en se précipitant sur nous.

« Je me rends, je me rends ! Du calme ! Qu'est-ce qui vous arrive ?

— On n'a rien fait !

— Patrick, vous vous êtes regardés ? Vous avez l'air de fous qui montent à l'assaut ! »

On obtient une table à l'écart, le champagne nous est offert, deux serveurs se tiennent à proximité et empêchent toute approche de qui que ce soit, fille ou garçon.

Sky et Luis sont de nouveau sombres, après avoir consulté leur montre. On boit en silence. Luis fixe un point lointain. Je mets ma main sur l'épaule de Sky. Surpris, il me regarde, je lui tends un Bic, il me dessine une larme, je la sens grande, à la mesure du danger. J'enrage de ne pas pouvoir être avec eux.

Ils se lèvent, je les accompagne à l'aéroport de Tan Son Nhat. Les hélicoptères sont déjà là, « *running hot* », turbines chaudes. Je suis à l'écart, seul avec mes idées noires, ils sont partis se changer. Je me fais discret, les MP nerveux sont devenus tatillons.

Ils réapparaissent tous les deux en noir, Sky me met brutalement dans les mains son ceinturon où sont accrochés colt, gourde et poignard.

« Pour un Apache, rien n'est plus important. Je te les confie, tu raconteras ! »

Il touche ma larme, puis s'en va. Luis me fixe un instant, hésite et dit tout bas, avant de suivre Sky :

« *Enju !* »

Je les regarde s'éloigner de leur pas de lurps, deux fauves, déjà en chasse. J'enrage, je me touche la joue et m'en vais rapidement. Je cache le ceinturon dans mon sac photo que j'avais emporté avec moi, au cas où ils changeraient d'avis.

Le taxi qui me ramène à Saigon est survolé par quatre hélicoptères, je suis leurs feux de position qui disparaissent dans la nuit tropicale de ce putain de Vietnam :

« exotique, érotique, narcotique », comme disent les 11B, les biffins de l'infanterie. Comme ils se trompent !

Minh, barre-toi ! Sky, Luis, revenez !

Voilà pour l'instant le Vietnam, demain ce sera pire, la longue liste des malheurs de ce pays. Il faut que je raconte, mais je me retrouve tout seul, et j'en ai ma claque de faire des photos de gens qui claquent.

Je décide d'un coup de rentrer à Paris, pour voir si, là-bas, ils ont compris ce qu'on racontait ici.

Paris, ils n'ont rien compris. J'ai l'impression de m'être écrasé sur une autre planète.

Une planète habitée, et même très habitée : il y a des gens partout. Ils ont le même aspect que moi, mais ils vont vite, ils se croisent, affairés ; une course, ou plutôt un grouillement de quidams qui courent dans tous les sens. Où vont-ils donc ?

Je traîne devant les vitrines, du superflu partout à des prix exorbitants. Je croise un copain étudiant, il me parle de lui ; je dois faire un effort pour l'écouter, impression bizarre d'avoir déjà entendu son histoire. Oui, c'est ça : il me l'a déjà racontée, il y a longtemps mais dans une autre langue. Là, il faut que je déchiffre pour à la fin me rendre compte que depuis tout ce temps rien n'a changé pour lui. Je me lève brutalement et le quitte au milieu d'une phrase.

J'appuie ma tête contre une vitrine comme on regarde à l'extérieur, comme si je cherchais à apercevoir un paysage. Il y a des mannequins en tailleur, je déplace mon reflet sur leurs jambes, leurs seins, c'est un jeu qui me joue des tours : au moment où le feu derrière moi passe au rouge, le reflet couvre mon visage de sang. Je vois avec horreur une main de mannequin abandonnée – la vitrine est en cours de finition –, je revois là-bas la main de 360°. Le feu passe au vert, la main aussi, puis orange et rouge sang, je frappe la vitre avec le front, je voudrais récupérer cette main, elle est à moi. Une femme, une vraie, apparaît dans la vitrine et me parle, elle tient un bras, je n'entends pas ce qu'elle dit. Un homme sort du magasin et me demande si j'ai un problème, je me tourne, il a un mouvement de recul. Je marche sur lui, il a peur, je ricane, je m'éloigne, une terrible solitude me tombe sur les épaules.

Je suis à Paris. Encagé comme un fauve. Là-bas, je croyais avoir traversé l'enfer en tenant coûte que coûte la tête hors du chaos, en supportant le mal jusqu'au bout. Mais l'enfer, c'est ici.

Je marche dans un Paris qui s'installe dans la nuit, j'avance sur la pointe des pieds, en maintenant la distance réglementaire. Chaque pas, bientôt, se charge du poids de tous ceux que j'ai déjà faits.

Tiens, un Solex. Je ne peux m'empêcher de revoir la fuite à vélo dans la jungle avec Sky, sauf que ce vélo-là a un moteur. Ça tombe bien, mes pieds refusent de continuer. Je jette autour de moi un regard à 360°, je sors le poignard que j'ai gardé avec moi, cadeau de Sky. Je fais sauter la chaîne. Je zigzague entre les voitures, petite balade hors la loi qui me mène au Quartier latin, où je retrouve un copain barman. Roland règne sur le Greenwich Village, rue de la Montagne-Sainte-Geneviève. Grand, costaud, les cheveux longs, il ressemble au Julien Clerc de l'époque – lequel n'existe alors que depuis peu : on pourrait encore dire que Julien Clerc ressemble à Roland Salvi.

« Salut ! »

Roland lève les yeux sur moi, me sert un whisky, assorti d'un grand sourire.

« Je croyais que t'étais mort là-bas. »

Enfin des mots qui passent.

« Je l'ai cru plus d'une fois, mais non... pas tout à fait.

— Alors, c'est bien. *Pace*, salut ! »

On trinque. Roland est italien, il apprécie ma moitié corse. C'est « famille », comme il dit. Un bon silence s'installe, mon pote a cette philosophie des barmen de la nuit, celle qui sait ne s'étonner de rien, écouter... Il connaît tout de ses habitués, mais il ne dit rien. Tout à fait ce qu'il me faut. Je me tourne, j'observe la piste de danse. La musique est forte et c'est la même que là-bas : Hendrix, les Doors, The Grateful Dead, les Rolling Stones... Elle me relie à la guerre. Je regarde les danseurs, ils s'amusent, ils sont si jeunes.

« T'es qui ? »

Une grande brune aux cheveux longs s'est accoudée au bar et me fixe, elle a de beaux yeux qui pétillent. Je m'attarde sur son regard, elle soutient le mien sans sourciller, je dérive sur ses longues jambes qui dépassent d'une jupe très, très mini, en répondant :

« Patrick.

— Tu m'offres à boire ? »

J'éclate de rire et me tourne vers Roland, un peu étonné par le culot de cette fille. Il nous sert, et me met au parfum :

« C'est comme ça depuis Mai 68. Libérées, qu'elles sont ; c'est ça la révolution, mon gars : on est tous libérés. Profites-en. »

J'ai une courte pensée pour Minh, le Viêt-cong, et cette phrase lâchée comme ça au bord du Mékong : « La révolution est un état d'esprit... »

Moi qui avais pris le parti des anarchistes pendant les événements, quelle dérision. Mais « *It don't matter* », après tout. On s'en fout.

« Tu t'appelles... ?

— Cochise », dit-elle.

Et là, quand même, j'ai un sursaut :

« C'est une plaisanterie ?

— Non, un surnom, un nom de guerre. Tu danses ?

— Non. »

Elle me plante là, j'ai la tête vide, je sens que je deviens fou.

« Ça va ? »

C'est Roland qui, rigolard, me tape sur l'épaule. Je me retourne violemment, prêt à frapper. Il recule aussitôt.

« Holà ! Calme, l'ami. Ici, c'est la paix. Tiens, prends ce cocktail : c'est une pure création. »

Je me calme à contrecœur, et trempe les lèvres dans sa « pure création ».

« Elle s'appelle vraiment Cochise, cette fille ?

— On l'appelle tous comme ça, en tout cas – à cause de ses cheveux. Et puis regarde comme elle danse : on dirait un guerrier. »

Je la regarde, elle tourne sur elle-même, elle me fait signe de la rejoindre tandis que dans les baffles les guitares des Troggs pilonnent le riff de « Wild Thing ». Je lui tourne le dos et fixe obstinément mon cocktail.

« Ça va ?... Ça a marché, ton reportage ?... Si tu as besoin de blé, ils te prendront au Rock and Roll Circus. »

Je ne réponds pas, je ne l'entends pas, je tente de maîtriser une colère qui me submerge.

« Redonne-moi de ta saloperie.

— Voilà, Môssieur ! »

Il remplit mon verre et, m'observant bizarrement .

« Qu'est-ce qui s'est passé là-bas ? T'es bizarre.

— Roland, laisse courir. »

Il se tait à son tour, la fille fait mine de s'approcher, Roland lui fait « non » de la tête. Elle s'installe plus loin, boudeuse. Une moue charmante, d'ailleurs, mais je reste imperméable. « Au fait, ça a marché, ton reportage ? » Quelle horrible façon de résumer ce qui est arrivé là-bas. J'en sais rien, si ça a marché. Il faut que j'aille dans les rédactions pour le savoir, et je n'arrive pas à me décider ; j'ai du mal à imaginer tout ça en produit à vendre.

Cochise !... Non mais, franchement !... Et une fille, en plus. Je me vois annoncer à Sky qu'à Paris j'ai fait l'amour avec Cochise. J'éclate de rire. La fille revient vers moi avec un grand sourire.

« Alors, ça va mieux ? Fais-moi danser. »

Je ne ris plus.

« Ta gueule. »

Elle ouvre de grands yeux, puis elle se fâche, dit quelque chose que je n'entends pas et sort de mon champ de vision. Roland m'engueule :

« T'es pas obligé d'être dégueulasse avec la petite, elle t'a rien fait, merde ! T'es devenu con là-bas, ou quoi ? Fous pas le mauvais œil dans ma boîte. Tire-toi, si t'es de mauvais poil. »

Je me lève et quitte le Greenwich Village sans payer. Abandonnant le Solex « emprunté », je pars à pied. Il pleut légèrement. Je lève la tête, cette pluie urbaine qui me caresse le visage me rappelle la jungle. Je reste longtemps les yeux fermés, immobile, j'écoute mes souvenirs, je les laisse m'envahir et repars avec, pour une longue balade dans Paris. Mon isolement est parfois brisé par des rires, des jeunes qui courent, des couples qui se tiennent par la main, j'avais oublié ça. Comme Dao serait heureuse, ici ! Je me demande si elle est retournée chez le Corse... Sûrement : elle n'a pas le choix – même si j'ai cru un instant que je pouvais le lui offrir.

« Rock and Roll Circus », je reste en arrêt devant les lettres en néon rouge qui brillent au fond d'une cour. Mon errance m'a conduit devant la boîte recommandée par Roland. La porte s'entrouvre sur une blonde pétillante qui me détaille, méfiante. J'ai un parka kaki hérité de l'armée américaine, un vieux jean, des rangers, et mes cheveux plutôt longs sont collés par la pluie.

« Bonsoir, me dit-elle, sans me laisser passer.

— Salut, je peux entrer ?

— C'est privé.

— Je viens de la part de Roland.

— Ah !

— Il m'a dit de demander Craquette.

— Ben... c'est moi. Comment tu t'appelles ?

— Wolf... euh, Patrick.

— Entre. T'es son copain photographe, celui qui était au Vietnam ?

— Oui.

— Ça se voit. »

Je marque un temps d'arrêt, les yeux fixés sur elle. Elle me pousse doucement vers l'intérieur.

« Allez, entre. Tu verras : ici, tu oublieras tout, musique, alcool, drogue et filles... C'est très bon pour ce que tu as. »

J'ai une pensée pour Saigon, après avoir laissé mon parka trempé au vestiaire. Je descends un escalier vers la musique. À mi-pente, il y a une petite pièce pleine de coussins. J'y jette un œil, ça sent l'encens, il y a une espèce de hippy sans âge, les cheveux très longs, frisés, habillé en Indien (des Indes), qui joue de la cithare devant des jeunes déguisés, l'air abruti et ravi. Ça sent plus le shit que l'encens. Je reprends ma descente vers une musique qui me parle plus, le rock. Je reconnais Crossroad, les Cream. Un grand bar, une belle piste de danse, des canapés, il y a du monde, ça danse. Je m'installe au bar, le barman est corse : Dominique. Je fais connaissance avec ses excellents cocktails, il me parle du Che, je ne l'écoute pas, mais ça me va. La musique est forte, je me remplis d'elle et finis sur la piste, je danse seul comme un taré, puis retourne au bar en sueur. Les disques défilent, la nuit passe et je me retrouve dehors, surpris par le jour, les oreilles qui sonnent encore de « Sympathy for the Devil ». Je me planque au Flore, engloutissant café après café. Je lis *France-Soir*, ou plutôt je cherche dans le journal des nouvelles de la guerre du Vietnam, rien, on y parle de Nicoletta et de Johnny Hallyday, j'ai beau tourner les pages, prendre d'autres journaux, *Le Monde* d'hier, *L'Aurore*, *L'Huma*, c'est comme s'il ne se passait rien là-bas. Impression étrange : je ne l'ai tout de même pas rêvée, cette guerre !...

Je décide de m'occuper des photos que j'ai laissées traîner dans les rédactions, voir ce qu'elles sont devenues.

« Tu sais, on a beaucoup publié sur cette guerre, pendant l'offensive du Têt. Les gens en ont un peu marre.

— Les Viets aussi ! T'as bien regardé les photos ?

— Oui. Elles sont vachement bonnes ! »

Ce genre de compliment merdico-légal annonce toujours une autre phrase toute faite :

« Mais le Vietnam, ça dure depuis 1965. Et on est en 1969 : c'est une vieille histoire ! Nos lecteurs ont besoin de sujets plus positifs. Ou en tout cas d'histoires plus proches, qui les concernent de plus près.

— La guerre concerne tout le monde, merde !

— Écoute... Va faire un tour en Irlande, peut-être . les événements se précipitent, là-bas. Un pays voisin, les gens ont envie de savoir. Ça risque d'être la prochaine grosse histoire. »

Voilà : une guerre chasse l'autre, il faut du frais. Dans tous les journaux, je me heurte à ce type de discours. Ma colère monte aussi vite que baisse mon compte en banque et au bout d'une semaine je suis fauché, largué dans un Paris que je ne reconnais pas.

J'avais quitté cette ville en pleine effervescence révolutionnaire. Bagarres et prises de position anarchistes m'avaient mis d'une humeur batailleuse que j'avais emportée avec moi au Vietnam.

Tombé de la guerre en plein Paris, je me retrouve le cul par terre, entouré de gens qui se marrent et profitent de l'après-68, à des années-lumière de mon idée de la révolution, et pour qui la guerre du Vietnam est une cause en vogue, comme le portrait du Che qu'on retrouve à toutes les sauces : tee-shirts, tasses à café, badges... Les pires, pour moi, sont ceux qui se déguisent en militaires avec le signe de la paix imprimé sur une veste de combat achetée aux puces.

« Cool, ta veste ! » me dit un mec, un soir, en boîte. La claque qu'il reçoit en réponse déclenche une bagarre et n'a pour effet que de m'isoler encore plus de mes copains, que je perds aussi vite que mes repères. Je tente de fuir mes souvenirs, mais à Paris, dans le métro, dans le bus ou simplement dans la rue, je passe mon temps à reconnaître des amis morts dans la jungle. Un défilé de cadavres.

Alors, c'est la tournée des boîtes : la Bulle, le Greenwich Village, le Bar Noir et l'incontournable Rock and Roll Circus. La musique y est assez forte pour que je n'entende plus les morts qui dansent dans ma tête. Je ne fais plus attention à personne, je deviens muet, au point que je récolte un surnom : « le silencieux ». Ça me va ! De toute façon, un loup ne parle pas. Je ris tout seul de ces pensées puériles, mon unique lien avec ceux dont je n'ai plus de nouvelles.

« Tu danses ?

— Ah ! merde, mais elles ont rien d'autre à faire ? »

La fille s'en va, je n'ai même pas vu son visage. Dominique, le barman, me sert un de ses excellents Talisker :

« T'es un vrai séducteur, toi ! »

Je ne l'écoute pas, je revois le visage du Hibou. La mort est une libération ; de cela j'ai non seulement l'idée mais surtout le sentiment. Il est remarquable qu'une idée simple ne m'atteigne pas simplement : l'idée de libération m'arrive par le biais d'un télescopage d'idées secondaires qui aboutit au sourire mortuaire du chaman.

Quelle libération exprimait-il, ce sourire ? Pas seulement la sienne, j'imagine, puisqu'il est mort pour apaiser les esprits...

« Vas-y doucement, avec celle-là ; elle est gentille. »

Le barman, disant cela, m'indique une fille qui vient vers nous. Je la connais, c'est Cochise.

« Salut, Dominique ! »

Elle se penche pour embrasser le barman, m'offrant ainsi le dos d'un corps parfait, à peine recouvert d'une minijupe et d'un tee-shirt trop court. Je tente de retrouver mon délire... Ah oui ! voilà. Je me méfie des constructions métaphysiques. Si elles se réclament d'une révélation, il n'y a plus qu'à s'incliner et se taire ; si elles prolifèrent d'elles-mêmes, elles sont l'expression élaborée d'un vœu qui les sous-tend secrètement... Elle a vraiment un beau cul.

« Je te paye un verre ? »

Elle se tourne vers moi, jouant de ses grands cheveux noirs qui lui caressent le visage, le masquant et le découvrant, c'est du plus bel effet. Elle penche la tête, aiguise son joli regard et d'une voix douce me répond :

« Ta gueule. »

Bon, voilà, ça, c'est fait.

« Elle est... comment tu disais : gentille, c'est ça ?

— Elle te connaît : ça explique tout.

— Merci du compliment. Fait péter un autre malt, Môssieur le barman. »

Je bois doucement, suivant par-dessus mon verre les évolutions sauvages de Cochise qui danse seule sur la piste. « La mort a été engloutie dans la victoire... La victoire n'est pas de l'homme mais de Dieu... Car il faut qu'il règne jusqu'à ce qu'il ait mis tous Ses ennemis à Ses pieds. » C'est une citation que me lisait mon grand-père il n'y a pas si longtemps. Je me demande pourquoi je songe à lui à cet instant.

« Hé ! Arrêtez ! »

Le cri de Dominique me met en alerte. Je regarde la piste pour voir un grand type mettre une claque à Cochise, qui tente de la lui rendre. Pour l'homme, la mort est, je pense, la fin de son aventure personnelle, et son accomplissement lui échappe. Sur la piste, ça dégénère peu à peu, je me lève et m'approche.

La mort ? Ah ! oui. Il peut, l'homme bien sûr, s'efforcer de la situer, c'est une forme de sagesse conjecturale. Cochise reprend une baffe et tombe. C'est parti. Je commence par un grand coup de pied au cul du grand, qui se retourne, l'air surpris, un bon coup de boule envoie sa surprise sur la piste. Quelques-uns de ses amis se jettent sur moi, Dominique entre dans la danse et ça part de tous les côtés, cris, tables renversées, je reçois et je donne quelques gnons. Le videur tente de faire le ménage, finit par calmer tout le monde. Le grand se relève, aidé par ses amis, il saigne du nez, il me jette un regard qui se veut menaçant et le groupe quitte la boîte, escorté par le videur. Je me réinstalle sur mon tabouret en bout de bar.

« T'étais pas obligé de lui casser le nez ! bougonne Dominique en me servant un autre verre.

— C'est juste. »

Il attend la suite, je ne dis rien, il conclut :

« C'est ma tournée. Fais gaffe, ils vont t'attendre à la sortie.

— Comme à l'école, c'est rajeunissant.

— Alerte ! »

Je tourne la tête, c'est Cochise qui arrive droit sur moi. Dominique me dit, en s'éloignant :

« Elle a pas l'air contente. C'est beau, l'amour... »

Il a raison, c'est le visage tremblant de rage qu'elle me crache à la figure :

« J'ai pas besoin d'un baby-sitter, je suis assez grande pour régler mes problèmes !

— Vu d'ici, c'était pas si évident.

— C'est mon mec. Tu lui as cassé le nez.

— C'est un con.

— Non, c'est toi le con.

— Bon, si tu veux. »

Le silence s'installe, Dominique, courageusement, revient pour proposer « un petit verre à trois offert par la maison afin de fêter cette belle rencontre ». Elle hésite, puis sourit. Son revirement tout à coup me pèse et je me sens prisonnier de la scène, je bois comme dans un rêve, puis, n'y tenant plus, je quitte d'un coup la boîte, sans un mot, espérant retrouver dehors ce type pour aller plus loin. Je sors dans la rue, le couteau à la main, je n'y découvre que la pluie. Je marche vers la Seine, puis le long des quais.

C'est décidé : il faut que je retourne au Vietnam.

Rassuré par cette décision, je continue jusqu'au Trocadéro pour revoir mon grand-père. Puisque ses réflexions sur la mort me sont revenues, je veux en parler avec lui.

Je le trouve chez lui, rue de la Tour, pour le petit déjeuner. Mes premières questions, il les interrompt en posant cérémonieusement un disque de Brahms sur le plateau de son tourne-disque, puis, me fixant de son regard bleu-gris, il me fait signe d'écouter et se renverse en arrière sur son fauteuil de velours or.

La musique et les mots se suivront tout au long de la matinée. J'ai l'impression que la musique est une langue étrangère, j'en apprécie le son et parfois le message ; en revanche, je n'arrive pas à saisir le sens des mots. Mais ce qui compte, c'est que mon grand-père soit là...

« Tu sais, moi aussi je fais de la photo », dit-il d'un seul coup, tout en cherchant dans son portefeuille, dont il sort une série de Photomaton.

Ce sont des portraits de lui faisant des grimaces. Lui, le diplomate, l'ambassadeur, qui a participé aux accords de Genève en 1954, le représentant de la France à Londres, si sérieux, si respectable, faisant des pieds de nez à l'objectif derrière le rideau d'une cabine. On ne peut plus s'arrêter de rire.

« Prends de la distance avec ce que tu fais, sinon tu perdras ton point de vue. Très vite, tu ne pourras plus continuer. Revenir pour raconter, tu dis ?... Repars, bien sûr, mais sois bien certain d'être revenu avant d'y retourner. Sans cela, tu seras partout et nulle part. Toujours décalé. Inutile. Vietnam ou Irlande, tu dois t'y rendre encore... Mais comme journaliste. Témoigne de la colère des autres, mais pas de la tienne, sinon tu ne seras plus crédible. Plus tard, si tu veux, tu écriras.

— Si je peux.

— Ça, c'est autre chose. Pour le moment, écoute les autres. Moi, j'ai beaucoup écrit, et maintenant, tu vois, je fais des photos. »

On rit doucement et je le quitte en le laissant dans son grand bureau où plane une légère odeur d'encre fraîche. C'est ça, un jour, j'écrirai. Mais, pour l'instant, à peine suis-je dans la rue que ma colère me rejoint comme si elle m'avait attendu sous le porche, insistante, exigeante, intraitable.

« Encore ! Mais t'es obsédé par le Vietnam ! En ce moment, à part les manifs antiguerre, c'est l'Irlande qui se vend.

— Qui se vend ? Qui se vend ? Attends, mais c'est pas un produit, c'est une guerre ! »

Voilà, ça recommence. Personne ne veut m'envoyer là-bas, je n'ai pas les moyens de m'y envoyer tout seul, je n'ai même plus les moyens de rester.

Alors, plutôt que d'aller en Irlande, de me laisser porter par le courant, je cherche de l'argent pour garder mon indépendance. J'assiste Dominique au bar du Rock and Roll Circus. Je rentre dans la vie nocturne, la musique trop forte, les discussions de bar, les promesses sans lendemain. Une demi-vie. J'entends de tout, derrière mon bar : confidences, confessions, histoires bidon, aventures pitoyables, j'observe les rois et reines de la nuit. Au début, étonné, je m'amuse, puis très vite je m'ennuie. Mais quand on écoute, curieusement, les habitués s'habituent et, afin de ne pas perdre l'attention, ils arrosent pour s'en payer quelques minutes supplémentaires. Chaque pourboire vient gonfler ma cagnotte et me rapproche du Vietnam.

Pourtant, un soir, en quittant la boîte avec Brando, un copain sicilien, une mauvaise rencontre me rappelle que tout peut basculer.

On remonte la rue de la Montagne-Sainte-Geneviève quand on croise deux hommes, des adultes, la trentaine. L'un d'eux pousse brutalement Brando, qui le prend mal, ils s'empoignent. J'interviens pour calmer mon pote, mais dans la bousculade l'autre lui a déchiré la chemise.

Or Brando a un défaut : il aime ses chemises. Il est bien le seul : des liquettes en soie flamboyantes et chamarrées, couleurs psychédéliques et ramages tarabiscotés, un prodige de baroque, même pour les années 1969-1970. À ce stade, impossible de le raisonner, il envoie un bon coup de tête à son adversaire, celui d'à côté commence à s'en mêler, les paroles sont devenues inutiles. Je trouve ça débile, mais je n'ai plus le choix, je ne peux pas laisser Brando seul contre deux.

Règle numéro un : dans la rue, il faut taper le premier. C'est con mais incontournable. Je frappe le type qui allait attraper mon pote ; jusque-là, tout est presque normal, et puis la scène dérape. Venus de nulle part, deux autres types nous tombent dessus par-derrière, je sens une poigne qui m'agrippe les cheveux et qui bascule ma tête en arrière. Brando crie : « Il a une lame ! »

Je rentre la tête dans les épaules, je chope le bras, puis la main qui tient un rasoir à l'ancienne, la lame me coupe la main, taille profondément dans la joue, la gencive, et remonte jusqu'à la pommette où elle se casse sur l'os à un demi-centimètre de mon œil. Je tiens le reste du rasoir dans ma main et, fou de douleur et de rage, j'enfonce le tronçon de lame dans la figure de mon agresseur, qui s'écroule. J'entends un cri, j'ai juste le temps de voir Brando recevoir un coup de démonte-pneu sur le côté du crâne. Il s'effondre, sa tête en sang heurte le coin du trottoir. Je cogne sur un des quatre types tellement fort que je me casse les doigts. Ils s'enfuient, laissant un des leurs au sol.

Silence. Je titube, aveuglé par mon sang. Je m'approche de Brando, il est inconscient, il gémit, le sang gicle d'une grande ouverture juste au-dessus de son oreille. Pendant un instant, mon cerveau se bloque, je crie : « Médic ! Doc ! Doc ! » Je ramasse le démonte-pneu, une main me saisit le bras, c'est le gardien de l'École polytechnique, juste en face, qui me crie : « Arrêtez ! Vous êtes cinglé ! » Je me débats, je cherche le colt que m'avait donné Sky, je cherche où est Luis, j'entends des sirènes, c'est Police secours, on est à Paris. Mes amis ne viendront pas.

Dans le car de police qui fonce vers l'Hôtel-Dieu, il y a du sang partout, Brando et mon agresseur sont sur deux civières. Je suis menotté, assis en face d'un vieux brigadier blême qui ne cesse de répéter :

« Mes enfants ! Mes enfants ! Mais qu'est-ce que vous avez fait ? »

On dirait qu'il va pleurer. Un autre flic, plus jeune, me tient par les menottes. Par deux fois j'ai tenté d'achever mon adversaire, il me regarde comme on regarderait un serpent.

« Qu'est-ce que vous dites ?

— Rien, pourquoi ?

— Vous avez parlé en anglais, à l'instant. Calmez-vous ! »

Le jeune flic me tord le bras et continue :

« Vous vous croyez où ? »

Il me secoue, je ne réponds plus, je ne me souviens même pas d'avoir parlé. Je ne me souviens même pas qu'on est à Paris, je me souviens tout court, le sang, les cris, la patrouille. Quand la radio de service crache de sa voix nasillarde : « TNZ1 de TNZ2. Votre position ? », j'entends : « Bleu de bleu, à autorité... »

« C'est la première section ?

— Taisez-vous ! C'est la BDT[1], ils cherchent les trois autres », coupe le jeune flic.

La sirène me vrille les oreilles, le gyrophare nous flashe par intermittence, la radio grésille à nouveau, le flic se penche pour écouter.

Je sens quelque chose en moi qui casse, j'entends Sky pousser un cri, mais ce cri sort de ma gorge, c'est moi qui suis en train de hurler. D'un coup d'épaule, je fous mon gardien par terre, je balance un grand coup de latte à mon adversaire qui gît sur sa civière, le vieux et le jeune flic me maîtrisent, je crache à bout de souffle : « *Body count*. »

Le brigadier est vieux mais fort comme un buffle, il me tient fermement cadenassé ; curieusement, son étreinte me fait du bien, elle me calme ; en revanche, quand il se met à désespérer avec son « Mes enfants ! Qu'est-ce que vous avez fait ? », ses lamentations me

1. Brigade de direction en tenue.

foutent en rage, je m'agite, il le sent, il resserre son étreinte. Le jeune flic a sorti sa matraque, le vieux lui fait « non » d'un signe de tête.

La sirène s'arrête, un coup de frein, les portes s'ouvrent. On est aux urgences, un interne épuisé nous réceptionne, il observe les deux autres avant moi. Mon pote et mon agresseur disparaissent sur des brancards à roulettes, avalés par les néons qui éclairent ces couloirs froids aussi puants que la trousse du Doc. Je n'ai pas droit à tant d'honneur, on me met derrière un rideau sous lequel je vois les pieds de mon fidèle brigadier qui continue à s'affliger, pendant qu'une infirmière sadique me nettoie la joue avec un liquide vert. Elle a le culot de m'engueuler quand je sursaute, puis, prise d'une passion pour la couture, elle me passe une aiguille courbe à l'intérieur de la joue. Vingt fois. Une douleur aiguë, revancharde, me traverse le visage. Une fois son œuvre terminée, elle recule pour l'admirer et lâche, d'une voix douce :

« Ça vous fait une belle cicatrice ! Votre pommette est fracturée, mais, si ça ne s'infecte pas, ça devrait aller.

— Sinon... ?

— Vous risquez de perdre une dent et un œil ! Ça vous apprendra à vous conduire comme des sauvages ! Montrez-moi votre main ! »

Je la lui tends, elle est gonflée et bleue.

« Trois doigts cassés ! » dit-elle, ravie, en me les manipulant sauvagement.

Elle prolonge sa séance de torture en me faisant un pansement, et en transperçant mon bras avec une énorme aiguille qui refoule en moi un liquide brûlant qui paralyse toute mon épaule.

« Ça fait mal, hein ? »

Je ne réponds pas.

« Tenez : ça, c'est pour la douleur. »

Elle me donne deux aspirines ridicules, puis s'en va avec un charmant sourire, en m'annonçant qu'on va venir me chercher. Le brigadier passe sa bonne grosse tête par le rideau : « Ça va ? » Encore l'inévitable : « Qu'est-ce que vous avez fait ? », puis d'un air peiné il lâche, en soupirant : « J'ai un fils de votre âge... »

Je reste seul, assis au bord du lit, les pieds dans le vide, la tête dans le vide. Une tristesse terrible m'envahit. Je me couche sur le côté et me concentre sur ma douleur. C'est la seule présence sur laquelle je peux compter. Elle, au moins, est avec moi.

Je m'endors d'un coup.

Réveil brutal dans une chambre d'hôpital, un goût de carton dans la bouche. Les douleurs se réveillent, elles aussi, paresseuses, hésitantes, puis tout à coup virulentes. Pendant un long moment je consulte le plafond, à moins que ce ne soit lui qui m'observe. Combien de malades, de blessés ou de mourants a-t-il accompagnés, ce plafond si lisse aux yeux de néon ?

« Qu'est-ce que vous avez fait ? »

Cette phrase me revient, elle traverse ma pauvre tête comme un train à grande vitesse dans un village endormi. Je bondis sur mes pieds, comme pour monter en marche dans l'espoir d'y trouver la réponse. La question est passée, je l'ai ratée, il en reste une autre : « Qu'est-ce qu'on m'a fait ? »

Je palpe mon visage, j'y sens un énorme pansement, je me dirige vers le cabinet de toilette, je titube un peu.

Dans le miroir, j'ai la réponse à ma question : les deux yeux au beurre noir, une croûte de sang dépasse du pansement sur ma joue. Je soulève le pansement, ça saigne, j'essuie : elle est là. Profonde, large, longue, rouge et violet, la cicatrice part de l'œil droit et rejoint la mâchoire. En mémoire de ce qui s'est passé, un trait séparant en deux mon visage, lisse d'un côté, l'œil ouvert plus grand à gauche, plus brillant aussi, celui de droite plus terne, plus sombre, moins ouvert, fixe, comme s'il refusait de voir la joue saccagée, un visage qui raconte « avant » et « après ».

Sauf qu'après, c'est maintenant.

Je pense à ce qui a eu lieu, à ce que nous avons fait. Trop tard ! Les faits sont là. Et pour changer un homme, il faut changer les faits.

« Vous êtes fou ? »

Je m'y attendais, c'est l'interne qui entre dans la chambre avec une question aussi prévisible que sa calvitie naissante.

« Comment va Brando ?

— Votre ami ? Le jeune ?

— Mon pote, oui, le jeune ; l'autre, je m'en fous. Comment il va ?

— Il est dans le coma avec une double fracture du rocher, à gauche et à droite... L'autre a un œil crevé, une fracture du nez, fracture de la joue et traumatisme crânien. Qu'est-ce qui s'est passé ? »

Autre question prévisible. Les faits, quelquefois, sont si simples à dire...

« Un type lui a déchiré sa chemise. »

Il me regarde d'un air horrifié.

Puis, se souvenant de son statut, il m'ausculte sans un mot.

« Vous vous en sortez bien. Il faudra soigneusement désinfecter la plaie. »

Je grogne un vague assentiment. Il reprend :

« Un inspecteur voudrait vous parler.

— De quoi ?

— De la météo, bien sûr.

— Ah ! Alors, ça va. »

Le temps est incertain, mais je sens qu'il peut devenir orageux face à ce jeune inspecteur qui m'interviewe calmement, sans états d'âme.

« Vous vous sentez en état pour une confrontation ?

— Encore ? »

Il ne relève pas la remarque et poursuit :

« Nous avons interpellé trois hommes et nous avons un témoin. Demain dix heures au commissariat.

— Ça me va. »

Je suis curieux de voir les trois autres.

Le lendemain, à dix heures, c'est une autre rencontre que je fais. Au poste, j'ai l'honneur d'être introduit auprès du commissaire principal. Trapu, le cheveu épais et noir, l'œil perçant, calme, une voix grave et lente.

« Vous êtes étudiant ?

— Non. »

Il attend la suite ; après un moment de silence où son œil se durcit légèrement, il poursuit :

« Vous habitez chez vos parents ?

— Non. »

Silence. Il reprend, son œil bloqué sur les miens :

« Vous faites quoi ?

— Je pars, je reviens. Et là, en ce moment, je tente de repartir.

— Je vais être plus terre à terre, puisque vous n'avez pas l'air de vous rendre compte de la gravité des faits. Premièrement, vous n'êtes pas inconnu de nos services : vous avez été interpellé en 1968 en possession d'une hache, près du théâtre de l'Odéon. »

Exact. J'avais oublié.

« Vous apparteniez alors à un groupe qui se nommait les "Katangais". Vous avez été mis en garde à vue au dépôt de Beaujon. Vous avez écopé de quatre mois avec sursis. Vous avez récidivé quelques mois plus tard.

— Sans hache.

— Très juste. C'était un poignard. Ensuite, pour des raisons qui m'échappent, on vous laisse partir. C'est pourtant le commissaire Santini qui était chargé de l'affaire. Curieux, ça : ça ne lui ressemble pas...

— Ma mère est corse.

— Ah ! Alors, ça lui ressemble plus... Après, on n'entend plus parler de vous jusqu'à hier soir. Vous étiez où ?

— Au Vietnam. »

Il s'autorise un drôle de sourire.

« Vous êtes très actif pour un garçon de dix-neuf ans. Vous y faisiez quoi ?

— Je suis... je voudrais être journaliste-photographe, pour être plus précis. Couvrir les événements.

— Avec ou sans hache ? »

Sa remarque me donne envie de rire, mais son regard m'indique très précisément que ce ne serait pas très opportun. J'attends la suite. Il m'énonce les faits. C'est bizarre, de revivre cet événement à travers des mots officiels, j'ai l'impression qu'il me raconte l'histoire de quelqu'un d'autre. Je ne me reconnais pas, je ne me souviens pas bien de tout. Il se tait, me fixe longuement, puis reprend :

« Votre père est joignable ?

— Laissez-le en dehors de tout ça.

— Je vous rappelle que vous êtes mineur, ça le regarde. »

Il compulse son dossier en soupirant :

« Vous avez de la chance, dans votre malheur : vous êtes tombés sur des durs. Des cambrioleurs. Ceux qui vous ont agressés croyaient leurs complices en difficulté, d'où la violence des coups.

— Vous trouvez que j'ai eu de la chance ? dis-je en touchant mon pansement.

— Votre ami est dans le coma.

— C'est cher payé, pour une chemise. »

Il me regarde un long moment, puis, s'avançant sur moi et d'une voix teintée de colère :

« Vous pensez sérieusement que votre numéro de dur à cuire m'impressionne ? J'en ai mis un paquet, des mecs comme vous, en taule. Prenez ça comme un avertissement : on n'est pas au Vietnam. Ici, il y a des règles. Soyez à l'heure pour la confrontation. C'est tout. »

Me revoilà dans la rue, je ne sais pas où aller, je traîne, je surprends des regards sur mon pansement. J'entre dans un bar, je m'assieds au fond, la joue côté mur, et j'attends que le temps passe, reclus dans une espèce de no man's land du cerveau sur fond de colère triste. Je suis obligé d'appuyer sur ma blessure pour que la douleur me donne une direction, c'est devenu ma seule amie. Un imbécile s'est approché du juke-box et je reconnais les premières mesures de « L'école est finie », Paris est la ville de tous les dangers.

Je sors.

Une heure plus tard, je me retrouve à l'endroit exact où a eu lieu la bagarre. Il y a encore des pansements dans le caniveau. « Paris est une ville sale », c'est la seule réflexion qui me vient à l'esprit. Je regarde autour de moi, le Greenwich Village a l'air ouvert, j'hésite en tâtant ma joue. Oh ! et puis merde.

J'entre, Roland est là, en train d'empiler des cartons de bière. Il lève la tête, ouvre des yeux étonnés en voyant la mienne. D'un signe, je lui demande de la boucler. Il m'offre une bière fraîche, se sert aussi. Chacun accoudé face à face, on savoure nos boissons en silence. Je sens son amitié, elle nous enveloppe, me calme, le temps est arrêté. On reste un long moment ainsi, à boire lentement.

« Tu sais que Cochise parle tout le temps de toi ?

— Quel nom à la con ! »

Il rit :

« Ouais, mais ça te ferait du bien d'être avec quelqu'un.

— Comment tu sais, toi, ce qui me ferait du bien, alors que je n'arrive même pas à savoir ce qui me fait du mal ? »

Il hausse les épaules, découragé par ma hargne.

« C'était toi, la baston, hier ?

— Ça veut dire quoi, ça ? Je suis pas une baston... »

Il attend la suite, mais, comme je ne dis plus rien, il hausse les épaules à nouveau, et on prépare la boîte pour une autre nuit de musique, d'alcool et de fumée.

Le lendemain, je vais à la convocation. J'ai du mal à me retenir de poursuivre la bagarre, en reconnaissant mes trois agresseurs. J'ai le plaisir de constater qu'on les a bien amochés, mais le regard insistant du commissaire me dissuade de trop le manifester. Ils sont mis en examen et pour moi, mauvaise nouvelle : interdiction de quitter Paris. Prisonnier dans ma propre ville.

Je vais passer des mois à aller d'une boîte à l'autre. Pris dans la toile d'araignée des nuits. Ma cicatrice s'est fermée, précise, nette, à l'endroit exact où Sky me dessinait la larme.

Un soir, dans les toilettes du Rock and Roll Circus, je me surprends à examiner mon visage mort, comme une fille qui regarde si elle est belle. La cicatrice est bien là, vivante. C'est comme une encoche signifiant : « Tu es rentré du Vietnam, tu es à Paris. Voilà, ça, c'est fait. » Sauf que rien n'est fait. Il faut que j'y retourne, on s'y bat toujours.

Et puis ras le bol de ce Paris qui s'endort, satisfait, dans l'après-68, comme s'il avait accompli quelque chose. L'accomplissement n'a rien à m'offrir, qu'une sorte de sagesse mélancolique qui me désole. On parle politique, on défile dans de belles manifestations contre la guerre du Vietnam. J'y vais pour voir, j'y vois rien. Cris, chants, on tourne en rond, flics, slogans, quelques joyeux affrontements, Paris, un labyrinthe où tourne une foule. J'aime ce qui me met en mouvement et là je fais du surplace, mon labyrinthe est à l'intérieur, je n'en sors pas.

Si cette civilisation est celle de l'individu qui s'oppose à l'espèce, elle ne redeviendra intéressante que quand elle se saura menacée. À ce moment-là, j'y serai. Pour l'instant, j'ai besoin de sentir la douleur et le sang. Je refuse de me laisser bercer par les nouveaux évangiles d'une époque qui s'agite dans les drogues, les acides, l'alcool et la musique. Même si la musique est bonne, je l'entends encore, mêlée au fracas des hélicoptères, des mitrailleuses, des cris et des explosions. Quant aux drogues, elles sont les mêmes partout – à ceci près que, là-bas, elles étaient au service de ceux qui tentaient d'oublier.

Je ne veux pas oublier, je veux même tout retrouver et tout de suite. Roland me salue de derrière son bar. Je prends le whisky qu'il me tend.

« Quoi de neuf ?

— Que du vieux. Cochise te cherche partout, elle laisse tomber son mec.

— Le veinard !

— Les flics sont après toi. Ton copain Brando est mort.

— Aïe ! Pourtant, il était sorti du coma.

— Oui, il était même rentré chez lui en Sicile, chez sa mère. Hémorragie cérébrale, une conséquence des coups. Il y a un commissaire qui est venu trois fois, il a laissé son numéro perso pour que tu l'appelles.

— Des clous ! Je vais pas appeler les flics. Sers-m'en un autre. »

Roland se penche, l'air sérieux.

« Il a pas l'air trop con, ce flic. Tu devrais lui parler. J'ai l'impression qu'il t'a à la bonne.

— Rien à foutre.

— C'est con. Parce que justement il est là.

— Quoi ? »

Roland me fait un signe de tête en direction de la salle. Au fond, dans la pénombre, je reconnais une silhouette. Je fonce entre les tables ; à mesure que j'avance, je sens ma colère monter dans les lumières stroboscopiques qui bombardent la piste. Elle s'effondre dès la première phrase qu'il me lance, les yeux fixés sur moi :

« J'ai parlé à ton père... »

Je m'assois à ses côtés.

« Pourquoi ? Ça ne le concerne pas !

— Peut-être, mais je voulais en savoir plus. Un type intéressant, ton père. Il fait des choses qui comptent... Malheureusement, dans ses rapports avec toi, c'est un con.

— Vous lui ressemblez.

— Très drôle. »

Il me regarde un moment avant de continuer :

« Bon. Il va y avoir un procès, et je te conseille de prendre un avocat.

— C'est tout ?

— C'est tout. »

Après quoi il se lève, me tape sur l'épaule et s'en va, silhouette trapue entre les danseurs minces qui s'agitent en minijupe et pantalon à pattes d'éléphant aux motifs indiens. Les jeunes le bousculent au passage, des filles veulent le faire danser. Il ne s'arrête pas, ne se presse pas non plus. Mû par une force d'inertie, il avance comme un bateau dans la tempête, son dos est un peu voûté, il laisse la porte ouverte et part dans la nuit. Je reste un moment assis, un bout de ma pensée est sorti avec lui et marche avec lui dehors.

« Ça va ? »

C'est Roland qui s'assied à côté de moi avec deux verres de whisky.

« Moi qui voulais me débrouiller tout seul, me voilà avec deux pères maintenant !

— Comment ?

— Non, rien. À nous. »

On trinque, Cochise apparaît, virevoltant sur la piste dans les accords déchirants du « Summertime » de Janis Joplin. Roland me tape sur l'épaule. J'en ai un peu marre qu'on me tape sur l'épaule. Je me lève et propose à Cochise de venir chez moi.

Il est onze heures du matin, j'ai la gueule de bois, Cochise n'est plus là. Ne reste d'elle que son parfum. Si on se revoit, il va falloir que je lui en offre un autre, celui-là est... con. Un parfum con. La sonnerie du téléphone me transperce le crâne, je décide de ne pas répondre, je me rendors. Elle me réveille de nouveau : il est midi, j'hésite, je ne suis pas d'humeur à parler à qui que ce soit, puis tout à coup la sonnerie me paraît bizarre, je cherche frénétiquement l'appareil. C'est étrange, moi qui hais le téléphone, je sens que je dois répondre, je le fais tomber sur le sol, je ramasse le combiné.

« Allô ?

— Wolf ! »

Cette voix rauque, cet accent. J'ose à peine prononcer son nom.

« Sky ?

— Qui d'autre t'appelle comme ça ?

— Nom de Dieu ! Salopard ! T'es pas mort ?

— Pas encore.

— Mais comment tu as eu mon numéro ?

— Tes amis à *Paris-Match*.

— Il est quelle heure là-bas ? C'est la nuit ! Qu'est-ce qui se passe ? »

Tout à coup j'ai une angoisse, pas Luis, quand même...

« Luis ?

— Il est OK. Moi aussi, je vais bien, merci. Ici, c'est la même heure qu'à Paris.

— Comment ça ?... Mais t'es où ?

— Amsterdam.

— Amsterdam ? Attends, je comprends pas...

— Déserteur ! Je suis un putain de déserteur !

— Non ! pas toi ! Il ne te restait plus que...

— ... Six mois, je sais. Le Loup ?

— Oui ?

— Viens me chercher !

— T'es où ?

— Amsterdam, je te dis !

— Merci... mais c'est grand !

— Je suis dans un *coffee shop*. Attends, je te donne un téléphone.

— Je serai là ce soir. »

Il rit, pousse un cri de guerre hallucinant qui explose ce qui restait de mes pensées et raccroche en riant. Je ris à mon tour. Quel con ! Deux heures plus tard, je fonce vers la Hollande. Enfin, je fonce... façon de parler : j'ai récupéré une traction avant chez un pote avec qui je partage cette chose, elle marche mais trimballe sa carcasse rouillée à soixante-dix kilomètres/heure. Je traverse de vastes étendues de neige, il fait froid, autant dehors que dedans. Mais *It don't matter* ! Sky est vivant ! Je vais le voir tout à l'heure. Je ris en tapant sur le volant. Quel con, d'avoir déserté ! Six mois avant la fin de son engagement ! Qu'est-ce qui a bien pu se passer ? Et cette voiture qui n'avance pas ! Je me sens incroyablement bien, comme si on m'avait enlevé un pavé au fond de la poitrine. Je chante tout le long du trajet, il se met à neiger, ce n'est plus un voyage, ça devient un exploit. Plus d'une fois, je manque de partir dans le décor ; pourtant, c'est une ligne droite que j'ai devant moi, mais ma bagnole fait des zigzags. Sky y verrait un signe, moi, je m'en fous. De toute façon j'y vois rien, mon essuie-glace ne fait que déplacer la neige boueuse de gauche à droite, et retour.

Il est là, debout, au coin du bar. Veste de treillis, vieux jean, rangers, les cheveux attachés. Il pourrait ressembler aux autres jeunes, ou même à un de ces « provos » qui peignent le signe de la paix sur leur treillis, sauf qu'il n'a pas acheté sa veste aux puces et que, malgré ses vingt-deux ans, son visage est dur et son bronzage n'est pas une coquetterie.

Je m'installe de l'autre côté du bar. Je ne sais pas pourquoi, je ne lui signale pas ma présence. Je l'observe un moment. Ça fait tellement longtemps... Et puis c'était dans l'autre monde. Il n'a pas l'air à sa place, ici. À moins que ce ne soit moi...

J'ai fait tout ce chemin pour le retrouver et c'est moi que je ne trouve plus.

Je commande à boire et j'attends. Il est immobile, moi aussi. Tout le monde s'agite, parle, rit dans ce pub, sauf nous. En arrêt. Je revois toutes nos aventures, elles défilent dans ma tête comme un générique de fin : 360°, Patience, Frog, Lac Long, le Doc, le Hibou, Luis, Sky, et puis moi, comme si j'étais quelqu'un d'autre. Mon verre se casse dans ma main, je saigne, le barman se tourne vers moi, Sky lève les yeux, vides, aveugles pendant une seconde, puis il me voit et me fait un grand sourire. Il longe le bar, s'approche, hésite un instant, regarde ma main ensanglantée, sourit à nouveau et me prend dans ses bras. Ça me gêne, je le repousse. Il me prend la main et l'entoure de son foulard.

« Il faut toujours que ça saigne, avec toi.

— Tu pues ! » je dis.

Et il répond à côté :

« Toi aussi, tu m'as manqué !

— Mais qu'est-ce que tu fous ici ? Tu as vraiment déserté ? Il ne te restait plus que six mois pour être libre !

— Libre ? Libre de quoi ? J'ai fait ce que j'avais à faire, c'est ma décision d'arrêter. C'est ça, être libre ! J'avais envie de te retrouver, je veux savoir d'où tu viens.

— Je viens du Vietnam, comme toi.

— Personne ne vient du Vietnam. On y va, on en revient... quelquefois.

— Il s'est passé quoi ?

— Je me battais avec des Noirs, des Mex, des Portoricains, je tuais des hommes à la peau jaune, la mienne est rouge...

— À moitié. »

Il ignore ma remarque et continue :

« Tout ça pour une guerre de Blancs. C'était pas ma guerre.

— Tu as mis trois ans pour découvrir ça ? »

La guitare de Jimi Hendrix s'envole sur un chorus halluciné, qui remplit tout l'espace du pub. « Voodoo Chile ». On se regarde et on se met à rire, la musique fait le lien, elle jette un pont dans nos souvenirs, entre la guerre et la non-guerre.

On sort. Promenade en silence, le long des canaux, il fait froid mais beau. On est bien, la ville est belle. Patrouille de paix, côte à côte, pas besoin de respecter la distance réglementaire de sécurité. On est proches. Penchés sur la rambarde d'un petit pont, on regarde passer un bateau. Péniche de luxe, à l'intérieur on aperçoit un couple qui boit du champagne, instant de calme et de séduction qui, à peine entrevu, nous échappe.

« Tu sais quoi ?

— Quoi... ?

— Maintenant, j'aimerais rencontrer une femme. »

Stupéfait, je me tourne vers Sky, oubliant le côté de mon visage que je lui cachais depuis nos retrouvailles. Il a un grognement de surprise, son regard se durcit et il passe son pouce sur ma cicatrice.

« Qui a fait ça ? »

Je retire sa main. Il me prend le visage à deux mains et insiste :

« Qui ?

— C'est pas ton histoire, Sky ! C'est rien ! *It don't mean nothing !* »

Il secoue la tête et murmure entre ses dents, la mâchoire serrée :

« Ton histoire, c'est la nôtre, c'est la place de notre larme... »

J'en ai brusquement marre de ces conneries.

« Laisse tomber. C'était là-bas, tout ça.

— Là-bas... ? »

Il me lâche le visage, se tourne vers le canal, plonge dans un long silence, troublé à la fin par un drôle de petit bruit que je n'identifie pas tout de suite. Puis je comprends, et je reste sidéré : Sky pleure. Il se redresse et pousse son cri horrible, c'est si fort que ça claque comme une gifle. Je manque de tomber du pont, il éclate d'un rire énorme, puis dit à voix basse :

« Il faut retrouver celui qui t'a fait ça.

— C'est fait.

— Et... ?

— Il ne va pas bien. Mais c'est mon histoire. »

Il me regarde, hésite, et se reproche dans un soupir :

« J'aurais dû être là. »

On reprend nos déambulations dans la ville.

« C'est étrange, dit-il, ce monde de paix... Je sens un danger, comme là-bas, mais plus sourd. »

Je suis d'accord avec ça, même si je n'identifie pas ce danger. Il reprend :

« Il faut être en alerte ici aussi ?

— Je suis fatigué, Sky. »

On part se coucher dans une pension. Sky s'allonge sur la moquette et s'endort immédiatement. Je reste éveillé un long moment, en me demandant ce que je vais faire de lui à Paris.

Le lendemain, ma Citroën n'a plus de batterie. En attendant qu'elle se recharge, on a douze heures devant nous. C'est la première fois que Sky et moi nous retrouvons face à un petit tracas de la vie normale. Désorientés, on tourne en rond. Dans un *coffee shop*, Sky gifle un provo qui insulte les soldats américains, dans un discours qu'il tient devant un groupe de copains. Le type se rebiffe quand Sky veut l'obliger à quitter la veste de l'armée américaine qu'il porte. Un début de bagarre éclate, je vois l'Indien retourner le type violemment. D'une main il lui bloque le menton, de l'autre le crâne, il lui suffit de faire un mouvement et la clé est mortelle.

« Sky ! Non ! »

Il s'arrête surpris, ses yeux sont froids. Je connais ce regard. Je répète :

« Non ! »

Il lâche le type, qui s'écarte précipitamment, se frottant le cou, s'indignant d'une voix mal assurée :

« Mais il est dingue, ce mec ! Il sort d'où ?

— Il vient du Vietnam. T'as insulté ses amis.

— C'est ses amis ?

— Oui. C'est un soldat américain. »

Du coup, tout le monde veut lui parler. Prudemment, je prends Sky par le bras pour l'entraîner dehors. Je ne suis pas certain qu'il soit mûr pour une discussion de bistrot. Je crois avoir une bonne idée : je loue deux vélos et on part au nord de la ville à la recherche des grands moulins, ceux qu'on voit sur les cartes postales. On pédale en parfaits touristes, c'est-à-dire qu'on se perd, on traverse des petits villages, on file sur des routes surélevées qui dominent des champs détrempés. Ça ressemble aux rizières, on fait des cibles parfaites. Les yeux de Sky sont aux aguets. Ça me rassure, de voir que je ne suis pas le seul à être encore relié à la guerre, à avoir des yeux qui continuent d'enregistrer tous les endroits – buissons, maisons isolées, croisements, collines, etc. – où pourrait s'embusquer l'ennemi. Je me sens moins isolé. Moins fou. Sky partage avec moi la même persistance optique de situations vécues qui paraissent soudain moins irréelles. Jumeaux de guerre. Un peu cinglés peut-être. Mais c'est un vrai bonheur de voir ce grand crétin pédaler comme un débile en Hollande. Il est vivant, on est ensemble et son avenir – l'avenir proche, en tout cas – dépend de moi. J'ai une irrépressible envie de lui montrer tout ce qu'il ne connaît pas, de lui faire profiter de ce qu'il y a de mieux dans ce monde de paix qu'il n'a jamais eu l'occasion de voir. Je vais le sortir de la guerre, et moi avec. Je vais tout redécouvrir avec lui. Je suis saisi d'une bonne humeur impatiente. Ce mec qui n'a jamais eu de chance, sauf au combat, je vais lui donner la possibilité de choisir. Après tout, il a fait le premier pas en désertant. À moi de jouer.

« On rentre ! »

Il se retourne, inquiet :

« À Amsterdam ? T'es fatigué ?

— Non, en France !

— Et les moulins, alors ?

— À Paris, il y a un grand moulin : la tour Eiffel. Viens, on y va. »

On roule dans la nuit glaciale, ciel noir. Ma vieille traction avant ronronne, pas moi. Je tente de maintenir le cap sur la route verglacée, les pieds gelés – le chauffage n'est efficace qu'au niveau du cendrier, au centre du tableau de bord. Enroulé dans une couverture, Sky a l'air d'une vieille Indienne, il marmonne quelques mots, il y est question de Vietnam – où le temps était plus agréable –, et de ma voiture de merde... Je m'arrête pour prendre de l'essence, je sors de la traction. Mon pied gauche, qui a gelé à mon insu, est insensible, je le pose de travers et je perds l'équilibre. Me rattrapant dans un geste réflexe au pompiste, je l'entraîne dans ma chute. Il pousse un cri de surprise, réveille Sky, qui se penche pour me découvrir allongé dans la neige dans les bras du type, qui tente de se débarrasser de moi.

L'air totalement ahuri, il me demande :

« Tu fais quoi ? »

Le pompiste furieux se dégage en criant :

« Vous êtes fou ? C'est quoi, ce bordel ? »

Mais il recule en voyant Sky déplier ses deux mètres, et il marmonne d'un air bougon :

« Bon, bon, ça va. Je vous fais le plein ?... »

On repart, laissant l'homme perplexe. J'explique à Sky que l'air qui passe par le trou dans le plancher de la voiture m'a gelé le pied. Il me dit que c'est un signe, puis éclate de rire. Ça ne me fait pas rire du tout et son rire m'agace. Un signe ? De quoi ?

On traverse un Paris qui dort encore. Sky, réveillé, fait connaissance avec la ville qu'il avait si souvent tenté d'imaginer au Vietnam. Tout l'étonne, tout l'émerveille, au point qu'il m'oblige à m'arrêter sur le pont du Trocadéro. Il reste silencieux, enveloppé dans sa couverture, ses yeux passent de la tour Eiffel à l'enfilade des ponts sous lesquels brille la Seine. Il entame un lent mouvement d'avant en arrière et se met à chanter un chant indien de plus en plus fort. Je sors de la voiture pour lui signaler que ce n'est pas forcément très judicieux de réveiller toute la capitale à cinq heures du matin quand on est un étranger en situation illégale, surtout quand on ressemble à un Geronimo géant. Mais, arrivé près de lui, je découvre sur son visage un bonheur quasi mystique. Il chante, il rit, je regarde à mon tour la Seine, je comprends la beauté de cette ville. Sky me fait découvrir Paris. Une vague d'optimisme m'envahit, un sentiment nouveau. On reste un long moment sur le pont. Un car de police brise l'enchantement, le froid se rappelle à nous, et un repli tactique nous emmène au Flore, au milieu des rescapés des boîtes de nuit. Sky fait son petit effet. Je surprends les regards étonnés de plusieurs habitués, avec en prime celui captivé de trois jeunes filles très intéressées. Sky ne les remarque pas. Elles viennent à notre table et on passe un moment étrange. Sky, contrairement à ses habitudes vietnamiennes, a l'air très sensible au sex-appeal des petites Parisiennes. Tout à coup, il m'apparaît tel qu'il est vraiment, je me rappelle qu'il n'a que vingt-deux ans. À cette terrasse, sa jeunesse le rattrape et s'installe avec nous. Pendant un instant, j'oublie le passé et, observateur amusé, je reste en retrait pour les regarder flirter.

« C'est quoi, cette cicatrice ? »

Et voilà, pour moi le charme est rompu. Il a éclaté comme une bulle de savon. Tout me revient tellement fort que je suis incapable de répondre. Je me sens lourd, vieux, détaché. Malgré mon envie de laisser ce moment se prolonger, je suis envahi d'une irrépressible envie de m'isoler. Une colère sourde rôde dans ma tête, j'ai du mal à la contenir. Sky s'en aperçoit et son visage se ferme, il a repris sa gueule. Les filles se taisent, échangent des regards. Inquiètes.

Celle qui a parlé de ma cicatrice me prend la main et se rapproche :

« Je suis désolée... »

Sa douceur a l'effet contraire : je déteste ceux qui sont « désolés ». C'est un mot creux. Je jette un coup d'œil à Sky, qui m'observe. Pour lui, par respect pour sa jeunesse qui est revenue timidement, comme ces deux filles, je souris d'un sourire qui ne m'appartient pas. La conversation reprend, la légèreté revient. Je me demande comment ce type que je vois rire bêtement a pu être un des meilleurs tueurs qui sévissait du delta à la jungle, jusqu'au pays des hauts plateaux, cet horizon de crêtes menaçantes... Rendez-vous est pris pour le soir, on se sépare et j'emmène Sky dormir dans la chambre que j'ai chez mon grand-père.

On s'écroule, lui par terre, le lit est trop petit pour lui.

En plein sommeil, Sky fait un cauchemar qui me réveille. Il a crié, son visage s'est crispé, il dort. Je me lève, il est dix-neuf heures. Je vais dans la cuisine me faire un thé. J'y suis depuis dix minutes quand mon grand-père passe la tête par la porte, l'air un peu effaré.

« J'ai entendu un cri dans ta chambre, je suis allé voir, dit-il. Tu n'y étais pas, mais...

— Mais ?...

— Il y a une énorme femme, qui dort par terre.

— C'est pas une femme, c'est un énorme Apache.

— Un Apache ? Un Indien ?

— Oui.

— Ah bon. »

Sur ces mots, il retourne au salon.

J'ai toujours adoré ce détachement souverain de mon grand-père, son côté British à l'ancienne, qui consiste à ne jamais montrer ses émotions. Raison pour laquelle, sans doute, il fut un excellent diplomate : il ne s'étonnait de rien.

Une heure plus tard, l'« énorme Apache » s'est déplacé et les présentations sont faites. Il parle en anglais avec mon grand-père en buvant du porto sur fond de musique classique, assis en tailleur par terre, ses cheveux défaits. On a l'impression qu'ils se connaissent depuis toujours, et Sky est parfaitement à l'aise dans ce salon où se mélangent les styles anglais et chinois. Plus à l'aise que moi.

Je mesure à cet instant tout ce que j'ai raté. Cet homme aux goûts raffinés, cet homme de culture, dans ce salon où il y a tant de livres que je n'ai jamais lus, c'est mon grand-père. Est-ce que je l'ai écouté, moi, comme le fait Sky en ce moment ? Jamais. J'avais trop envie de partir, trop besoin d'action. Sky, lui, semble reprendre sa vie où elle s'était arrêtée, le jour où il a tué un policier dans sa réserve. Comme s'il écoutait à nouveau les vieux, les sages de sa tribu. Mon grand-père a été rebaptisé « Oldman », pour l'occasion. Il pose des questions, Sky raconte son histoire. Tous les deux sont lancés dans un échange où chacun prend la parole à son tour, l'un s'exprime dans un anglais raffiné, le parfait « Queen's English » de l'ancien ambassadeur, l'autre parle un américain rauque, direct, brutal. Deux paroles, un dialogue naturel, fluide, qui me laisse à la fois étonné, heureux et bizarrement exclu. Il me vient d'où, ce sentiment de solitude ? De loin, de très loin. Dans ce salon où le temps est en suspens, je sens une agitation naître en moi, comme si ma vie n'avait jamais commencé. Celle que j'ai vécue jusqu'ici n'est pas la mienne. Je la regarde avec curiosité, j'entends Sky en raconter des bribes où je ne me reconnais pas.

Le soir, on a rendez-vous avec la musique et nos amies. Le Rock and Roll Circus est en pleine effervescence, on dit qu'il y a des personnalités ce soir. C'est l'émeute, je me fais quelques sous en aidant le barman après avoir installé Sky à une bonne table, avec les trois filles du Flore qui l'ont pisté jusqu'ici. La soirée s'annonce bien...

« Dis donc, il est en forme, ton pote ! »

Dominique me pousse du coude, la tête tournée vers la piste de danse. Je reste sans voix : Sky, les cheveux défaits, le visage peint de deux bandes rouges, torse nu et pieds nus, occupe la piste, il fait une véritable démonstration de danse guerrière. Les gens s'écartent et tapent dans leurs mains.

« On dirait un Indien ! souffle Dominique, admiratif.

— C'est un Indien !

— Quoi ? Un vrai ?

— Hélas, oui.

— C'est super, ça ! C'est vachement *in* !

— C'est ta connerie, qui est *in*. Tu prends les Indiens pour un accessoire de mode ?

— Tu sais, Patrick, il y a des moments où t'es vraiment pas cool...

— Et alors ? C'est pas *in*, ça non plus ?

— Laisse tomber. Tiens : offre-lui une bouteille de champagne, à ton pote. Cadeau de la maison. Au moins avec lui il y a du spectacle. »

Ma colère est tellement forte que pour la canaliser je m'exécute, dans tous les sens du terme. J'apporte le champagne à la table où je m'assieds à côté d'une des filles et j'attends avec elle que Sky ait fini son numéro. Je le trouve ridicule.

« Il est beau, dit la blonde amoureusement, les yeux fixés sur lui ; et elle me donne le coup de grâce en ajoutant : On dirait un sauvage ! »

Je ne réponds pas. Je sais que tout ce que je pourrais dire sera mal interprété, à moins de pouvoir tout raconter, et encore.

Sky ne s'adapte pas à Paris, il prend tout à une vitesse incroyable et sa transformation me donne le vertige. Je suis inquiet pour lui, bien plus que là-bas. Il revient s'asseoir, il est hilare. Je lui fais remarquer que le rouge à lèvres qui lui sert de peinture de guerre s'est délayé et lui donne l'air d'un pauvre clown. Il se calme un peu.

C'est la première fois que je le vois sous l'emprise de l'alcool. Pourtant, il m'a souvent parlé des effets désastreux que la boisson avait sur les Indiens. Il m'a souvent dit que son père était mort alcoolique, et qu'il s'était juré de ne jamais boire une goutte.

« Mais ici c'est différent : c'est pour rire. Et puis je suis avec toi, sur ton territoire – non ?

— Je ne suis pas sûr d'être vraiment chez moi ici. »

Il me regarde étrangement, avant de conclure en riant :

« Tu es comme moi, Wolf : métis. Pas de pays, pas de maison : on est de la même famille, on est chez nous partout. »

Il part dans un grand éclat de rire. Je corrige :

« On est chez nous nulle part !

— Pas tant qu'on reste ensemble, assure-t-il. " Nous " ; c'est ça, notre pays ! *Enju !* »

Je l'observe un moment, il a vraiment l'air d'être persuadé de ce qu'il vient de raconter et sa naïveté mérite qu'on lui laisse une chance. Je frissonne, comme pour retenir une envie de ricaner. Dominique s'approche de nous :

« Vous êtes invités à la table de Jim.

— Jim... ?

— Morrison », dit-il.

C'était donc ça, l'effervescence qui régnait à l'entrée ! Jim Morrison en personne est là ce soir, et Dominique, en me voyant froncer les sourcils, a déjà peur que je ne casse l'ambiance people de sa boîte.

« Patrick, déconne pas. »

J'échange un regard avec Sky, et on se lève en direction de la table qu'il nous indique.

Rencontrer l'homme qui a créé la bande-son de nos aventures au Vietnam, après tout, pourquoi pas ?

On s'installe, salutations diverses, sourires, il faut crier pour se faire entendre. Dans un coin de banquette il y a ce type barbu, un peu gras, qui semble aussi paumé que nous. Il a des bagues plein les doigts et hoche la tête en regardant Sky. Deux ou trois filles se poussent pour nous faire de la place. Je me souviens d'avoir lu quelque part que Jim Morrison était venu à Paris pour couper les ponts avec son histoire et se réincarner en poète, une tradition américaine du « voyage à Paris » qui s'échoue là, sur une banquette de moleskine...

Le lendemain, à mon réveil, Sky est dans le salon avec mon grand-père, en grande discussion. Ces deux inséparables sont tellement complices qu'on a l'impression d'assister à un complot plus qu'à une conversation. Je les observe sans rien dire. D'ailleurs, je n'ai rien à dire. Je constate simplement, une fois de plus, que ces deux-là sont un mystère. L'ambassadeur et l'Indien : deux hommes qui semblent si faciles à classer, et que pourtant je ne connais pas. Ils m'invitent à participer à leur discussion, ils ont du mérite parce que la tête que j'ai observée dans le miroir de la salle de bains m'a laissé perplexe. Une éclipse de moi-même. Mes fesses reconnaissent un fauteuil et s'y posent. J'attrape au vol les mots de mon grand-père. C'est un exploit, c'est en anglais :

« La peste est presque unc personne. Une présence qui s'impose à tous, en fonction de laquelle s'ordonnent le monde et les hommes, et qui s'impose avec la puissance du tragique et de l'inéluctable...

— Holà ! Mais de quoi vous parlez ? »

Mon grand-père se tourne vers moi.

« Tu devrais le savoir : tu as quelques références, même si tu as l'air à peu près sans connaissance...

— Dans tous les sens du terme. Mais... me dis pas que tu es en train de parler de *La Peste* avec mon pote l'Indien ?

— Pourquoi pas ?

— *La Peste*, d'Albert Camus ?...

— Exactement, nous parlions de la guerre.

— On ne parle pas de la guerre, on la fait.

— Nous l'avons faite, tous les trois. Et la peste, comme la guerre, abolit les frontières individuelles des hommes. Le temps, l'espace ne sont plus les mêmes. Chacun se retrouve projeté dans une même aventure collective, compagnons d'infortune dans une fatalité qui les dépasse, subissant l'événement, ou bien sommés d'agir selon les lois d'une grande aventure qui fonctionne comme un jeu, dont ils seraient les acteurs. Un sentiment de communauté, de fraternité, une solidarité réelle, nous donnent alors l'impression de nous affranchir de notre condition. L'homme est changé. C'est un règne nouveau qui s'ouvre, et qui durera. Plus jamais les choses et les gens n'apparaîtront ce qu'ils étaient naguère.

— Pourquoi tu nous dis tout ça ?

— Pour que vous compreniez votre colère, toi et ton ami. Parce qu'après l'aventure les hommes se séparent comme des grains de sable séchés. Chacun reste un peu honteux, amer, comme après l'amour. Attention à vous. »

Sky s'anime :

« Honteux, c'est un grand mot. Amer, je ne crois pas. On reste sur un malaise, mais nous avons l'autre guerre, la nôtre. En tout cas j'ai la mienne, et le Loup aussi est en guerre. Nous ne sommes pas séparés comme des grains de sable, nous sommes unis par la boue du Vietnam. Sauf votre respect, Excellence ! »

Je regarde Sky, soudain complètement réveillé. Décidément, ce type n'a pas fini de me surprendre. Mon grand-père relève, étonné :

« Le Loup ? »...

Personne ne répond, il reprend :

« Les noms de guerre, voilà un phénomène qui...

— J'ai faim ! »

La pertinence de mon intervention les fait rire et mon grand-père, souriant, annonce :

« À table, les loups ! »

C'est bon. C'est un peu long. Ma grand-mère mange très lentement, mais c'est une femme en dehors du temps – on la regarde et on l'aime. Sky aussi est en dehors du temps. Comme le sont tous ces moments où nous serons chez mon grand-père. Cet appartement est devenu plus qu'un endroit, c'est l'œil du typhon : on y est en apesanteur du passé, du présent et du futur... et peut-être un peu de nous-mêmes.

Il est vautré au fond de sa cage, son ventre mou à peine dissimulé par de longs poils roux, rares et fourchus, encadré de longs bras. Ses mains fines et délicates reposent, inertes, sur ses jambes courtes, recouvertes de ces mêmes poils roux et sales. Au milieu de sa tête ahurie se déplacent rapidement – seul mouvement de l'ensemble – deux petits yeux malins et sombres. C'est Roger, notre nouvel ami. Notre rendez-vous quotidien, enfin, presque, auquel nous restons aussi fidèles qu'à mon grand-père. Mais Roger, c'est différent : il ne parle pas, il agit. Roger est un orang-outang, un vieux mâle de quatre-vingts kilos, qui habite au Jardin des Plantes. Il a un sale caractère, et c'est ça qui nous plaît : on guette avec impatience le moment où il va le manifester...

Et ça ne rate jamais. Roger attend que les curieux soient suffisamment nombreux devant sa cage et là, merveille des merveilles, ses yeux se plissent, puis, sans crier gare, il balance un énorme coup de poing sur la cloison en métal derrière lui, qui résonne comme un gong, figeant ses admirateurs. Alors il saute en avant d'un bond formidable, il attrape le bac qui lui sert d'abreuvoir, plein de pisse et de merde, et le projette sur les curieux sidérés. Après quoi, il observe calmement la débandade, avant de retourner paresseusement se mettre dans sa position d'attente, jusqu'au prochain round.

Ce rite se répète plusieurs fois par jour, tous les jours, pour notre plus grande joie. Joie que nous partageons avec son gardien hilare, qui remplit le bac à eau consciencieusement chaque fois. Sky et moi passons des après-midi entiers à admirer cette sale bête. Je finis par me lasser du rituel, mais Sky continuera d'y assister fidèlement tous les jours. Et quand il lui arrivera d'être introuvable, je saurai, moi, où le chercher : devant le singe, « en embuscade », comme il dit.

Impossible de lui faire faire autre chose, c'est sa période singe. Heureusement, il y a encore les discussions chez mon grand-père, où Sky a élu domicile. Moi, j'ai réintégré ma piaule à Saint-Germain. On travaille tous les deux au Rock and Roll Circus, j'aide au bar et l'Indien est censé assister le videur, c'est-à-dire qu'il ne fait rien.

Sky, videur adjoint...

Côté nanas, il a fixé son choix sur une fille que je n'aime pas. Mais ce ne sont pas mes oignons. Sauf qu'un soir elle annonce qu'elle aimerait bien qu'il coupe ses cheveux. Elle trouve qu'il fait « trop indien » !

Discrètement, j'attire Sky à l'écart pour lui conseiller de laisser tomber. Il y a des foules d'autres filles qui lui tournent autour, il n'est pas obligé de coucher avec la plus conne, etc. Et c'est là que j'apprends qu'il n'a pas couché avec elle – ni avec aucune autre.

« Quoi, t'es vierge ? »

Il rougit, se fâche, et retourne danser.

Je reste cloué sur place. Ça fait plusieurs mois qu'il est à Paris, on sort tous les soirs, on fait la tournée des boîtes, on est invités à toutes les fêtes, on est entourés d'une nuée de jeunes filles libres et coquines, et lui trouve le moyen d'être encore puceau ?... « Je ne suis pas prêt », m'avait-il dit à Saigon, dans les confidences d'une nuit d'opium. Mais quand même !...

« Ce mec est fou !

— De qui tu parles ? »

C'est Dominique qui pose la question : j'ai pensé tout haut.

« Non, rien. »

J'observe Sky. Il est retourné s'asseoir. Il regarde le décor avec un étrange sourire. Tu parles d'un videur ! Il a changé, l'Indien. Toujours cet air calme, mais il semble chercher quelque chose en permanence, toujours à contre-pente. Peut-être a-t-il raison, après tout. Je n'aime pas trop voir les gens ouvrir leur cœur. Mais autour de nous les braguettes s'ouvrent plus facilement que les cœurs. Vierge. L'Indien prend son temps. Je devrais reconsidérer le mien – moi qui pratique l'art de la fugue, alors qu'on est en plein rock'n'roll. Je suis dans le mouvement perpétuel, les thèmes superposés, combinés, renversés, opposés, disparaissant, réapparaissant, le tout dans un rythme continu. C'est l'image même du temps, le « temps tapis roulant », comme dit mon grand-père.

« Aïe ! Baston ! »

Dominique a crié. Je regarde vers la piste ; effectivement, trois types se battent. Sky se lève tranquillement et s'approche pour les séparer. Ce qu'il fait facilement. Mais le plus costaud des trois se rebiffe et, trompé par le visage fin de l'Indien, ne mesure pas à qui il a affaire. Il frappe Sky à la face, celui-ci réagit à une vitesse incroyable et enferme son agresseur dans une clé au cou, réflexe de guerre. Le visage de l'Indien est celui de là-bas, mais on est à Paris.

Je me précipite en hurlant, il le lâche juste à temps, le costaud tombe à terre en se tenant la gorge, il suffoque, crie, tente de reprendre sa respiration :

« Il est fou, ce mec, il aurait pu me tuer ! »

Je me penche vers lui.

« Oui. Alors laisse tomber. »

Le type se relève, Sky l'observe, ses yeux sont froids, l'autre s'approche, je m'interpose :

« Pour la dernière fois, barre-toi. Je pourrai pas le retenir une deuxième fois... »

En disant cela, je n'en mène pas large. Je connais Sky : il ne sait pas se battre. Il sait tuer. C'est tout ce qu'il a appris. Je mesure à cet instant le danger qu'il peut représenter. Videur, c'est vraiment le dernier job qu'il fallait lui confier. La musique reprend, nos amies se mettent à danser avec nous, isolant notre violence. Chacun regagne sa place. Je m'assieds près de Sky, il a l'air abattu, il prend sa tête entre ses mains, ses avant-bras sont parcourus d'ondes nerveuses.

« J'ai failli le tuer, putain : ça s'arrêtera jamais ?... »

Je pose ma main sur lui, il tremble de tout son corps, je ne dis rien, j'attends.

L'autre grand con revient à la charge, croyant que son adversaire est largué. Je ne lui laisse aucune chance : mon verre lui éclate au visage. C'est de nouveau le bordel intégral, on en profite pour se barrer. On finit dans une des boîtes du quartier. La Bulle : un cinéma et un night-club, plusieurs salles en enfilade où l'on échoue, vautrés sur des coussins. Sur l'écran, c'est un Buster Keaton. Guerre des clans dans le quartier chinois : Keaton court après le scoop en trimballant sa caméra, Sky pleure de rire, je ris de le voir rire...

Le lendemain, morosité générale.

On part se promener aux Champs-Élysées, Sky tombe en arrêt devant l'affiche du film *Bambi*. Je lui fais remarquer que c'est pour les enfants. Il me répond d'un éclat de rire et m'entraîne dans son délire. Que faire ? Sa folie sauve tout, et je suis sans défense devant son plaisir – qui devient le mien.

Dans la salle, les choses se corsent. Sa taille, pour commencer, pose un problème : il bloque la vue de deux cents enfants, et finit presque allongé par terre pour leur permettre de voir le film.

Ensuite, en pleine projection, j'entends ce bruit qui monte en puissance : il pleure quand *Bambi* perd sa mère. Gênant. Dérangeant, même, quand ses pleurs sont tellement forts que les petits se tournent vers nous. Je lui balance mon coude dans les côtes, mais rien n'y fait, il pleure vraiment. Plus loin, il rit tellement fort qu'à nouveau les têtes se tournent. Le film se termine, je me lève pour me précipiter vers la sortie. Il me retient de force, il veut revoir *Bambi* et refuse de demeurer seul. Mi-curieux, mi-agacé, j'accepte.

Et ça recommence. À la différence que cette fois je m'amuse, et me délecte à l'avance de l'étonnement du public. Le spectacle est dans la salle.

Sky veut rester une troisième fois. Je l'abandonne, le laissant seul, enfant parmi les petits. À la sortie de la troisième séance, je le retrouve les joues baignées de larmes, entouré de gosses. Ils lui tiennent la main, le consolent, lui tapotent le dos. Géant triste au milieu des petits, aux visages sérieux et inquiets. J'observe la scène de loin, un peu troublé par ce grand con au cœur si tendre. J'avance pour le récupérer, comme font autour de moi les autres parents qui patientaient sur le trottoir...

Mais merde, à la fin ! Il est où, le lurp ? Il est où, le pire cauchemar des Viets du Delta du haut plateau ? Les enfants ont du mal à le laisser partir. C'est tout juste s'ils ne me demandent pas mes papiers, pour vérifier que j'ai le droit de m'en occuper. On s'en va, suivis par leur regard d'adulte.

« Dis donc, Sky... t'es sûr que t'es pas en pleine régression ? »

Il éclate de rire, me balance une tape dans le dos d'une telle force que je manque de devenir idiot pour le restant de mes jours, et commente :

« Non, je progresse. Et j'ai faim. »

« Désir d'être soi-même, voilà la grande affaire, pour l'éternité. Éternité personnelle : être soi-même ou rien. Nous ne disposons pas, c'est notre désir qui décide. Et la réalité de Sky, c'est ce désir. Laisse-le faire, conclut mon grand-père le lendemain, quand je suis seul avec lui et que je lui raconte les "bambiseries" du grand.

— C'est tout de même un peu extravagant, non ?

— Tu ne t'es pas vu ?

— Admettons. Mais ma folie est plus...

— Plus quoi ?

— Plus sérieuse, peut-être ; non ?

— Non. »

J'attends la suite, il n'y en a pas. Je n'entends que la plume de son stylo qui crisse sur la feuille et je sens cette bonne odeur d'encre. Il écrit. C'est d'ailleurs une partie de ses écrits, qui se glisse de temps en temps dans ma tête et qui me revient par bribes...

« L'Indien déconne ! »

C'est par ces mots que Roland me reçoit, accoudé au bar du Rock and Roll Circus. Il est une heure du matin.

« Quoi, encore ?... Une bagarre ?

— Non. Viens voir. Je te préviens, il est vraiment cintré. »

On sort et, arrivé sur le boulevard Saint-Germain, je suis obligé de constater qu'il a raison. Sky a rassemblé plus de trente clochards et les fait avancer en ligne au milieu du boulevard, menaçant comme un chien de berger ceux qui veulent quitter le troupeau. Je m'approche, tentant d'ignorer les regards apeurés de ces pauvres types. Je crie pour couvrir les cris rauques de l'Indien, qui, le visage fermé, ne m'a pas vu.

« Sky ! Tu fais quoi exactement ?... »

Il relève la tête par-dessus la colonne. Ses longs cheveux sont noués par un foulard rouge, et ça, c'est jamais bon signe chez lui. Il a aussi les pieds nus, autre mauvais signe. Inquiet, je repose ma question :

« Où vas-tu, avec tous ces gens ?

— Ils ont faim. Je les emmène au restaurant ! »

Je me retourne vers Roland qui regarde la scène, les yeux écarquillés, et j'explique :

« Ils ont faim : il a raison. Et il les emmène au resto, ce qui est plutôt sympa. Il n'est pas fou, il est gentil ; c'est tout. »

Roland pose sur moi des yeux effarés.

« Quoi ? Il est complètement dingue, tu veux dire : on traite pas les gens comme ça ! Il se croit au Vietnam, avec des prisonniers ?

— C'est possible. »

Je me tourne vers Sky et crie :

« Tu les emmènes où, tes prisonniers ? »

Il me montre le pub Saint-Germain, au coin du boulevard. Je tape Roland sur l'épaule et propose :

« Allez, viens, on va l'aider. »

Mais mon Roland ne bouge pas.

« En fait, vous êtes complètement siphonnés tous les deux. Le pire, c'est toi !

— Pourquoi moi ?

— T'es même pas indien ! »

Réflexion imparable. Je pars rallier la troupe en marmonnant :

« Pas assez, peut-être. Allez, viens, on va bouffer. »

Il hésite, puis me rejoint auprès des clochards en clamant, pour une raison mystérieuse :

« Messieurs, allons-y ; j'offre la salade verte ! »

Dans la colonne, quelques voix s'élèvent contre la salade et en faveur du pinard, mais les marcheurs se mettent en ordre, à part une ou deux tentatives d'évasion aussitôt réprimées par un Sky qui veille sur son troupeau. En arrière-garde, quelques curieux leur font escorte.

« Merde, les flics ! » dit Roland en me montrant le car qui approche lentement à l'arrière du cortège.

Il s'arrête à la hauteur de Sky, une discussion s'engage, les curieux augmentent, je passe du rôle de traducteur à celui de négociateur. D'abord étonnés, les policiers finissent par trouver l'initiative sympathique, du moment que l'ordre public, etc., et ils protègent la colonne en fermant la marche avec le car. Arrivé à l'Odéon, le patron du pub voit débarquer cinquante personnes dont trente clodos. D'accord pour les faire dîner, dit-il, à condition qu'on les installe dehors : nos amis puent un peu, c'est vrai. Je dirais même qu'ils poquent grave. Parmi les curieux, quelques bonnes âmes proposent de partager les frais. On commande cinquante croque-madame, autant de salades et trente litres de pinard. Sky supervise, hilare, ce pique-nique nocturne et printanier. Ça gueule et ça chante jusqu'à sept heures du matin, Roland se farcit la facture des salades comme promis (et, du coup, récolte le surnom de « Salade verte » qu'il gardera toute sa vie). Le clou du pique-nique, c'est quand Jim Morrison et sa cour viennent nous rejoindre, déclenchant l'émeute chez les curieux, l'indifférence chez les clodos et quelques demandes d'autographes de la part des flics qui sont restés à proximité pour éviter tout « débordement ».

À sept heures du matin, c'est toute la boîte qui prend son petit déjeuner sur le trottoir. Le pub est à nous.

« C'est Apache-land ici, rigole Sky ; on fera ça tous les jours. »

Voilà l'heure d'ouverture des bureaux, les gens qui vont au boulot rompent le charme avec leurs embouteillages. C'est la fin de la fête. On se sépare. Ce fut une bonne nuit. *Enju !*

Les jours et les nuits s'enchaînent – surtout les nuits. Fasciné par les Indiens, Jim parle d'écrire une chanson sur Sky. On les voit souvent traîner ensemble, tous les deux, l'un aussi soûl que l'autre.

Sky est devenu malade de nostalgie. Il tourne en rond dans cette ville où il se sent en prison, loin des siens. Luis lui manque, sa réserve lui manque. Désœuvré, sans argent, il sait qu'il ne peut pas retourner aux États-Unis. Il a rompu son contrat avec l'armée. Rentrer là-bas, c'est se retrouver en taule immédiatement pour purger sa peine. Perpète...

Alors, il y a l'alcool.

Et puis il y a cette fille, qu'il a rencontrée. Irina fait partie d'une bande un peu douteuse, bagarreurs, voleurs, truands yougoslaves avec lesquels il disparaît quelquefois des jours entiers, avant de revenir avec de l'argent qu'il claque en sa compagnie.

Elle lui a fait découvrir le plaisir. Il passe d'un état d'excitation fébrile à une lourde déprime, et cette fille en est le chef d'orchestre. Elle est amoureuse de l'enfant qu'elle a découvert en lui et le maintient le plus possible dans cet infantilisme, pour se protéger de l'homme qu'il est devenu au Vietnam. Sky devient instable, partagé. Il enchaîne les aventures, l'amour devient une roulette russe, les filles défilent, chacune percute à vide, mais la principale, Irina, incarne la balle qui finira par lui exploser le crâne. Il le sait, on en parle. Il s'en éloigne mais revient toujours se mettre cet amour sur la tempe.

Elle fait la même chose. Elle le craint : trop beau, trop grand, trop violent, imprévisible, sauvage, elle le quitte mais revient toujours. Deux trapézistes. J'assiste, impuissant, à leur va-et-vient au-dessus du vide. La chute est au bout, j'en suis sûr. Il faut que je sois là à ce moment-là, je le sais, je le sens, et moi aussi je tourne en rond, incapable de faire mon métier, hésitant à partir pour ne pas le laisser seul. Les guerres résonnent aux infos des radios que j'écoute chaque matin, celle du Vietnam crie plus fort que les autres...

L'endroit est superbe, archaïque, sauvage, sur la route qui traverse la Camargue. On croise des chevaux sauvages qui profitent de la fraîcheur de fin de journée pour s'ébrouer dans les marais. Sky, le nez au vent à la fenêtre de la Jeep, est devenu intenable, au point que je crains qu'il ne saute en marche. Arrivé au mas, Gérard nous accueille. Sky s'est précipité vers un enclos où un alezan magnifique se tient immobile.

« Méfiez-vous, de celui-là, prévient Gérard. Je viens de l'acheter. C'est un pur-sang qui n'a jamais été monté, une bête fauve. »

Puis, en tournant vers moi sa bonne tête encadrée de cheveux drus et blancs :

« C'est vraiment un Indien, ton pote ? dit-il, avec la mine intéressée qu'on réserve à ce genre de question.

— Un métis. Il était "*horse breaker*" dans sa réserve

— Ça veut dire quoi, "*horse breaker*" ?

— Ben, regarde. »

Sky vient de sauter la barrière.

« Qu'est-ce qu'il fait ? Il est fou !...

— Laisse-le, ça va être un moment intéressant.

— T'es cinglé ! Je suis pas assuré pour ce genre de connerie, moi ! »

Sky court vers l'animal, qui se cabre et décampe au galop. L'un court en carré, l'autre en cercle. Chaque fois qu'ils se rencontrent, Sky lui passe la main sur le flanc.

« Il va se faire tuer ! » crie Gérard, affolé.

Intrigué, pourtant, il s'approche. On s'installe sur la barrière du corral pour être aux premières loges.

D'autres cavaliers, des ouvriers du mas se joignent à nous. L'étalon, d'un coup, fait face à Sky, qui le frappe violemment sur les naseaux et lui attrape les oreilles en hurlant. L'animal se fige une seconde, Sky lui bondit dessus, la bête tente de s'en débarrasser. On assiste à un rodéo sauvage et improvisé, Sky fait corps avec la bête qui s'affole, part dans un galop fou et saute l'enclos. J'ai juste le temps d'apercevoir son visage : illuminé. Une joie sauvage soulignée par un large sourire. Ils disparaissent vers les marécages. Tout le monde reste immobile un court moment, dans un silence stupéfait. Gérard réagit le premier :

« Nom de Dieu ! Jamais vu ça. En voiture, il faut les retrouver, il va faire nuit. »

Un éclair de chaleur illumine le ciel vers le sud, j'entends le martèlement des sabots s'estomper, les relents du cuir et du cheval persistent. Je cours vers la Jeep qui démarre déjà. L'odeur humide remonte des marécages, je pense aux rizières du Vietnam. Je souris tout seul : j'ai retrouvé le Sky que je connais, féroce. Ici au moins ses qualités ne le mettent pas en danger. Il aurait dû naître il y a deux siècles en Camargue. Au loin, je crois apercevoir la silhouette d'un cavalier au galop. Les autres ne l'ont pas vu, je ne dis rien. Je ne suis pas inquiet, je sais qu'il est bien là-bas, au milieu des marais, avec cet étalon fou comme lui. Vas-y, Sky, galope au bord de la terre, la nuit te protège. Je suis avec toi. *Enju !*

« Rentrons, c'est plus la peine : on n'y voit plus rien. »

Gérard me regarde du coin de l'œil avant d'ajouter :

« Patrick, il est dangereux, ton pote. J'apprécie pas du tout sa façon de traiter Boris.

— Boris ?

— C'est le nom de mon étalon. Non seulement il risque de se tuer, ce con, mais en plus il va abîmer mon cheval. »

En fixant l'horizon, il enchaîne, en secouant la tête : « Sacré cavalier tout de même. »

À peine a-t-il exprimé son admiration que les autres passagers renchérissent. En quelques minutes, Sky devient une légende.

Une fois de retour au mas, les exploits de l'Indien et de l'étalon nous tiendront compagnie autour du feu de la grande cheminée, un peu exagérés par le bon vin. Les yeux brillants, la femme de Gérard, son fils et ses deux filles font un public fasciné.

Une forte odeur de café me réveille. Je suis sur le canapé du salon, le feu est éteint, ma tête me rappelle nos exploits alcoolisés de la nuit, laquelle a cédé la place à un ciel bleu qui m'agresse les yeux. Il fait déjà chaud. Pas à pas, je suis le fumet jusqu'à la cuisine et m'installe près de Gérard dont les cheveux blancs en bataille traduisent l'état. Il me propose une omelette, je lui jette un regard noir. Sa fille Juliette, celle qui a seize ans, entre comme un boulet de canon et, haletante, nous annonce : « Ils sont revenus ! Ils sont dans l'écurie ! » Puis elle rit en ajoutant, aussi rouge que sa jolie robe d'été :

« L'Indien est nu. »

On se précipite dehors. Ils sont là tous les deux, l'homme et le cheval, allongés, ils dorment dans la paille. La tête de Sky repose contre celle de Boris. Je me tourne vers Gérard, qui contemple silencieusement la scène, l'air incrédule.

« Je croyais que les chevaux dormaient debout ?

— Sauf quand ils sont malades. Ou épuisés... Mais comment il a fait ? Cette bête était inapprochable !... Et c'est vrai qu'il est à poil, ce con !

— Non, regarde : il a une brindille sur la fesse. »

Gérard sourit :

« Laissons-les. »

En sortant de l'écurie, il bougonne encore, se passant la main dans la tignasse :

« Jamais vu ça, moi ! »

Plus tard, je suis réveillé de ma sieste par Juliette. Sky est dans l'enclos, il ne fait qu'un avec le cheval. C'est une démonstration de dressage, l'étalon répond sans hésiter, il a encore des moments de révolte, mais c'est surtout ce que l'on sent entre l'homme et le cheval qui est troublant, comme s'il existait entre eux un lien archaïque que nous, petits hommes civilisés, nous aurions oublié. L'émotion est forte derrière la barrière. L'Indien met pied à terre, remonte, court à côté du cheval, danse, s'éloigne, le cheval le rejoint, le pousse doucement de la tête, Sky chante pour lui. On dirait deux amis qui ne se sont pas vus depuis longtemps. Le bonheur de l'Indien est tellement fort qu'il déborde sur tout le monde.

Y compris sur moi, au point que je remarque le sentiment qui s'installe entre Juliette et moi. Sky part en balade avec Boris. Je vais découvrir les recoins secrets de la Camargue avec cette fille mutine et grave à la fois. Seul moment de tension : un hélicoptère qui passe à basse altitude réveille chez moi une vigilance qui me fait lâcher la main de mon amie un court instant, juste assez pour qu'elle m'observe, un peu inquiète. Comment lui expliquer l'irracontable, sans tout gâcher ? Mais c'est trop tard, j'ai perdu le fil de ce beau moment, en éveillant chez elle je ne sais quel secret qui la rattrape. Elle pleure en silence, impassible, attendant la fin de sa tristesse comme on attend la fin d'un orage. Le silence nous rapproche au point que nos corps s'unissent sans bruit, un mouvement doux et impérieux. C'est fort, nos mélancolies s'effacent. Le soleil en rougit et s'en va, nous proposant la nuit.

On rentrera tard.

Au ranch nous attend l'inquiétude de Gérard.

« Vous étiez où ? C'est quoi, ces conneries ? D'abord, ton copain qui disparaît avec Boris, et maintenant toi et ma fille !... Vous voulez m'enlever tout, c'est ça ? Me laisser seul ?

— Merci pour moi », objecte sa femme.

Il ignore sa remarque et poursuit, en désignant Juliette :

« Je te préviens, elle est mineure.

— Moi aussi », dis-je en me servant un café chaud.

Il hausse les épaules et change de sujet.

On parlera tard de l'Indien qui n'est pas rentré. Des mots chaleureux, chauffés au feu de la cheminée qui nous écoute. Des mots qui quelquefois se font murmure, pour ne pas s'effaroucher entre eux. La main de Juliette cherche la mienne, j'interroge ses yeux et suis son regard : Sky est entré dans la pièce, silencieux, torse nu, en sueur, cheveux défaits. C'est un homme d'un autre siècle, un fantôme, qui nous apparaît. On élargit notre cercle, Sky s'installe en tailleur face au feu, apportant avec lui une odeur de cheval qui lui colle à la peau. La femme de Gérard lui tend un verre de vin. Le silence persiste. L'Indien est là, il boit et nous regarde les uns après les autres, calmement. Il remarque mon intimité avec Juliette, sourit à nouveau, puis j'aperçois cette lueur qui surgit dans ses yeux. Je n'ai pas le temps de prévenir les autres : il pousse son hurlement formidable, énorme, terrifiant. Gérard renverse son verre et perd sa pipe, Juliette n'en revient pas, les chiens aboient dans la cour, le temps s'est arrêté un court moment. J'éclate de rire, je revois la même scène chez les Moïs. Sky rit de bon cœur, entraînant les autres, mais ma joie s'arrête brutalement, rattrapée par mes souvenirs d'autres rires. Le Hibou, 360°, Gran'ma, grog, Lac Luong, Patience... Juliette s'est légèrement écartée de moi. Je ne fais plus partie du cercle, je me lève, suivi de Sky, on sort.

« Viens. Prends un cheval. J'ai rencontré d'autres hommes... différents.

— Qu'est-ce que t'appelles "différents" ?

— Ils vivent dehors, ils ont des chevaux... »

L'Indien rit, saute sur Boris, je grimpe sur un camarguais solide et on se retrouve en plein marais, au milieu de la nuit. Je compte sur mon cheval et les qualités d'éclaireur de Sky pour ne pas finir noyé quelque part dans un étang. Une lueur dans la nuit nous signale le campement des gitans, ils veillent autour du feu, on les y rejoint. Ils accueillent Sky comme un vieil ami. Je croise quelques regards farouches un peu à l'écart du feu, un homme plus âgé que les autres nous invite à ses côtés... et quand on repartira deux ou trois heures plus tard, la légende de Sky se sera enrichie d'un nouveau public. Partout où il va, ce type est capable de détecter ceux qui, comme lui, sont fils de l'errance, qu'ils soient moïs ou gitans, et qui paient par une longue histoire de massacres leur volonté de liberté.

Quand le vieux me demande de raconter à mon tour ma propre histoire, je sèche, comme d'habitude. Pour couper court aux confidences, je me lève et décrète qu'il est l'heure de rentrer.

L'aube commence à chasser la nuit. Sky me rejoint, on pousse nos chevaux au galop et on éclate de rire, mais ce rire-là, c'est le nôtre. Le vrai. Assis sur une plage, on fume en silence. Je ne sais pas encore, à cet instant, que les événements qui vont suivre me feront souvent regretter la Camargue...

« Le Loup, cette colère que tu trimballes, elle vient d'où ? »

Surpris, je le regarde.

« Tu vas pas t'y mettre, toi aussi ? »

Il ne répond pas. Je tente une réponse classique :

« Le Vietnam... Trop de morts...

— Non ! Si c'était si simple, tu ne voudrais pas y repartir. Tu vas le faire ?

— Oui.

— Alors, c'est pas ça. On ne retourne pas sur ses pas.

— Fais pas chier !

— Tu refuses de dire ta colère, tu refuses l'amitié, tu es immobile comme une pierre. Mais une pierre, ça n'avance pas – sauf quand on la jette... »

Je me tais. Sky se lève d'un bond, m'attrape, me soulève et me projette sur le sable où je m'écrase comme une merde. Puis, me regardant de haut, les mains sur les hanches, il commente :

« Tu vois ? Comme une pierre. »

Il n'a pas le temps de continuer, je lui fonce dessus. Surpris, déséquilibré, il tombe de toute sa hauteur. Je le frappe de toutes mes forces au visage, il se ressaisit, m'attrape et me balance à nouveau. Je me relève et m'apprête à lui sauter dessus, mais il me tourne le dos, prend son cheval et s'éloigne au galop. Je suis saisi par une immense solitude, obligé de m'asseoir, la gorge bloquée par une boule. Je me souviens d'avoir éprouvé ça, il y a longtemps. J'étais enfant. C'était où ?... Je ne sais plus. Mon enfance tenait dans une valise, on me déplaçait souvent. Je n'habitais ni avec mon père ni avec ma mère, je ne comprenais pas qui était qui... Ou alors, quand je commençais à connaître l'endroit, on me changeait encore et je ressentais cette boule. Maintenant, cette putain de boule me met en rage, il ne me reste plus que l'envie de bouger tout le temps, je ne tiens pas en place...

J'ai eu une enfance « salami » : élevé par tranches. Mes tantes, mes grands-parents, des amis de la famille, des gens dont c'était le métier, des profs, des flics, des toubibs, des psys, bref, beaucoup de monde. Vous reprendrez bien un peu de Patrick ? Les tranches devaient être bonnes : j'étais un enfant délicieux, sans doute. À présent, il ne reste que la partie immangeable. Je ris tout seul, remonte sur le bon cheval camarguais qui me regarde, l'air navré. Je lui colle une baffe.

« Ça va, toi ! C'est pas parce que t'es un bourrin que tu vas t'en tirer comme ça. Tu crois que j'ai pas vu ton regard ? »

De loin j'aperçois le mas, paisible. Les bruits, les odeurs sont des aimants. Je reconnais la silhouette de Juliette, mon cheval se dirige tout seul, je le laisse faire. Plus je m'approche de cette île, plus ma joie se teinte de méfiance. Mon cœur bat si vite qu'il s'aiguise contre ma méfiance. Arrivé dans la cour, il est coupant comme un rasoir. Juliette me fait un grand sourire, son visage est d'une beauté sans détour, ouvert, sincère. Je la regarde, elle semble surprise, je tourne les yeux vers Sky qui m'apporte un café.

« Fais gaffe : tu as tes yeux de loup. Bois ça. Et n'essaie pas de lutter, Juliette est plus forte que toi. Enfin, si tu lui donnes une chance...

— Fous-moi la paix, n'oublie pas que tu parles à un caillou. Tu veux rester ici ?

— Oui, un peu. J'aurai peut-être des visions pour l'avenir...

— J'espère que tes visions ne ressembleront pas trop à cette fille à Paris.

— Irina ? »

Pendant une seconde, je crois surprendre un petit flottement dans son regard.

« Mauvaise fréquentation, Sky ; elle traîne avec des gens sans scrupules, très mauvais pour un pauvre Indien perdu dans la grande ville... »

Sky rit et me tape sur l'épaule. Juliette annonce que le déjeuner refroidit. Mes angoisses se dissipent, elle détourne le regard avec une délicieuse lenteur. Espiègle. Je suis son complice. Le repas restera un moment à part, privilégié. Bien plus tard, j'y repenserai et m'accrocherai à cette image : Gérard, sa femme et Sky en famille,

Juliette et moi en apesanteur... J'ai failli me faire attirer par ses longs silences prometteurs. Insomniaque des mots.

Où sont-ils tous ? Pourtant, c'est moi qui suis parti, encore une fois. Ils étaient là. Il suffisait peut-être de rester ?...

Le Vietnam. J'y retrouve tout : la jungle, la sueur, le sang, la merde, les sangsues, les hommes qui récupèrent leur nom de naissance dans la mort. Tout, sauf Sky et moi. Patrouilles, accrochages, errances à Saigon. Seul. Un témoin. La solitude du journaliste. Un soir, je revois Dao, elle a changé, elle est devenue pute. Sauvé par un coup de déprime, j'évite de justesse de devenir son client, le pire, c'est qu'elle m'aurait sans doute fait un « *special price* ».

Mes photos sont, paraît-il, très bonnes, ça me déprime encore plus. Je n'ai plus de nouvelles de l'autre monde, celui où j'ai laissé Sky. Au milieu de la guerre, je m'inquiète pour celui que j'ai abandonné à la civilisation et à la paix. Les silences de Juliette me manquent, celui de Sky m'angoisse. Ce type n'est pas taillé pour ce monde de lois qui structurent et protègent, il est plus à l'aise au milieu des barbelés et de la jungle, là où la nature de l'homme, dans ce qu'elle a de plus brutal, fait office de loi.

Dao vient me voir à l'hôtel, elle a remis la petite robe que je lui avais achetée, elle s'est démaquillée, ses cheveux sont lâchés, je retrouve presque la jeune fille d'il y a un an, mais avec le visage un peu durci et les lèvres un peu pincées des filles qui baisent trop.

« *Take me out like before* – emmène-moi comme avant. »

Je l'emmène prendre une glace chez Brodrard. Ses grands yeux noirs me scrutent, les miens cachent mal mes émotions, elle fond en larmes. Des soldats américains nous regardent, je devine qu'ils pensent qu'on est un vrai couple d'amoureux. Ses sanglots la protègent : les putes ne pleurent pas au travail. Je la prends dans mes bras, on ne dira plus rien. Elle se lève doucement, me fixe, pose doucement un baiser sur ma joue, puis s'en va. J'entends un crissement de pneus, des cris, je ne me retourne pas. Des gens sortent en courant du café, je me lève, une vieille femme est coincée sous une voiture, morte. J'aperçois Dao plus loin qui regarde la scène, elle me voit, je ris, elle aussi : on a tous les deux cru que c'était l'autre... Elle m'adresse un petit signe et repart en se déhanchant sous les regards admiratifs des soldats en perm. On est vivants, elle part retrouver ses clients, je pars en patrouille dans quelques heures, retrouver la jungle.

Le cadavre du Viêt-cong est allongé sur le dos, c'est bizarre, il a les cheveux très longs, il porte un pagne déchiré.

« C'est un Moï, une erreur de tir... Ces types sont de notre côté. C'est con ! » dit le lieutenant de la patrouille en crachant par terre.

Je fixe longtemps le cadavre, il a l'air paisible, il est grand, ses yeux sont ouverts, le ciel s'y reflète, on dirait qu'il a le regard clair...

« Sky ! »

Surpris, le lieutenant me demande :

« Tu le connais ? »

Incapable de répondre, je rejoins la patrouille qui nous attend. On s'enfonce dans la jungle. Pendant les trois jours suivants, je ne dirai plus un mot. Je ne suis plus dans mon corps.

De retour à Saigon, je jette mes films sur le bureau de l'agence qui m'emploie et j'annonce :

« Je rentre à Paris. »

Étonné, le patron me lance : « Qu'est-ce qui t'arrive ? On dirait que tu as vu un fantôme. C'était dur ? »

Je me penche vers lui.

« Non. C'est toi qui es dur. Je rentre, c'est tout. Salut ! »

Paris. L'aéroport. Une cabine. La voix de Juliette, joyeuse.

« Viens me voir, si tu es rentré.

— Sky est toujours avec vous ?

— Non, sa copine est venue le prendre.

— La Yougo ?

— Oui. T'as l'air de mauvaise humeur. Est-ce que tu vas venir ? On s'est demandé comment tu allais, on n'a pas de nouvelles depuis un mois. On a entendu que ça se passait pas très bien là-bas...

— Fallait le retenir !

— C'est un grand garçon.

— Je te rappelle. »

Mon grand-père ne l'a pas vu non plus.

« Laisse-le chercher. Il t'a confié son histoire, pas sa vie.

— Alors, je le laisse se perdre dans Paris ? Il est influençable, tout est nouveau pour lui.

— La volonté a peu de part aux évolutions essentielles.

— Il a choisi une fille qui ne comprend rien, il fréquente une bande de types pas très clairs...

— Tes fréquentations ne sont pas des plus recommandables non plus... Et puis cette fille l'a dépucelé – non ? Il doit trouver des justifications, des excuses, à son désir. Et pour s'en protéger, il s'invente des sentiments... »

On se sépare. Comme à son habitude, il me met un livre dans les pattes et conclut :

« Lis ça, innocent ! »

Évidemment, je ne lis pas.

Au Rock and Roll Circus, rien n'a changé : musique, drogue. Roland qui est là derrière son bar, capitaine courageux, me refile un torchon dans les mains comme s'il me donnait la Légion d'honneur.

« Allez, au boulot ! Comment se sont déroulées tes vacances au Vietnam ?

— Comme toujours.

— Parfait. Ici, c'est la défonce, Cochise te cherche, ton ami indien vient de temps en temps... »

D'une voix aussi indifférente que possible, je lui demande :

« Tu l'as vu quand, pour la dernière fois ?

— Il y a deux jours. Il vient ce soir : ils ont réservé deux tables.

— "Ils" ?

— Eh oui ! Il a changé, ton sauvage : il réserve à l'avance – enfin, sa nana. Il a changé de look, aussi, tu verras. »

Je sens la moutarde me monter au nez, je ne dis rien et m'acquitte de ma mission de barman n° 2. J'ai besoin de fric. Mes photos étaient tellement bonnes, et je suis parti tellement vite, que personne ne m'a payé.

Le DJ, en pleine crise de Rolling Stones mania, enchaîne « Midnight Rambler » sur « Cocksucker Blues », un groupe entre. Je lève les yeux de mes bacs et, un court instant, je reste interdit.

Il a tellement changé que je reconnais sa copine avant lui. Cheveux coupés, affublé d'une permanente inimaginable, il est bouclé et teint en châtain.

« Il est ridicule !

— C'est vrai, constate Roland, il a exactement la même coiffure que toi, sauf que toi, c'est pire : c'est naturel.

— Ça fait longtemps qu'il est comme ça ?

— Une semaine à peu près. Ça lui va bien, c'est cool.

— On dirait un Américain.

— Il est américain ! »

Cochise s'assied en face de moi.

« Alors, le guerrier barman ?... T'as maigri. T'es bronzé. »

Sky m'aperçoit, il fait un grand sourire. Ça au moins il l'a gardé. Il contourne le bar et me donne une longue accolade.

« Le Loup ! Tu es revenu. Raconte-moi ! »

Sa joie se propage le long du bar. Roland propose le champagne, Cochise se joint à la fête, ses yeux passent de Sky à moi, elle rit :

« Vous êtes marrants maintenant, avec vos cheveux bouclés et vos gueules cabossées. On dirait deux frères. »

Sky me prend par les épaules et proclame que je suis son frère le Loup. Je le repousse brutalement.

« C'est quoi, cette coiffure à la con ?

— C'est pour être comme toi, Wolf : un Blanc.

— Et l'Apache, il est où ?

— L'Apache est resté en Camargue, en bonne compagnie. Ici, je me camoufle.

— Comme pour les raids ?

— Oui. D'ailleurs, si tu veux venir demain, il y a une petite aventure qui se profile. Tu viens ?

— Une aventure ?

— Tu dis oui et tu me suis : je serai l'homme de pointe. »

J'hésite à peine un instant.

« OK ! »

Cochise, qui n'a rien compris à notre échange en anglais, entreprend de séduire Sky. L'image est étrange : cette fille aux cheveux longs, qui ressemble à l'Indien que Sky était autrefois... Reflet féminin, effet miroir. Je les observe. Roland me file un coup de coude.

« Joli couple !

— Tant mieux : Cochise est plus intéressante que l'autre.

— Et toi ?... »

Je pense à Juliette et, comme d'habitude quand il s'agit de parler de moi, j'esquive :

« Tiens, au fait, c'est mon anniversaire.

— Quel âge ?

— Vingt ans.

— T'es vieux. Champagne ! »

Sky se plaint de ne pas avoir été mis au courant plus tôt, il fait la gueule.

Quatre heures du matin, on boit un verre à trois au pub Saint-Germain – Cochise, Roland et moi – quand il déboule, hilare, jette un costume d'homme sur la table et crie :

« Bon anniversaire, mon frère. Ça devrait être à peu près à ta taille ! »

Je fixe l'habit chiffonné, j'ai un mauvais pressentiment, je lance le plus gentiment possible :

« Où as-tu trouvé ce costume à quatre heures du matin ?

— Il te plaît pas ?

— Sky !...

— Ben quoi ? Tu m'as rien dit, c'est ta faute : j'ai dû improviser, et j'ai pratiqué un petit raid dans la pure tradition apache. Rapide et efficace, pour les besoins de ma tribu. *Happy birthday !* »

J'examine le costume et je remarque une trace de sang sur le col, Sky explique, en s'asseyant avec nous :

« Le type était un peu récalcitrant. Alors, j'ai légèrement appuyé ma demande, et il a finalement cédé.

— Il y a donc un mec qui se balade en slip à Saint-Germain à quatre heures du matin.

— C'est ça. Mais il allait se coucher : il n'avait plus besoin de son costume. »

Les autres, qui ont saisi une partie de la conversation, nous regardent, un peu sidérés. Je fixe Sky, il a l'air sincèrement heureux et inquiet à la fois, un sourire en attente immobilise le bas de son visage. Je n'ose pas gâcher l'instant ; de toute façon, c'est fait.

« Merci. Ta bonté te perdra... »

Son visage s'éclaire, il part d'un grand éclat de rire. N'y tenant plus, on éclate tous d'un fou rire idiot.

« On est quatre, dit Sky, le chiffre sacré des Apaches. C'est une bonne table. *Enju !* Et un jour important : le Loup a vingt ans... »

Cochise lui demande :

« Tu as quel âge, toi ?

— Vingt-trois, plus deux siècles de lutte... »

Elle l'embrasse par surprise, il se laisse faire, ravi. Roland et moi trinquons à cette nouvelle idylle.

Je pense à Juliette, je me sens seul. Une inquiétude se glisse en moi : que va devenir cet animal d'Indien ? Je vais me coucher, mais je n'arrive pas à dormir : chaque fois que je ferme les yeux, l'image du cadavre aux longs cheveux noirs m'apparaît. J'ai beau me répéter que « c'est un Moï, un Moï ! », la vision demeure, comme une alarme qu'on ne parvient pas à éteindre. Je me retrouve en pensant à mon absente, à sa peau si douce qu'on pourrait croire en Dieu en la touchant. Je m'endors avec elle, instant fragile, toute petite île sur fond d'orage à l'horizon, j'ai un frisson comme un marin pourrait en avoir devant l'arrivée d'un front froid. Mais ce n'est pas le froid...

« Pourquoi tu l'aimes pas ? »

Roland me propose la question, en même temps qu'un whisky, en me montrant Irina qui, seule sur la piste, se livre à une espèce de danse du ventre sur « In-a-gadda-da-Vida ». Un jeu de lumière à base de couleurs délavées dégouline sur les murs, je prends le whisky, mais je refuse la question.

« Pourquoi tu l'aimes pas ? il répète.

— Je trouve qu'elle a une très mauvaise influence sur Sky.

— Une très mauvaise influence ! il rigole. Mais t'es qui, pour dire des choses pareilles ? Son père, son psy ?... »

Je hausse les épaules, agacé. Il vient s'accouder près de moi pour ajouter, goguenard :

« Il a le droit d'être amoureux, non ?

— Oui, mais pas d'elle.

— T'es jaloux ?

— T'es con ? »

Je vide mon verre d'un trait, il le remplit aussitôt.

« Qu'est-ce que tu lui reproches ?

— D'être stupide.

— C'est pas un défaut, ça.

— De traîner avec une bande de truands de deuxième zone...

— Mauvaises fréquentations, c'est ça ? Je te signale que t'es pas mal non plus.

— Mais tu ne vois pas qu'elle le manipule ? C'est sa première nana, tu te rends compte de ce que ça veut dire ?

— Ben... non.

— Elle le tient par les couilles. Elle en a fait sa chose. T'as vu sa coupe de cheveux ?

— Ah ! évidemment, concède Roland, il a perdu son look fier et farouche.

— Elle l'a fait teindre, en plus ! Il a l'air d'un caniche...

— En attendant, elle lui apporte quelque chose que tu ne peux pas lui apporter.

— Quoi ?

— C'est une femme », fait Roland en se retirant vers ses bouteilles.

Réplique imparable, qui me laisse muet un moment.

« Tu devrais lui parler, reprend-il en faisant mine de compter sa caisse. Elle arrive. Installe-toi derrière le bar.

— Pourquoi ?

— Barman, c'est une bonne position : ça protège... »

Et il me colle un torchon dans les mains, avant de disparaître à l'arrière.

Quand Irina déboule, je lui offre un verre, puisque je n'ai rien d'autre à lui offrir. Mes pensées sont trop éparpillées pour se transformer en phrases. Irina commence à boire en m'étudiant d'un œil amusé. Un silence puissant nous isole de la musique. Prisonnier du regard de cette fille, je me surprends à lui trouver du charme. Pendant un instant j'entrevois sa beauté. Une jolie bouche, des yeux noisette qui m'observent à travers ses cils mi-clos...

« Pourquoi tu souris jamais ? dit-elle.

— Y a pas de quoi sourire.

— Tu fais tout le temps la gueule, tu danses jamais...

— T'es en train de me draguer, là ?

— Oh là, là !... » fait-elle avec une moue boudeuse, en sortant une cigarette, qu'elle entreprend de fumer en contemplant rêveusement la salle.

De l'autre côté de la piste, ses copains yougoslaves sont vautrés sur les banquettes, et Sky est au milieu d'eux, apparemment quelque peu alcoolisé.

« Il est beau, mon mec, hein ? dit-elle, énamourée. Il a l'air d'un rocker... »

Je réprime une envie de la gifler.

« Tu ne vois pas qu'il est en train de perdre tous ses repères ? Tu ne comprends pas qu'il ne sait plus où il en est, qu'il est incapable de se penser lui-même ? T'es en train de le rendre idiot, avec tes conneries ! Vous êtes en train de le polluer ; toi et tes potes, vous êtes une pollution vivante ! »

Elle me considère d'un air perplexe, comme s'il lui fallait du temps pour enregistrer ce que je viens de dire. Puis elle écrase sa cigarette nerveusement et se lève en décrétant, d'un ton sans appel :

« T'es jaloux.

— T'es con. »

Voilà, tout est dit. Elle retourne à sa bande en se déhanchant outrageusement. Roland revient vers moi avec son bon sourire.

« Alors, tu vois ? C'est toujours mieux de se parler, dans ces cas-là : ça aide... »

J'avance en silence derrière l'Indien qui ouvre la marche avec une lampe torche, on a fracturé une porte, on progresse dans le noir.

« C'est quoi, cet endroit ? »

Sans se retourner, il m'informe :

« Une boîte qui fournit les restaurants, c'est tout ce que je sais. On m'a juste signalé l'emplacement du coffre.

— Depuis quand tu sais ouvrir les coffres ? »

Il ne me répond pas. On entre dans un grand bureau, j'essaie une dernière fois de le raisonner :

« Pourquoi t'es tout seul sur le coup ? Ceux qui t'ont indiqué l'affaire, ils sont où ?

— Ils me testent... Amusant, non ?

— Non. »

On trouve le coffre posé bêtement contre un bureau, il n'est pas très gros, mais il pèse le poids d'un homme. On l'emporte. Au moment de sortir, on entend quelqu'un marcher dans les couloirs, on se fige, je bloque le bras de Sky. Le gardien passe sans nous voir, on embarque notre butin et, arrivés dans ma chambre, on contemple le coffre. Essoufflé, je demande à Sky ce qu'il avait l'intention de faire quand j'ai stoppé son bras au moment où le gardien passait. Il sort un poignard de sa ceinture. En le lui prenant des mains, je me rends compte que c'est un poignard de commando, fabriqué pour tuer.

« On n'est pas au Vietnam, Sky.

— Le Vietnam est partout : regarde ta joue. »

Il commence à s'affairer sur le coffre.

« Je croyais que l'argent était mauvais ?

— Pour les Indiens là-bas, oui. Mais ici il n'y a pas d'Indiens ; et dans ce monde on a besoin d'argent.

— Tes critères baissent.

— Non. Un raid est un raid. Pour un guerrier, c'est juste un exercice afin de maintenir l'esprit en éveil. »

Le coffre nous résiste.

« Plus facile de tuer un mec que d'ouvrir un coffre. L'argent est mieux protégé que les âmes, *my friend* ! »

Il cède enfin, comme pour nous donner tort. C'est notre premier. On le regarde, émerveillés, au point qu'on lui donnerait presque un prénom.

« Merde ! C'est quoi, ça ?

— C'est pas de l'argent, t'es sauvé ! »

J'éclate de rire et poursuis, les larmes aux yeux :

« C'est des Ticket-Restaurant !... Il y a au moins une centaine de carnets ! Tu vas pouvoir nourrir ta tribu au complet, et à l'œil. Tu es une rivière pour ton peuple ! »

Sky fait une gueule épouvantable.

« Ces gens-là n'ont pas de parole. »

Sa réaction me prend de court, et me confirme ce que je savais déjà : depuis qu'il est à Paris, Sky est comme un gamin. Au Vietnam, il était fort, ferme, précis. La guerre agissait comme un ciment à prise rapide, elle le tenait. Ici, il s'effrite.

« Bon, il ne nous reste plus qu'à les écouler, je propose.

— Comment ?

— On va prendre des cafés, des croissants, tout ce qu'il y a de moins cher, on paie avec nos tickets et on récupère la monnaie. »

Son regard s'assombrit :

« Ils se sont moqués de moi.

— Qui, “ils” ?

— Ceux qui m’ont mis sur ce coup.

— Ils savaient peut-être pas ce qu’il y avait dans le coffre. Et puis change d’amis, merde ! On a autre chose à foutre !

— Ah oui, quoi ?... Je suis prisonnier, ici. Où veux-tu que j’aille ?

— C’est pas parce que tu t’es coupé les cheveux que tu as coupé le reste. N’oublie pas d’où tu viens. »

On emploie les trois jours suivants à écouler nos tickets, les poches déformées par des tonnes de pièces : la monnaie qu’on nous rend. Les centaines de cafés qu’on prend, obligatoires pour obtenir l’argent, nous ont transformés en robots. Sky rit et parle trop fort. Insomniaque, électrique, je vais en boîte toutes les nuits, incapable de trouver le sommeil.

« Tu as entendu ce qui s’est passé ? »

Roland, derrière son bar, me pose la question en me servant un troisième whisky.

« Non.

— Un des copains d’Irina prenait tranquillement l’apéro à la terrasse d’un café, quand une flèche lui a transpercé la cuisse. Salement amoché, le mec. T’imagines la panique : la moitié de la terrasse s’est renversée avec des gens qui hurlaient comme des fous.

— Merde ! T’as pas vu Sky ?

— Non ! Tu crois quand même pas qu’il est assez dingue pour... ?

— Si. »

Je m’esquive en ajoutant :

« Si tu le vois, dis-lui de m’attendre au bar. Je vais faire la tournée des boîtes.

— Fais gaffe, les flics prennent ça au sérieux, ils sont déjà venus ici. »

Je ne l'écoute plus, je sors en courant. Dehors, je me retrouve entouré par trois Yougos, des amis d'Irina. Ils me demandent où est l'Indien. Le contact est rude. Je suis en mauvaise posture, mais, contrairement à eux, j'ai quelque chose à défendre. Ils tapent, ils crient, je rends coup pour coup en silence. Mon seul allié est le mur qui m'empêche de tomber. Curieusement, je me sens bien, comme si chaque coup me remettait sur le bon chemin. Je suis l'homme de pointe, ma colère a une cible. Un coup bien ajusté au ventre me fait passer la vitesse supérieure, je sors mon couteau. L'arme crée une surprise qui me permet d'en cogner un au visage, il s'écroule en hurlant. C'est foutu, j'ai franchi la ligne, pas de témoins, pas de règles. Un des Yougos s'effondre alors que je ne l'ai pas atteint, je lève les yeux et j'aperçois Sky qui braque une arme sur le troisième. Son visage est terrible. Je crie : « Non ! »

Il me fixe, surpris, pose son arme sur la bouche du type qui reste debout, paralysé par la peur, son regard brûlant de haine. Je le frappe de toutes mes forces avec le manche de mon couteau, il recule, titubant, se touchant le visage. J'attrape le bras de Sky et :

« Viens. Partons. C'est fini.

— Non. Il faut les finir, sinon ça va continuer.

— Sky, on est à Paris, viens ! »

Je ne suis pas convaincu de ce que je dis, Sky non plus, il hésite, l'arme à la main. Le temps s'arrête. C'est notre seul témoin, mais, là, il joue contre nous. Sky me regarde :

« Tu saignes !

— Viens, barrons-nous. »

Il tente de m'essuyer le visage, je repousse sa main. On retourne dans la boîte, seule base de repli possible. Protégés par les copains et la musique, on reste assis en silence dans un coin sombre. Dans les baffles, une connerie du style « Juanita Banana », ou un truc du même genre. L'époque est dérisoire. Roland nous apporte à boire, nous observe un instant et, d'un air sérieux, nous avertit :

« Ça va mal finir, votre histoire. »

Sa gentillesse est sa force, mais là, elle nous est étrangère. Il nous dévisage, puis s'éloigne. Je fixe mon verre et repense à ce sentiment de joie que j'ai eu en me battant, je secoue la tête comme pour chasser cette réflexion.

« C'était toi ? »

Il ne répond pas, j'insiste, il me gratifie de son plus grand sourire.

« La flèche ? Oui.

— Les flics se posent des questions.

— Leur uniforme est bleu, comme celui de la cavalerie. Ils ne nous ont jamais vaincus.

— Arrête de déconner, on n'est pas en 1860. Et puis c'est faux : ils ont gagné.

— C'est pas fini. »

Je l'observe, il est un peu soûl, il a cet air que je connais, toute discussion est inutile. Dans ces moments-là, il est habité, son regard affiche complet.

Jim Morrison arrive avec sa bande. On est conviés à une fête tardive, là au moins on sera protégés. On passe par le vestiaire qui communique avec l'Alcazar, ce qui nous permet de prendre un taxi dans la rue Mazarine où personne ne nous attend. La réalité s'efface devant la drogue, la musique. Au petit matin, Sky est en grande conversation avec Jim, je reste seul avec une fille qui ressemble à Juliette, mais ce n'est pas elle.

« Il veut écrire une chanson sur moi », me dit Sky en s'approchant.

Il a un sourire de gamin, il attend une réaction de ma part. Déçu, il s'en va. La fille aussi, elle ne me trouve pas drôle, je ne la contredis pas. Cette flèche n'a pas seulement traversé la cuisse d'un pauvre con : en traversant les siècles, elle a aussi coupé Sky de tout avenir possible. J'ai un frisson, une pensée pour la force hésitante et délicate de Juliette. La rage me reprend, m'isole, je me lève et quitte cette fête qui m'est étrangère. Au passage, je donne rendez-vous à Sky chez « Oldman ». Peut-être que mon grand-père saura mettre des mots sur tout ça. J'ai besoin de sous-titres, le film des événements m'échappe, sauf la fin que j'ai l'impression d'entrevoir. *Unhappy end*, forcément.

Ils sont là tous les deux, dans le salon. Le sage et le sauvage. Le diplomate et le guerrier. Manquait plus que le témoin. Mon grand-père m'accueille avec ces mots :

« Tu t'es bien fait arranger la figure, encore une bagarre ? »

Pas très diplomate. Sky me fait de la place sur le canapé et pose sa grande main sur mon épaule. Pas très guerrier. Je ne réponds rien. Pas très témoin. Le silence se prolonge – un silence amical mais inquiet, j'ai une drôle d'impression. Je nous regarde et j'enregistre notre réunion comme on ferait une photo pour plus tard, une petite dernière pour l'éternité. Les jeux sont faits ! Mon grand-père met un disque et la musique nous enveloppe, nous traverse, nous touche l'un après l'autre, comme une amie qui entrerait dans la pièce et nous saluerait chacun son tour.

Le commissaire Jablonski me fixe sans un mot. Cela fait bien dix minutes qu'il m'a prié de m'asseoir à sa table au fond de la boîte. Je me concentre sur mon silence et mon malaise : sa voix tombe comme si on cassait un verre. Je sursaute.

« Je pensais qu'on s'était compris. »

Il est fou. Comprendre son silence. Ou ce mec est prétentieux, ou il est idiot – ce qui est à peu près la même chose. J'ai vécu des silences d'embuscade, de mort, de gêne, de complicité, mais, là, ce silence de flic !...

« Joli coquard ! Je croyais t'avoir dit de rester tranquille. Tu sais que le procès de ta bagarre de l'année dernière arrive bientôt. Tes fréquentations, tes amis yougoslaves...

— J'ai pas d'amis yougoslaves.

— Je vois. Je te préviens encore une fois : éloigne-toi de la bande de Montparnasse.

— Qu'est-ce que vous me voulez ? Vous êtes juste venu me faire la leçon ?...

— Ne joue pas au petit dur avec moi. Contente-toi de me dire qui est le grand type avec une drôle de gueule qui est tout le temps avec toi.

— Un ami. »

Il attend la suite, je reste silencieux, perdu dans ce mot : « ami ». Je me rends compte que Sky est mon ami, nos aventures nous ont liés malgré moi. Évidence qui réveille mon inquiétude et me laisse une impression désagréable, je sens mon indépendance menacée. Au Vietnam, l'amitié était un dommage de guerre qu'il me fallait éviter à tout prix. Pas de place pour d'autre peur que la mienne, je ne pouvais pas me permettre de recevoir les balles de mes amis ou de mourir avec eux. Je n'avais pas les moyens d'endosser la peur des autres. Mais ici...

Le flic m'observe, puis reprend doucement :

« Ton ami traîne souvent avec cette bande, d'après mes collègues qui le connaissent.

— Ils le connaissent ?

— Oui. L'épisode du dîner avec les clochards... Il est américain, il fait quoi ici ?

— C'est mon invité, il est en vacances. »

Jablonski accueille l'explication d'un haussement d'épaules résigné. Puis :

« Tu es au courant au sujet de ce Yougo qui a pris une flèche dans la jambe à la terrasse d'un café ?

— Une flèche ?...

— Oui, une flèche. Et fais pas l'étonné, tout le quartier en parle. Tu es forcément au courant. »

Je me tais, le flic se lève.

« Demain quinze heures, toi et ton ami l'Américain. Dans mon bureau. C'est pas négociable ! »

Je regarde son large dos se faufiler entre les danseurs, il a la même silhouette que mon père.

« Tu n'as pas vu Sky ? »

Cochise se tient devant moi, ses grands yeux noirs reflètent son inquiétude. Elle est amoureuse, c'est évident, mais elle porte son grand cœur un peu bas, elle souffre. Elle m'emmerde.

Je me lève, elle attrape mon bras et insiste, anxieuse :

« J'ai peur qu'il fasse des conneries. Il est bizarre, en ce moment. Tu es son ami...

— Arrêtez avec ce mot, c'est chiant à force !

— Quel mot ?

— Ami. »

Elle se tait et me regarde, les yeux pleins de larmes. Je m'enfuis vers le bar. Là, j'apprends par Roland qu'il y a une fête chez Jim Morrison. Je sais que j'ai de grandes chances d'y trouver l'Indien.

Dans le vaste appartement, ça flirte, ça se défonce, il y a de la musique, la routine. Sky est là avec Jim et tente de s'initier à la guitare basse, il m'aperçoit et commente, d'un air navré :

« C'est difficile.

— Ouais. T'es meilleur avec ton M 16. »

Même moi, je joue mieux que lui. S'ensuit un bœuf qui, s'il ne révolutionne pas le monde de la musique, restera inoubliable pour ceux qui sont là. Jim s'étrangle de rire, Sky nous fait une démonstration de chants et de danses indiennes. À mesure que la nuit s'avance, l'ambiance devient bizarrement grave, il y a du désespoir dans les mouvements de Sky, et sa voix rauque, qui laisse passer cette langue étrange, ressemble à un adieu. Un chant venu de la nuit des temps qui paraît monter d'une tombe ou plutôt d'une fosse commune, celle d'un peuple disparu.

J'observe Sky, il transpire, il a l'œil lointain. Demain, le flic n'appréciera qu'à moitié la présence d'un Apache dans son bureau – même si, avec sa tête de civilisé, il a l'air d'un Américain, je connais l'animal, il n'a rien de civilisé et je redoute la confrontation. Le dernier flic que Sky a rencontré, c'était il y a cinq ans et il l'a tué. Après quoi, l'armée américaine l'a transformé en bête sauvage et en a fait l'ange de la mort de la vallée d'A Shau. Félicité et décoré pour chaque homme qu'il a descendu depuis trois ans, traumatisé, choqué, déserteur déboussolé dans ce Paris festif, c'est ça l'ami indien qu'il va falloir que j'emmène au commissariat avec moi. Je frissonne. Il me fait un grand sourire et pousse son épouvantable cri de guerre. La stupeur est générale et provoque la réaction habituelle : verres et cigarettes qui tombent, visages apeurés. Jim réagit le premier en criant à son tour et la soirée reprend son cours, mais les regards sont différents sur Sky et sur moi. On s'en va.

Comme à son habitude, Jablonski nous dévisage en silence. Ça fait dix minutes qu'on est assis en face de lui dans son bureau. Il y a une grande bibliothèque sur le côté où des livres de droit, de philo et quelques romans s'appuient les uns sur les autres. Sur son bureau, la photo d'une femme mûre qui sourit à l'objectif. Curieusement, l'endroit est agréable, mais les bras de Sky sont parcourus d'ondes nerveuses que je ne connais que trop bien. Les yeux fixés sur un point quelque part, vers la fenêtre ouverte. Pendant une seconde, je me demande s'il ne va pas bondir et sauter dans la rue, qui nous appelle de sa rumeur joyeuse. J'ai l'impression d'être à l'école et d'attendre la récré.

La voix du flic interrompt le silence :

« Il parle vraiment pas français ?

— Pas un mot. »

Je lui dis ça en souriant, il répond, furieux :

« Tu vas arrêter quand de me raconter des salades ? »

Il a raison : Sky a appris quelques mots, pas forcément les plus représentatifs de notre belle langue, mais ceux qui ont le mérite d'être précis. Mais c'est la seule stratégie que j'ai mise au point avec Sky, avec en prime un solide alibi pour le jour de la flèche.

« Tant pis pour vous, enchaîne Jablonski. Ça va prendre du temps, on cherche un traducteur.

— Je peux traduire, si vous voulez.

— Non merci. »

Il se lève.

« Vous allez être interrogés séparément. »

Je me retrouve seul sur un banc dans le couloir du commissariat, fumant clope sur clope, attendant l'accouchement de Sky qui est face à Jablonski et à son traducteur. Je passe en revue tout ce qu'on s'est dit, j'enrage de ne pouvoir être avec lui. Mes pensées sont brutalement interrompues par le hurlement de Sky, je me lève alors que les flics en uniforme, effarés, courent vers le bureau, la main sur leur pistolet. Je crains le pire, la porte s'ouvre sur un commissaire halluciné, il renvoie ses hommes d'un geste d'apaisement et me fait signe d'entrer. Sky est assis à sa place, il me salue d'un grand sourire. Le traducteur porte encore sur son visage tétanisé le cri de Sky. Soulagé, j'éclate de rire et l'Indien ponctue de son habituel « *Enju !* ».

Tout va bien. Sauf l'humeur du flic qui semble un peu déstabilisé.

« Vous n'allez pas transformer mon commissariat en cirque. C'est quoi, ce cri ?

— C'est une tradition.

— *Enju*, ça veut dire quoi ?

— En gros, ça veut dire : ça baigne.

— Ah oui ? Et en quelle langue ?

— C'est de l'apache – chiricahua, pour être précis.

— Ce type est un Indien ?

— Métis.

— Un Apache, une flèche... on est en plein délire ! »

Il m'observe en faisant la grimace, attendant une réaction, je reste de marbre.

« Bon, reprend-il ; ton ami, apache ou pas, va rester dans nos murs le temps de vérifier son alibi bidon. Toi, tu viens avec moi. On va visiter ton appartement. »

Il décroche son manteau, prend son chapeau, me fait signe de le suivre.

« Et dis à ton pote de ne plus pousser ses cris, il risquerait de se faire descendre. Mes hommes sont peu habitués à ce genre de manifestation. On n'est pas des gardiens de zoo.

— Gardiens de la paix, c'est ça ?

— Tais-toi ! »

La visite de ma tanière à Saint-Germain ne donne rien, notre alibi est reconnu valable, je me retrouve avec Sky sur le trottoir, libre. On laisse derrière nous un commissaire furieux qui gronde une phrase idiote :

« Disparaissez de ma vue, je vous ai à l'œil ! »

Se mettre au vert, voilà l'idée. On part à la campagne, une belle maison en pleine nature. Un peu de distance avec la ville me permet d'avoir une discussion avec Sky, toujours plus calme au milieu des vaches et des arbres. Je lui rappelle que les Indiens méprisent l'argent, et qu'en frayant avec la bande des Yougos – dont le seul but est d'en voler – il s'éloigne sérieusement de la philosophie de ses frères. Sans oublier que le flic nous a repérés. Il m'écoute en souriant et, en pleine discussion, se lève, se fout à poil et part dans les champs discuter avec les vaches. Le propriétaire de la maison, un ami photographe, reste interdit, debout sur le perron, un plateau de saucisson et vin rouge dans les mains.

« Nature, le mec ! »

Je tente une réponse :

« Je crois que c'est sa façon de me dire qu'il se sent démuni face à sa situation. »

La copine du proprio apparaît avec le pain.

« Ça lui va bien... Préviens-le quand même que ce soir on a des invités. »

Le soleil descend doucement sur cette campagne calme, lumière violette, bonne odeur de dîner. L'ennui m'envahit peu à peu. Les invités sont arrivés, aimables, il y a même une jolie femme. Je m'ennuie toujours.

« À table ! »

On se place. La copine du proprio demande :

« Ton ami, toujours en phase avec la nature ? »

La venue de Sky provoque une surprise et m'économise la réponse. Il salue très poliment tout le monde en serrant cérémonieusement les mains, puis se place devant sa chaise. Nu comme au premier jour. Je laisse tomber une remarque au milieu du silence qui plombe la scène :

« Il a mis ses plus belles peintures pour l'occasion. »

La maîtresse de maison confirme :

« J'espère que j'ai encore un peu de rouge à lèvres, il me semble reconnaître la couleur qui l'habille si délicieusement. Mangeons ! »

Dîner sans histoire. Sky, avec son torse nu décoré de bandes rouges, est très digne. Un seul problème, une prémonition plutôt : quand Sky me regarde, une impression bizarre, comme celle qu'on peut ressentir quand un ami part en bateau en vous faisant un signe alors qu'on demeure sur le quai. Je frissonne et tente de calmer mon cerveau inquiet. Le vin rouge et le ronron des conversations légères me bercent, et c'est un peu béat que je termine la soirée.

Pendant trois jours, Sky restera uniquement vêtu de rouge à lèvres. Seule variante : les dessins sur sa peau.

Un matin, juste après que son cri épouvantable a manqué de filer une crise cardiaque à toute la maison, je décide de rentrer à Paris. Il était temps, l'amitié des propriétaires était mise à rude épreuve. Sky se rhabille sans un mot et on retourne vers la ville. Dans la voiture, il ouvre enfin la bouche :

« Je sens ton inquiétude, Patrick. »

J'émets un son. Il m'arrête d'une main ferme sur l'épaule et poursuit :

« On est frères. Ton grand-père est aussi le mien. Oldman... »

Un bref sourire, puis son visage devient sombre.

« Je n'ai pas le droit de rendre mon frère inquiet. C'est un sentiment qui n'a rien à voir avec nous. Je voudrais repartir à zéro.

— En te mettant à poil ? »

On rit, puis le silence s'installe. Après un moment, je dis doucement :

« Je pars en Irlande. »

Il ne me répond pas, les yeux fixés droit devant sur les phares d'une voiture qui éclairent son visage d'une lueur artificielle.

Mort ! J'ai l'air mort dans le reflet que me renvoie le hublot. J'écarte brutalement mon visage et renverse mon scotch sur les genoux de mon voisin, un Écossais, qui râle. L'avion me ramène à Paris, ça fait un mois que je suis en Irlande. Beaucoup de photos, beaucoup de rencontres aussi – notamment une jeune Irlandaise pour qui je me bats avec un chauffeur de taxi protestant qui la traite de « pute catholique » parce qu'elle rentre avec moi un soir. Cette guerre civile qui dure depuis si longtemps prend une sale tournure avec ses bombes, ses voitures piégées. C'est la première fois que j'assiste à l'utilisation des morts civils comme moyen de combattre l'autre. C'est dégueulasse. Ce reportage m'a vieilli. En plus, les événements de Belfast se répètent déjà à tel point que les journaux voudraient lâcher l'histoire.

« Tes photos sont très bonnes, mais en ce moment l'Irlande... »

Voilà, je suis rentré, j'étouffe déjà. J'en vends quelques-unes, quand même. Paris fait toujours la fête et épouse à la fois toutes les causes. Je vais retrouver les boîtes, remettre mes idées en place. Je me demande si Sky a recouvré les siennes. Il est temps qu'on puisse rêver ensemble à de belles aventures...

Le Rock and Roll Circus. Roland est toujours là, solide, en place, souriant.

« Tu n'es pas le seul à chercher Sky. Il y a les Corses, les Yougos et, en prime, les flics, qui sont venus plusieurs fois.

— Tu l'as vu quand, pour la dernière fois ?

— Juste après ton départ... »

Je sens qu'il y a une suite, j'attends. Roland reprend :

« Il était un peu bizarre. Il s'est mis à poil dans la boîte, en plein milieu de la piste, les videurs ont voulu le sortir et ça a été un massacre. Ce mec est une bête fauve. Il a envoyé un videur à l'hôpital.

— Qui ?

— Tony, le Corse.

— Merde !

— Une fracture du crâne et les deux bras cassés. C'est pour ça que les Corses sont à sa poursuite... et de mauvaise humeur. Si tu le trouves, dis-lui de se planquer. Paris, c'est fini pour lui : ces types-là n'oublient jamais. Les Yougos aussi ont l'air énervé. Le plus calme, c'est ton ami Jablonski.

— C'est pas mon ami !

— Dommage, parce qu'il te cherche aussi. »

Un franc sourire éclaire la bonne gueule de Roland.

« Voilà. À part ça, tout va très bien, madame la marquise. Fêtons ça ! Qu'est-ce que tu bois, mon beau prince ?

— J'ai pas soif.

— Bois quand même, c'est toujours ça de pris. Ah oui ! j'oubliais : il y a également une fille qui a téléphoné plusieurs fois ici. Juliette. Elle aussi, elle te cherche.

— Elle a laissé un message ?

— Oui, un truc bizarre du genre : Boris a retrouvé son ami, on t'attend. »

Je quitte le bar alors que Roland est encore en train de me parler. Je roule toute la nuit. Ma traction avant se plaint, mais elle tient le coup, j'arrive au petit matin en Camargue.

Juliette est là, inondée de soleil, j'ose à peine la laisser approcher de peur qu'elle ne disparaisse au contact. Mais elle ne disparaît pas, elle m'embrasse, puis, doucement, me murmure à l'oreille :

« Ton ami est là, il t'attend, il ne va pas bien. On l'a découvert un matin, il dormait avec l'étalon, à poil, sale. Il est redevenu sauvage, il n'a pas dit un mot depuis dix jours. »

Elle me laisse aller retrouver Sky. Il est dans la paille, nu, sale et brûlé par le soleil, ses cheveux ont repris leur raideur d'origine. Il a l'air mort. L'étalon est debout à ses côtés, il frémit à mon approche, réveillant Sky, qui bondit sur ses pieds. Pendant un instant, une lueur terrible brûle dans ses yeux. Il pose sa main sur le cheval, puis sourit.

« Le Loup ! »

Je ne réponds pas, il s'avance et plaque ses grosses pattes sur mes épaules, je lui serre les avant-bras, puis l'écarte doucement. On sort dans l'enclos, le cheval nous suit. On s'assied sur le sol, appuyés contre la barrière, le cheval reste près de Sky. Je l'observe : il a maigri, ses yeux sont tristes avec une petite lueur de folie cachée au fond du gris. Plus loin, je vois Juliette qui nous dévisage. Le silence dure longtemps. C'est notre luxe, il nous protège, nous enveloppe, nous unit. On en profite, notre dernier moment de calme, Sky le sait, je le devine. Je suis prêt. Sky parle d'une voix rauque, calme :

« Ton couteau. »

Il le prend, me tient le bras, me coupe, rapide comme une gifle, je saigne au creux du coude. Il s'inflige la même chose et mélange nos sangs en croisant son bras avec le mien. Je ne dis rien, je le laisse faire, il y a une intention dans ce geste qui ne permet aucun espace.

« Passe-moi une de tes baskets. »

Je la lui donne, toujours sans rien dire. Il la pose sur sa tête pendant quelques instants. Absurde. Pourtant, je n'ai aucune envie de rigoler. Je me souviens de Luis, au Vietnam, qui s'était collé un ranger sur la tête, dans l'hélicoptère qui nous ramenait de notre dernière opération.

« C'est pour empêcher l'âme des morts de venir hanter nos pensées, dit Sky.

— Un peu tard : ça fait plus de six mois que tu as tué...

— Treize jours. »

Mon cerveau s'arrête, une tempête se déchaîne dans ma tête. J'attends. Il y a deux larmes qui coulent sur ses joues creusées, petites traces humides. Il enlève doucement la basket et reprend, de sa voix très basse :

« J'ai tué un homme, un petit homme qui n'aurait pas dû mourir. Je l'avais prévenu, il n'a pas compris ; maintenant, il sait, mais c'est trop tard. Les petits hommes ne comprennent jamais. On a attaqué une banque près de Paris, le gardien a voulu jouer les héros et sortir son flingue. Je l'ai vu, je lui ai fait signe, en montrant mon arme, qu'il ne fallait pas faire ça. Il l'a quand même sorti.

— Et... ?

— C'était un petit homme, il m'a raté. C'est incroyable : à trois mètres ! La balle m'a effleuré la joue, l'odeur de poudre, la détonation, mes réflexes sont revenus d'un coup. Mon arme a craché, je l'ai atteint trois fois, il était mort avant de toucher le sol. Je me suis avancé vers lui, il avait l'air étonné. L'imbécile nous a tués tous les deux. J'ai effacé son visage de deux balles de plus, pour qu'il ne vienne pas me hanter. Quand on est sortis de la banque, un des Yougos a ri. Plus tard, dans un terrain vague, je lui ai demandé pourquoi, il a recommencé bêtement, je me suis mis en colère et je l'ai envoyé à l'hôpital. Voilà. Depuis, je t'attends. »

Je le dévisage, incapable de réagir. J'ai l'impression d'avoir la poitrine écrasée par le poids du destin qui vient de rattraper Sky.

« Mais pourquoi descendre ce type ? Tu aurais pu te contenter de le blesser !

— On ne m'a pas appris à blesser. Une arme, c'est fait pour tuer. À partir du moment où on en a une, on le sait. Il ne fallait pas que ce petit homme en ait une. »

Il s'interrompt, il a l'air presque fou. Je le fixe, je cherche à retrouver celui que j'ai connu. L'étalon revient vers nous. Ma colère part d'un coup, je prends la main de Sky, elle tremble.

« Viens, tu vas t'habiller, te laver, manger, on va chercher une solution. »

Il lève la tête, contemple le cheval, se dresse, le caresse, puis me fait face.

« Il faut que je retourne chez les miens, Wolf. Tu dois m'aider, nous sommes frères.

— C'est pour ça que tu m'as coupé au bras ? Sky, on est en 1970, pas en 1870 !... »

Il me sourit. Je le regarde, halluciné, mais je sais qu'il faut que je maîtrise ma colère, elle ne servirait à rien. C'est trop tard. Il faut que j'arrive à réfléchir.

« Rentrons. Laisse ce cheval. »

On est tous autour de la grande table. Même propre, même habillé, Sky a retrouvé sa gueule d'Indien. Il se tait et mange comme quatre. Vu de l'extérieur, c'est un repas agréable entre amis – sauf pour moi, qui sais. Solitude du secret. L'Indien a l'air d'aller bien, il m'a refilé son histoire. Il faut que je rentre à Paris avec lui : je ne peux pas le laisser ici, ces gens ignorent ce qu'il a fait. Impossible de le leur dire.

C'est une voiture noire qui m'a coupé le cœur en deux et a mis fin à la vie d'homme libre de Sky. Il est dix heures du soir, on passe devant le drugstore pour traverser la rue de Rennes. La Peugeot 404 de la police nous barre la route, les flics s'éjectent de la voiture pour nous arrêter. Sky en projette deux sur le trottoir, bondit par-dessus le capot et part en courant au milieu du boulevard Saint-Germain. Profitant de la confusion, je m'échappe à mon tour et pars à toute allure derrière lui, talonné par les deux flics valides qui sifflent à perdre haleine. Sky s'est débarrassé de ses chaussures et file avec une rapidité incroyable, zigzaguant entre les voitures qui freinent et klaxonnent. Je me répète dans la tête, au rythme de ma course : « Fonce ! Fonce, Sky !... »

Arrivés à la hauteur de la Rhumerie, une autre voiture et deux motards de la police croisent la course de l'Indien, qui les évite de justesse et plonge sur la terrasse du café, entraînant dans sa chute tables et clients. C'est un désastre : cent vingt kilos lancés à pleine vitesse qui font l'effet d'un bombardement, il y a des clients étalés dans tous les sens au milieu des débris de vaisselle, des chaises et des tables renversées. Sky se met rapidement debout et, les pieds plantés dans les débris, une chaise dans chaque main, il assomme deux policiers. Mais il en vient de partout. Je fais volte-face, je fonce sur les deux qui me poursuivent en criant : « Sky, par ici, je les bloque ! » J'en mets un par terre, mais l'autre me ceinture, je me débats comme un diable en me démanchant le cou pour essayer de voir où en est mon ami. Ma diversion n'a servi à rien, ils sont une dizaine à l'encercler, il y en a trois au sol en mauvais état. L'Indien est toujours dos au mur, une foule s'est rassemblée, elle commence à crier contre les flics, un mini-68 s'enclenche. Les flics s'affolent et sortent leurs armes, je reconnais la lueur dans le regard de Sky. Je leur crie, alors qu'ils m'ont menotté : « Laissez-moi lui parler ! » Pour toute réponse, ils me tordent les bras et me mettent à genoux. Sky lâche une de ses chaises, je sens qu'il va foncer, ils hésitent à tirer à cause de la foule, mais je devine qu'ils ont peur. Les muscles de Sky se tendent, je ferme les yeux.

« Rengainez vos armes ! »

C'est la voix de Jablonski qui fait signe à ses hommes de me relever. Il me parle d'une voix posée :

« Tu as deux minutes, pas une de plus, pour calmer ton sauvage. »

Je m'approche de Sky en enjambant les débris, les flics en profitent pour relever leurs blessés. Sky vibre de tout son corps. Il se tourne vers moi, attrape mes poignets menottés et martèle d'une voix sourde :

« Ils t'ont attaché, les salauds. On va pas se laisser faire. Mets-toi derrière moi, on fait une sortie. »

J'hésite une seconde. C'est tentant. Je sens mon adrénaline qui monte d'un cran, je reconnais à ce moment la joyeuse complicité du combat si souvent vécue avec lui. Ce sera le dernier moment où lui et moi ne faisons qu'un.

« Patrick, joue pas au con ! »

C'est la voix du commissaire Jablonski, un triste rappel à la réalité. Je m'interpose devant Sky ; un court instant, je n'arrive pas à parler, la tristesse m'a volé ma voix. Sky me dit, d'une voix basse :

« Je veux pas qu'ils me prennent ! Pousse-toi ! »

Je retrouve une voix qui n'est pas la mienne, c'est juste un souffle :

« On n'est pas au Vietnam, Sky. C'est fini, laisse tomber.

— Je veux pas aller en prison, je veux pas y retourner, je veux pas, c'est impossible.

— Sky, écoute-moi. On va y aller ensemble. Je serai là. Grand-père a un avocat, on se laissera pas faire. »

Son visage se ferme, sa voix monte :

« Il faut pas qu'Oldman sache ! Patrick, je veux pas, on fonce ! »

C'est trop tard, il va bondir, le temps s'arrête, la peine m'envahit tout entier, me plombe, m'accable, je n'ai pas le choix, c'est la seule solution. La prochaine seconde me hantera toute ma vie, cette seconde-là me volera mon âme à tout jamais.

De toute mon énergie, je lui rentre dedans. Surpris, il perd l'équilibre et m'enlace pour se rattraper, on tombe ensemble. J'ai juste le temps de saisir l'incompréhension et la tristesse qui passent dans ses yeux gris. Les flics foncent, je crie :

« Arrêtez de cogner, putain ! C'est fini, il a compris. »

Jablonski s'approche, nous aide à nous relever, les flics se reculent, Sky me tient toujours dans ses bras. Le commissaire a la voix qui tremble un peu, lui aussi a l'air triste.

« Dis-lui de te lâcher.

— Sky, donne tes mains. »

Sans un mot, il me serre encore plus fort. Je me dirige vers le car avec difficulté, il me cramponne, on ne fait plus qu'un. Le commissaire écarte ses hommes, on monte, il nous aide, le silence paralyse la foule, après le bruit et la fureur. Cette scène est là dans ma mémoire, empreinte d'une lenteur douce, d'une peine muette. Les portes se referment doucement. Sky pleure dans mes bras, le commissaire me tient l'épaule.

« T'as fait ce qu'il fallait, petit. »

Je ne réponds pas, aucune parole ne pourrait franchir la pince d'acier qui bloque ma gorge. Sky se met à psalmodier un chant indien en se balançant légèrement. Il est prisonnier, c'est fini. C'est moi qui ai décidé de sa capture. Je l'ai trahi. Cette évidence me glace, m'annule au point que je n'ai aucun souvenir de la suite. Sauf de l'immense cri qu'il pousse quand on nous sépare, ce n'est pas son cri de guerre, c'est autre chose, déchirant, insoutenable.

C'est en robot que je vais vivre les événements qui suivent.

Toutes les étapes de la justice des hommes vont s'enchaîner, implacables, froides. Sky n'est plus là, son corps obéit à tous les mouvements qu'on lui impose, mais il ne parle plus. Au procès, j'ai l'impression de voir un aveugle dans le box tellement ses yeux sont vides. Les jurés sont troublés, ils ont peur, ils doivent juger un Apache qui revient du Vietnam. Ils vont le condamner pour un meurtre, alors qu'il a tué des dizaines d'hommes en toute légalité. L'avocat arrive à sauver sa tête, en plaidant le traumatisme de guerre qui s'appellera plus tard « Post Vietnam Syndrom ». À l'époque, personne n'a jamais entendu ces mots-là. C'est vingt-cinq ans de prison. Voilà.

Quant à l'autre robot, il n'écope que d'un an – dont six mois fermes.

« Tu t'en sors bien », me dit mon avocat.

Il n'a pas compris que j'ai pris deux fois perpète : la peine de Sky et la mienne. Chaque fois que j'entends la serrure se refermer sur moi, elle verrouille un peu plus mon cerveau. Dans mon crâne, il y a une prison et Sky y est prisonnier à vie. Je ne m'exprime plus que par la violence que je provoque et que je réclame avec avidité. Bagarres, rixes, empoignades en tout genre me valent une succession de séjours en QHS et une prolongation de ma peine. Je n'ai aucune nouvelle de mon ami, ça me ronge. Seul moyen : sortir. Devenir un bon prisonnier.

Finalement, les serrures s'ouvrent dans le bon sens, je suis dehors. Roland est là, je hume l'air et m'étonne :

« Quelle drôle d'odeur ! »

Il ouvre la portière de la voiture.

« C'est l'air frais. Allez, viens, tirons-nous de cet endroit de malheur. Tu peux venir travailler avec moi au bar ce soir, si tu veux.

— T'as des nouvelles de Sky ?

— Non. Laisse tomber cet Indien de merde, il porte la mort en lui. »

J'attrape Roland à la gorge.

« Dis plus jamais une connerie pareille. Ne le pense même pas ! C'est mon ami.

— Je sais, mais on peut pas dire qu'il porte chance. »

En s'installant au volant, il ajoute d'un air sombre :

« Cochise s'est suicidée en apprenant sa condamnation, elle a laissé un mot.

— Merde ! »

On se tait. Je retrouve mon appartement. Je reste en arrêt devant les affaires de Sky. Je découvre dans mon courrier une convocation pour le lendemain au commissariat. C'est tout. Pas d'autre lettre. Rien. Je suis libre mais isolé, une prison sans les murs. Je déambule dans Paris sans autre but que de recouvrer l'usage de mes jambes. Je tourne brutalement à droite et à gauche, à ma guise, juste pour être sûr que je peux faire ce que je veux ; une ou deux fois, je me mets à courir sans raison, comme ça, pour m'évader peut-être. Je marche loin des murs, j'ai besoin d'air. L'endroit que je préfère, c'est sur les ponts, je sens le vent, je respire à fond. Je vois la Seine, avec ses péniches qui vont et viennent librement, j'observe les silhouettes des passants au loin. Libre. Mais convoqué.

« Tu as maigri. »

C'est par ces mots que Jablonski m'accueille. Lui n'a pas changé, toujours aussi trapu et posé, il enchaîne de sa voix tranquille :

« Tu vas devoir pointer toutes les semaines pendant quelque temps. Tu as un boulot ?

— Journaliste.

— Ouais... Un vrai boulot ?

— Barman.

— Va pour barman. Alors on va...

— Qui a dénoncé Sky ? »

Il tape sur son bureau et me menace, d'une voix tonitruante :

« Ça suffit, les conneries ! Tu vas rester calme, on n'est pas au cinéma. Pour l'instant, tu t'en sors bien, mais, si tu insistes, tu me retrouveras sur ton chemin. Je connais les types dans ton genre, vous ne savez pas vous arrêter. Mais moi, je t'arrêterai. Je serai sans pitié. Je t'ai laissé une chance, ne me fais pas le regretter. Oublie l'Indien, c'est fini pour lui.

— Comment je peux le voir ? »

Il reste un moment surpris.

« Tu es sourd ? Je viens de te dire de l'oublier.

— Je suis son seul ami...

— Je sais.

— Il n'a pas de famille en France.

— Je sais.

— Il n'a pas dû avoir une seule visite depuis huit mois, sa copine s'est suicidée...

— Je sais.

— Vous savez tout.

— C'est mon métier.

— Alors, comment va-t-il ?

— Mal.

— Laissez-moi le voir. »

Il m'observe un long moment et finalement soupire : « Demain quinze heures ici. On y va ensemble. Je te préviens, tu te tiens à carreau. »

Épuisé et tendu, j'attends Sky au parloir. Je suis dans une salle triste, éclairée par des néons qui clignotent, il y a des ouvertures alignées devant moi. Je suis seul, ce n'est pas l'heure des visites. Je suis encore mal à l'aise d'avoir passé toutes ces grilles qui se refermaient derrière moi. J'attends. Un bruit de clés, je me lève, mes jambes sont en coton, il est là. Un squelette hagard, une salopette grise trop petite, un numéro sur la poche. Des menottes brillent à ses maigres poignets. Il a l'air perdu, ses cheveux ont poussé, ils sont sales, ils encadrent son visage osseux, ses yeux paraissent plus grands, si grands qu'on dirait que le gris a déteint sur ses joues. Trop de larmes. Il ne m'a pas vu, je l'observe. Je repense à l'arrestation, il est là à cause de moi. Puis me revient cette idée obsédante : on l'a dénoncé, on nous a dénoncés.

« Le Loup ! »

Il m'a vu, on reste un moment sans rien dire. On s'assied face à face, Sky avance une main et se cogne à la vitre, il ne l'avait pas remarquée, il se frotte les mains avec un sourire gêné. Sa voix a changé, elle a maigri, comme lui.

« Tu es libre, le Loup ; ou tu as été pris comme moi ?

— Je suis dehors. Je vais m'occuper de toi maintenant. On fera appel... »

Il ne dit rien, il a l'air ailleurs. Je continue :

« Je les ai aidés à te prendre, pour qu'ils ne te tuent pas.

— La prison m'a tué, elle me tue lentement. »

Silence. Puis :

« J'ai vu un aigle l'autre jour, il s'est posé contre les barreaux de ma cellule. C'est un signe : il viendra me chercher.

— C'est un pigeon, Sky. Il n'y a pas d'aigle à Paris. Et un pigeon, ce n'est pas un signe. Prends patience, je vais venir te voir souvent.

— C'est trop tard, le Loup... mais reviens quand même. J'aurais pu être tué dans la rue, tu as choisi une autre fin. Tu avais le droit : c'est toi qui écris mon histoire.

— Tu as besoin de quelque chose ?

— Comment est le temps dehors ? J'aimerais sentir le vent. »

Il fait un geste de la main, c'est seulement à ce moment-là que j'aperçois deux cicatrices rouges sur chaque avant-bras.

« C'est quoi, ça ? On t'a battu ?... »

Il regarde ses bras comme s'il les voyait pour la première fois.

« Je dois briser mon corps, pour sortir d'ici.

— Qu'est-ce que tu racontes ?

— Je ne sais pas. Depuis combien de temps je suis là ?

— Huit mois.

— Impossible. C'est trop long. Qu'ils me renvoient au Vietnam.

— Les Français ne sont pas en guerre là-bas.

— Ici, je suis inutile, mon corps ne sert à rien. »

Les gardiens s'approchent de Sky, lui signifiant que c'est terminé. Il se lève brutalement, le garde a un réflexe de peur. Sky me prend à témoin d'un pâle sourire.

« Ils craignent les morts, ces petits hommes... »

Je ne sais pas quoi faire de son sourire.

« Je suis content de te voir, le Loup. Reviens. Reviens souvent. »

Il s'en va, suivi du garde qui reste à distance. Sky a l'air moins grand. Le commissaire m'attend dans le couloir.

« Le directeur veut te rencontrer », dit-il.

Je me retrouve dans un bureau gris, face à un homme gris. Il me raconte les problèmes qu'ils ont avec Sky, qui a envoyé cinq prisonniers et deux gardiens à l'hôpital, qui hurle et chante des chants indiens chaque nuit, parfois toute la nuit, qui tourne en rond, qui se balance d'avant en arrière, bref, qui devient fou et rend tout le monde fou autour de lui.

« C'est pour ça qu'il est au QHS, conclut-il ; et la plupart du temps au mitard.

— Comment s'est-il cassé les deux bras ?

— Il les a coincés dans les barreaux et, en faisant levier, il les a brisés net. »

Le directeur a presque l'air admiratif en ajoutant :

« Il faut une sacrée force, pour faire un truc pareil.

— Pourquoi vouliez-vous me voir ? »

Soupir du bonhomme.

« C'est une idée qu'on a eue avec le commissaire Jablonski, qui semble vous avoir à la bonne. »

Je me retourne vers le flic, qui lève les yeux au ciel et me fait signe d'écouter. Le directeur reprend :

« Voilà. Ce n'est pas très légal, mais je pense qu'il n'y a pas d'autre moyen pour l'instant. Je vais vous présenter la psychiatre qui travaille pour la prison. Vous allez lui raconter l'histoire de Sky et tenter de le convaincre de la recevoir. Pour le moment, il refuse de voir qui que ce soit. Il n'a pas ouvert la bouche depuis huit mois, sauf pour pousser une sorte de cri horrible qui panique tout mon établissement. Si vous êtes d'accord, vous pourrez lui rendre visite tous les jours.

— Vous faites ça par bonté d'âme ? »

Le flic me coupe :

« Cesse de faire le con. Tu veux aider ton pote, oui ou non ?

— L'aider à crever lentement pendant vingt-cinq ans ? Je vous ai déjà aidés à l'arrêter.

— On va être obligés de le transférer dans une prison beaucoup plus dure, loin de Paris. Où, vraisemblablement, il se fera tuer – à moins qu'il ne finisse chez les fous.

— Il est déjà fou.

— Tant pis ! dit le flic en se levant.

— Attendez ! »

C'est une voix de femme, je me retourne sur la psychiatre, je ne l'ai pas entendue entrer et elle a assisté à toute la conversation. Une petite brune d'une trentaine d'années. Elle se présente à moi :

« Céline Manotti. »

Je marmonne un vague assentiment, je fais mine de m'esquiver, elle me retient :

« Écoutez, ça vaut le coup d'essayer. Aidez-moi à le rencontrer, au moins il souffrirait moins.

— Et après, pendant vingt-cinq ans ? »...

Ma voix se coupe, je n'ai plus de jus. Vidé. Comment ai-je pu les laisser faire ? Jablonski se rassied en face de moi.

« Raconte-nous. Tu n'es pas responsable. On l'aurait arrêté de toute façon. »

Je les regarde tous. Ce sont eux qui vont être à ses côtés, l'« accompagner », comme ils aiment dire. Alors, je commence à parler. Difficilement, au début, puis ça vient tout seul, c'est Sky qui leur parle. Pendant une heure, tout me revient. Je ris, eux, non. Je sens cette pince dans ma gorge, c'est Sky qui pleure. Puis c'est le silence, je les observe, ils restent immobiles. Le commissaire se racle la gorge, la psy se mouche, le directeur sort une bouteille de whisky. On boit en silence. Je suis furieux de leur avoir relaté notre histoire, je suis bien décidé à ne plus rien dire.

Je me lève, la psy se dresse devant moi.

« Allons le voir maintenant. »

Je refuse et quitte cette prison maudite.

Trois jours après, je croise la psy dans un café, elle insiste. Je refuse à nouveau.

Les jours et les nuits m'échappent, le temps passe.

Je décide de rendre de nouveau visite à Sky.

Des sas, des serrures, des portes qui se referment derrière moi, mon corps est dur comme du bois. J'attends dans la solitude du parloir, puis c'est le choc je sais la fin de l'histoire en le voyant. Derrière la vitre, il y a un spectre, encore plus maigre, il me regarde et me fait son grand sourire. Il s'est rasé le crâne, je sais ce que ça veut dire : pour un Indien, c'est inacceptable. Il l'a fait, il s'est annulé. Il sourit encore, je sens qu'il est presque heureux, il est en train de partir, de leur échapper, il s'évade sous leurs yeux. Je souris tristement, il rit, on se met à rire tous les deux. Les mains posées face à face sur la vitre, on part d'un vrai fou rire, le gardien nous dévisage, étonné. Quelle bande de cons ! Je lui raconte en riant qu'il y a une psy qui veut le rencontrer, il me répond en riant encore :

« Qu'elle vienne, bonne idée, je vais lui causer.

— Sérieux ?

— Oui, je vais lui parler de toi !

— Non, pas ça. »

Il rit et continue :

« Parle-moi du vent, comment est le ciel ?

— T'étais encore au mitard ?

— T'occupe. Alors, le ciel ?... »

Je lui invente un climat, je lui offre le vent, les nuages, la tempête, les vagues sur la Seine. Je fais couler les bateaux-mouches, tous ces promène-couillons sont au fond de l'eau, les cloches de Notre-Dame à tout-va, secouées par la tempête. Il rit, puis redevient sérieux.

« C'est l'heure de l'aigle », profère-t-il gravement, avant de s'en aller en riant.

Je murmure qu'il n'y a pas d'aigle à Paris, mais la vitre devant moi est vide.

Pendant les semaines qui suivent, je vais le voir tous les jours. Il me parle de la psy en riant de ses questions, elle lui demande d'identifier des taches d'encre, c'est un des moments que Sky préfère. Je la croise plusieurs fois, elle me le décrit avec passion, elle le trouve intelligent, « largement au-dessus de la moyenne », dit-elle d'un air euphorique. Elle déborde de projets, de programmes pour l'avenir. Elle invente un avenir pour lui. Elle est amoureuse. Je les observe tous les deux, je suis étonné. Le directeur affiche sa satisfaction, et lui aussi me parle avec fougue du cas de Sky. Ce pensionnaire apache qui est devenu un exemple. Ils m'autorisent à le rencontrer dans une pièce sans la vitre. Rendez-vous étrange. On est face à face, on garde la distance comme si le carreau était encore là, on ne dit rien, sa maigreur m'impressionne, il a l'air encore plus grand.

« Tu sais que, depuis que je vois cette psychiatre, l'aigle est devenu un pigeon.

— Aïe !

— C'est moche, un pigeon. Tu as ce que je t'ai demandé ? »

Je lui donne la boîte de maquillage. Des fards, des crayons gras de toutes les couleurs.

« C'est pour quoi faire ?

— Pour que le pigeon redevienne un aigle.

— Tu vas maquiller le pigeon ? » dis-je en riant.

Il rit. Je lui confie que la psy est amoureuse de lui, il rit encore plus fort en corrigeant :

« Pas de moi, du pigeon ! Ils aiment les pigeons ici, c'est une grande cage de volatiles. Mais, le Loup, les aigles tournent au-dessus de nous. Et un aigle peut arriver si vite... Boum ! Plus de pigeon, juste quelques plumes qui volent à sa place. L'aigle est tellement rapide qu'il ne laisse même pas d'ombre. »

Je reste silencieux. Il s'approche de moi, me tient les épaules, me fixe, il me secoue légèrement, se penche, me touche le front avec le sien et souffle :

« *No fear ? No fear !* »

Je l'écarte et le fixe à mon tour. Je tente de retrouver le visage éclatant de santé que j'ai connu. Tout à coup, j'ai un flash : je revois le cadavre du grand Moï aux cheveux longs qui ressemblait à Sky, j'ai un mouvement de recul. Ma rage m'attrape sans prévenir, puissante, implacable. Sky pointe son doigt sur moi avec un sourire féroce.

« Ah ! Les yeux du Loup. »

Il se met à danser dans la pièce, immense, violent, il chante à tue-tête. Les gardiens ouvrent la porte et, inquiets, décrètent la fin de l'entretien avant de l'embarquer. Je crie vers lui : « *No fear !* », puis, plus bas pour moi : « Même pas peur !... Adieu, Sky ! »

Je fuis cette prison, cette cage, comme il dit. Je me surprends à regarder vers le ciel, rien. Je baisse les yeux et j'aperçois un pigeon qui me fixe de son œil glauque ; confiant, il se pousse à peine à mon approche. Je l'éclate d'un coup de pied ; surpris de l'avoir touché, je me déchaîne sur lui. Des passants me font une réflexion, je les dévisage, ils laissent tomber ; dommage, je me sens en forme pour m'attaquer à tous les pigeons.

Le lendemain, le directeur me téléphone. Il m'annonce que Sky a sauté sur la psy en lui déchirant ses vêtements, que quatre gardiens sont à l'hôpital et qu'elle est devenue à moitié folle, qu'il a fallu lui faire une piqûre, qu'elle sombrait en pleine hystérie quand, pour la dégager, les gardiens se battaient avec Sky.

« Il avait des peintures ?

— Oui. Comment le savez-vous ?

— Quel genre ?...

— Le visage tout noir, barré de rouge. Sur le corps, il avait reproduit une des taches qu'utilise la psy. »

Je ris, il se fâche.

« Ça vous fait rire ? Vous vous rendez compte que ça fout tout par terre ? Sans parler de cette fille qui croyait en lui, qui l'avait... comment dire... civilisé. C'est incompréhensible. »

Je ne dis rien, il insiste :

« Vous pouvez venir au plus vite ? Il refuse à nouveau de dire le moindre mot...

— Il a toujours ses peintures ?

— Bien sûr. Vous croyez vraiment qu'on pense à ce genre de détail ? Il est inapprochable, il se balance d'avant en arrière en chantant des drôles de trucs. On dirait un fauve.

— Non, pas cette fois. »

Je ne veux plus les aider. Je l'ai déjà trop fait. Je raccroche et je sors dans Paris, je contemple le ciel, beau temps nuageux, pas d'aigle. Sky ne peut pas le voir,

« Sky Eyes » n'y a plus droit. Je suis ses yeux. Je vais sur le pont des Arts faire le plein de ciel, un soleil rouge embrase la Seine d'un flamboiement qui transforme les passants en ombres noires. Population à contre-jour, silencieuse, abstraite. Isolé par ma complicité avec l'Indien, je reste immobile comme une sentinelle.

Il est allongé sur la table en acier gris, immense, maigre. L'image du Che Guevara me renverra à ce moment-là. Son visage creusé est paisible, ses yeux ouverts sont vides, le gris est devenu presque blanc. C'est par son regard qu'il est parti, qu'il a fui, la seule ouverture que la justice n'a pas pu lui enlever. Sky Eyes n'a plus de regard. Sky Eyes est mort. « Suicide », dira le permis d'inhumer. « Suicidé », me dit une voix intérieure. Cette seconde où je l'ai fait n'en finit pas, une maladresse précise, un tout petit geste énorme. Sky avait pour ami celui qui le tuerait. Il voulait que je raconte son histoire, je portais sa fin en moi. Je tombe de cette histoire qui nous tenait debout.

« Non ! »

Je sursaute au son de ma voix. Je m'approche de son visage et le gifle plusieurs fois, puis je m'assieds en tailleur dans un coin et pose ma chaussure sur la tête. Je protège mon âme de l'esprit de Sky. *Enju !*

D'abord, je crois que ça vient de la pièce d'à côté, un rire très bas, très lent, puis je me rends compte que c'est moi qui rigole, et ce rire idiot me fait rire, il se transforme en fou rire, la chaussure dégringole sur mes jambes croisées, je la fixe stupidement, effaré, je ne suis plus protégé. Je pousse le cri de Sky, la porte s'ouvre à la volée, le commissaire ne peut retenir un réflexe : il vérifie le corps. Je lui lance :

« On ne sait jamais, avec ces sauvages... Mais rassurez-vous, c'est un bon Indien : il est mort. »

Il me dévisage, va pour dire quelque chose, mais le silence a repris possession de la pièce.

Dehors, je lève les yeux vers un ciel noir, sans regard. Il fait nuit, l'orage menace, lourd, électrique. La pluie reste bloquée, le soleil l'a en travers, comme une boule dans la gorge. Je marche longtemps, accompagné de mon silence. La mort est la fin du bruit. J'ai l'impression que la capitale est veuve. Il n'y a plus personne, plus d'hommes, une ville sans hommes, sans l'Indien qui la regarde, sans œil. KIA – Killed in Action. Il a perdu son surnom, comme tous les autres, là-bas.

Il s'appelait Gethro Grible, il avait vingt-quatre ans, il a laissé un corps de Blanc à l'infirmerie de la prison, mais l'Indien s'est évadé. L'Apache est enfin libre. Je me retrouve prisonnier de son histoire, il faudra qu'un jour je raconte. Pour l'instant, je suis muet. Je marche sur la pointe des pieds jusqu'au matin. L'orage éclate, j'ai le visage mouillé, l'eau me pique les yeux. Sky a tué un homme de trop.

« Il fait nuit, et pourtant c'est le jour... » Cette pluie qui n'en finit pas de tomber me rappelle ma première rencontre avec Sky, mais c'est tout ce qui reste. Lui mort, je suis orphelin du danger qu'annonçait la pluie. C'est une pluie civilisée, trempée de bons sentiments, une pluie qui s'excuse, une pluie qui lave la pisse des chiens et qui bien sagement retourne dans les égouts. Je frissonne pour me débarrasser de ces pensées polluantes et descends prendre mon taxi pour l'aéroport, où j'ai rendez-vous avec le corps de mon ami. C'est vrai, que c'était mon ami. Cependant, je ne l'avais pas vu. Il était bien caché dans ce corps, cette carcasse encombrante. Mais maintenant son amitié m'entoure, se colle à moi, m'échappe et me manque. Je suis tendu vers elle, penché en avant, j'avance pour ne pas tomber, mes premiers pas sans lui.

À l'aéroport, les formalités sont interminables. Je remplis des papiers, je signe, les yeux hors de la tête, je contresigne en trois, quatre, vingt mille exemplaires, et finalement ce sont deux carcasses vides qui volent vers les États-Unis. Sky et moi, nous nous sommes enfuis ailleurs. J'aurais pu nous mettre en fret dans la même boîte, plus propre, moins cher. L'hôtesse ne cesse de me proposer à boire et à manger, elle ne supporte sans doute pas le vide. En bonne ménagère, elle me remplit la panse et je n'ose pas la contrarier. Elle ne s'arrête que contrainte et forcée : l'avion amorce sa descente sur l'aéroport de Tucson, Arizona.

Confit par l'alcool, j'ai un moment d'hésitation en arrivant à la douane. Ivre aussi de fatigue, c'est en totale méconnaissance de moi-même, de la raison pour laquelle je suis là et de l'endroit où je suis, que j'entends cette première question :

« Quelle est la raison de votre visite aux USA ? »

La raison ? Depuis longtemps, la raison m'a quitté. Qu'y a-t-il de raisonnable à prendre l'avion avec le cadavre d'un Indien, un ami ?

« Pour enterrer un ami.

— Où ?

— Je ne sais pas, ils vont venir nous chercher.

— Qui ça, "nous" ?

— Mon ami et moi.

— Mais votre ami...

— C'est le mort. »

Pendant quelques instants, le préposé à l'immigration me lance un coup d'œil aussi étrange que la situation. Les gens raisonnables s'impatientent derrière moi, bien alignés derrière la « *yellow line* » dans un agacement poli, très américain, un agacement patriotique.

« Mettez-vous de côté. »

Je hais cette phrase : « Mettez-vous de côté. » Les autres passagers avancent lentement, sagement, en rang, un petit temps d'arrêt derrière cette ligne jaune, fatigués, « jet-lagués », ils obéissent, les hommes à la chaîne enchaînés par les règles, c'est la loi, ils viennent en visite, ceux qui rentrent chez eux ne sont pas dans la même file, ils ont le privilège d'être avalés plus vite, petit moment de bonheur avant de retrouver leur vie. Je comprends mieux comment Sky en a eu marre de se battre pour eux. J'ai beau les scruter, je ne perçois dans le regard de ces bons Américains aucune trace de souffrance, aucune trace de reconnaissance, pas une parcelle du calvaire de ceux qui luttent à leur place, là-bas au Vietnam. Mais l'oubli va plus vite qu'une balle, il tue une deuxième fois les morts, blessant gravement les survivants.

« OK ! À nous deux ! »

Tiens, l'immigrateur s'est réveillé. Je corrige :

« Nous trois !

— Comment ?... Ah oui ! l'Indien. Suivez-moi. »

Me voilà à la douane avec un autre colosse bardé de badges.

« C'est à vous ? »

Le douanier tient dans ses mains la plaquette en velours grenat où sont couchées les décorations de Sky.

« Non ! C'est à lui.

— Le mort ?

— Oui !

— Il a fait le Vietnam ? s'exclament les deux uniformes, avec un parfait ensemble d'étonnement respectueux.

— La vache ! Sacré palmarès ! Il était dans quelle unité ?

— Les lurps. »

Là, les regards changent. La plaquette reprend cérémonieusement sa place dans ma petite valise.

« Un Indien LRRP, fils de pute de héros, hein ? Bon, venez, je vous accompagne. »

Je récupère le lourd cercueil au fret. À ma surprise, le douanier le gratifie d'un salut militaire et murmure entre ses dents :

« J'espère qu'il ne va pas nous créer d'emmerdes.

— Il est mort !

— On sait jamais, avec les lurps. »

Une espèce de Fenwick prend en charge le cercueil, quand brusquement je vois se figer mon douanier.

« Tiens, voilà vos amis ! »

Je me tourne dans la direction de son regard. Il n'y a pas de doute : cinq Apaches sont en ligne, sur le sol plastifié qui brille tellement qu'on les dirait debout sur l'eau, une véritable apparition dans ce hall d'aéroport. Tous de taille différente. Le grand, celui du milieu, est affublé d'un chapeau haut de forme. Ils me fixent, se consultent des yeux, hésitent. Cinq hommes, comme les doigts d'une main. Le petit, sur le côté, c'est le pouce qui s'avance légèrement ; le grand, l'index, me salue ; puis, tous ensemble, ils s'approchent et m'entourent. Le douanier s'écarte vivement, comme s'il avait peur de cette main géante, qui m'enveloppe en douceur. Dehors, je suis saisi par la chaleur étouffante. On me hisse à l'arrière d'un pick-up Ford. Une fois le cercueil embarqué, on démarre brutalement dans un tintamarre infernal. La main géante est à l'arrière avec moi. Il n'y a pas eu un seul mot échangé. Le grand a retiré sa couverture et en a drapé le cercueil délicatement, avec beaucoup d'attention.

La route commence à défiler, la banlieue s'effiloche, des entrepôts, une station-service, et on quitte bientôt les dernières traces de civilisation pour s'enfoncer dans le désert. Quelques peyotls, dans un paysage de bout du monde.

Je me suis endormi ? J'ouvre un œil, on roule encore. Je me demande si on a passé les limites de la réserve.

Depuis un moment, on fonce sur une piste. Je fixe notre sillage, j'ai l'impression de voyager dans le temps, le soleil joue sur les particules projetées par le camion, c'est un jeu de lumière irréel sur ce nuage terrien, qui tourbillonne violemment comme mes souvenirs, ça va ça vient ça s'entremêle ça va vite c'est violent c'est beau, une danse de poussière où parfois je crois apercevoir des visages. Maintenant, j'entends un chant. Je sursaute, une main s'est posée sur mon épaule ; malgré le vent, la vitesse, la mélodie domine, c'est de plus en plus fort, une double haie de silhouettes qui se balancent d'avant en arrière, défilant de part et d'autre du camion, accrochant à tour de rôle les rayons orange de ce soleil couchant qui me rappelle l'Asie, le soleil est peut-être venu lui rendre hommage, c'est un chant violent et triste. Cette main sur mon épaule me transmet la vibration des voix, un contact complice, étonnamment familier, c'est presque la main de Sky qui me soutient. Notre équipée musicale s'arrête dans un freinage intempestif, la poussière nous enveloppe, je ne vois plus rien, j'entends une clameur de cris de femmes. La poussière se dissipe, on est tous couverts de poussière, camaïeu d'hommes beiges comme des statues de sable. Je tourne la tête vers la clameur, il y a au moins une centaine d'Apaches en tenue traditionnelle, ils chantent tous, les femmes crient et se balancent. Ceux du camion sautent à terre, ils sortent le cercueil, la clameur redouble. La poussière est retombée. Je peux détailler d'un peu plus près les Chiricahuas. Les femmes ont mis leurs plus belles robes en daim rehaussées de colliers ; les hommes, minces et musclés, vêtus de pagnes et chaussés de mocassins, tiennent tous à la main un arc ou une carabine au creux du bras, leurs cheveux noirs sont bandés par un tissu rouge, quelques-uns portent une unique plume d'aigle tournée vers le bas. Leurs visages sont couverts d'une peinture aussi noire que le plumage des corbeaux. Des coups de feu, venant de plus loin, me font sursauter. Le cercle se scinde en deux, une vingtaine de cavaliers s'avancent. À leur tête, un homme plus âgé enveloppé d'une couverture rouge, avec un bâton emplumé à la main, son visage noirci est barré d'une ligne écarlate, il a un casque en daim chaussé de six plumes d'aigle, ses cheveux sont séparés en deux longues nattes, il monte un grand Apaloosa, c'est le chef.

Le silence est total.

L'homme s'est arrêté juste devant moi. Du haut de sa monture, ses yeux perçants me scrutent. Je lui rends son regard et j'attends. Il saute du cheval avec une rapidité qui me surprend pour son âge. Le soleil joue en reflets sur sa musculature puissante, il pose les deux mains sur mes épaules et me dit d'une voix forte, dans un anglais hésitant :

« Sois le bienvenu, le Loup... Mon fils ! »

De l'assemblée partent quelques murmures. Puis le chef ajoute :

« En ce premier jour de la saison des “petits aigles”, nous allons enterrer ton frère Sky. *Enju !* »

Les femmes se mettent à gémir et les hommes poussent des cris d'affliction. Un guerrier trapu et athlétique s'approche de moi, le visage et le corps entièrement peints en noir, portant un pagne et un foulard noir. Une carabine dans la main gauche et, dans la droite, les rênes d'un magnifique étalon Pinto. L'animal a la tête peinte en noir, sur son dos une couverture où s'accrochent une carabine et toutes sortes d'objets. L'homme me dit d'une voix rauque :

« Le Loup, tu es venu. Tu es resté avec lui jusqu'au bout de la route. C'est bien. »

Je reconnais la voix.

« Luis ! Tu es vivant... »

Après un moment d'hésitation, il me prend dans ses bras, on pose nos deux fronts l'un contre l'autre, je reconnais son odeur, le temps s'est arrêté au centre de ma peine et y appuie de tout son poids. Tout à coup, Luis renverse la tête en arrière et pousse le terrible cri de Sky. Tous les hommes lui font écho et tirent en l'air, les femmes reprennent leurs gémissements. Luis me tend les rênes du cheval.

« C'est celui de Sky. Tu vas le mener jusqu'au dernier endroit. »

Il s'écarte, découvrant à mes yeux brouillés deux femmes qui se tenaient derrière lui. La plus âgée, habillée simplement d'une robe en daim, a un visage creusé, encadré de cheveux très longs, des yeux de feu. L'autre, une chevelure épaisse relevée en chignon qui retombe en lourdes mèches noires sur son visage, met en valeur ses yeux gris clair, dont l'étonnant regard fiévreux ne me quitte pas. Elle porte une longue robe de daim rouge foncé, cintrée par une large ceinture en cuir noir, elle est plus grande que les autres femmes, sa peau est plus claire. Les présentations suivent, mais j'avais déjà compris :

« Le Loup, voici Tesalbestinay, la mère de Sky. »

La femme m'adresse un très léger signe de tête.

« Voici Sonseeahray, sa sœur. »

Elle ne bouge pas, ses yeux me scrutent.

Le chef se tourne vers le chaman, qui s'est avancé à son tour et prononce une brève phrase en athapasque, la langue apache. Suit une sorte de danse ponctuée d'un chant très lent, que les autres reprennent comme un refrain. Six ados descendent le cercueil du camion, qui paraît aussi saugrenu qu'une soucoupe volante dans cette ambiance d'un autre siècle. Sans hésitation, ils fracassent le bois à coups de hache et sortent la dépouille de Sky. Une forte odeur emplit l'atmosphère. Ils enveloppent le corps dans une couverture et l'emportent vers une hutte. Les chants continuent, tout le monde semble attendre. Luis s'approche de moi, il tient à la main un bâtonnet de couleur noir, me prend le visage. Je ne bouge pas. Séance de maquillage. Quand il a fini avec le noir, il en prend un autre, bleu celui-là, et dessine une grande larme bleue sur ma joue noircie. Après quoi, il recule pour observer son œuvre, les Apaches manifestent bruyamment leur approbation, le chef me fait un signe complice de la tête, la mère et la sœur me fixent avec attention, sans un mouvement.

Le corps de Sky est sorti de la hutte, sanglé dans une tenue de guerrier, sa tête peinte en rouge et noir, ceinte d'un grand foulard rouge, un fort parfum de sauge se mélange à l'odeur de mort. Ils le mettent sur le cheval, qui s'affole un peu, Luis me tend les rênes :

« Monte, et tiens ton frère dans tes bras. »

J'hésite, puis me hisse avec difficulté sur la bête. J'enlace le corps affaissé de mon ami, les cavaliers enfourchent leurs montures et on part vers la montagne qui longe la Rancheria, le camp où sont installées toutes les huttes. La tribu suit à pied, d'autres cavaliers nous rejoignent. On passe au trot, la tête de Sky cogne la mienne régulièrement, lourde, j'ai presque l'impression qu'il est vivant, malgré l'odeur écœurante. Le parfum dont ils l'ont baigné n'a pas le dessus. On passe au galop, il y a plus d'une cinquantaine de cavaliers qui m'encadrent. Luis est devant moi, ceux qui sont à pied suivent, tout autour de nous, j'aperçois la sœur de Sky qui court à toute vitesse sur ma droite, ses cheveux se sont défaits, elle reste à la hauteur des chevaux. La poussière s'est mêlée à nous, j'ai les yeux qui piquent. Maintenant, c'est une véritable charge, je serre Sky de toutes mes forces pour ne pas le perdre, tous les Apaches hurlent, je m'y mets aussi. C'est une bande de fous qui arrive à l'endroit choisi. Ils descendent le corps au bout d'une corde dans une crevasse profonde et large. Luis me prend le cheval des mains et l'abat sans hésitation d'une balle en plein front. La bête, encore agitée de soubresauts, est poussée dans la crevasse avec toutes les affaires de Sky. Son chien, que je n'avais pas remarqué – il y en avait une vingtaine autour de nous –, est égorgé et suit le même chemin. Toute la scène n'a pas duré plus de dix minutes. Il y a encore des Indiens qui arrivent à pied de tous les côtés, la mère de Sky se couche sur le rocher au bord du trou et gémit, la joue dans la poussière. Sa sœur, assise en tailleur, se tient droite à ses côtés, ses yeux gris fixent la vallée au loin. Le chef, le chaman, Luis et moi restons immobiles, debout, légèrement à l'écart. Le silence revient, interrompu par des cris et des gémissements sporadiques. Puis les Apaches s'en vont par petits groupes. Une heure plus tard, il ne reste que Luis, le chef, le chaman, les deux femmes et moi. Personne ne bouge. Encore une fois, je pense au chiffre cinq qui symbolise la main. Luis drape une couverture sur les épaules de la mère de Sky. Le soleil se couche, teintant de rouge les nuages qui courent dans le ciel tourmenté. Le vent se lève, j'ai l'impression d'entendre le nom de Sky dans son souffle, un chien aboie un peu plus loin. Le chef, sans un mot, remonte sur son cheval et s'en va, suivi du chaman. Luis me prend en croupe. Je me retourne : Tesalbestinay et Sonseeahray sont encore au bord de la tombe, immobiles, l'une couchée, l'autre toujours assise, le dos raide, seul mouvement : ses longs cheveux qui volent. De loin, on dirait un aigle qui bat ses ailes noires.

Il fait nuit, on est assis en cercle autour d'un feu, trois hommes battent lentement des tambours. Le chef, sans me regarder, demande :

« Raconte-nous sa fin. »

Je me mets à parler lentement, abasourdi par les événements de cette fin de journée. De loin en loin je m'arrête, pour laisser Luis traduire. Je parle pendant une heure sans être interrompu, j'ai du mal à évoquer l'arrestation. Je sens le regard de Luis qui me fixe, le feu se reflète dans ses yeux. J'ai fini. On n'entend plus que le crépitement des flammes, tous les Apaches sont là, en quatre grands cercles.

Le chef conclut, d'une voix forte :

« Lorsqu'un Apache a du sang dans le cœur, il ne peut pas s'arrêter, il tue. Tu as bien raconté, il a su te choisir. Nous sommes tes frères, maintenant. »

Dans les cercles autour de nous quelques murmures s'élèvent, puis le silence revient. Une femme me sert du Tiswin, une sorte de bière assez dégueulasse que toute la tribu boit lentement, et dont je ressens très vite les effets.

« Tu as l'impression d'avoir agi en traître... »

Je me tourne vers Luis, qui continue en fixant le feu :

« Tu t'es seulement laissé envahir par ton cœur. Il t'a dicté la modération. Mais tout est dans les extrêmes, c'est la nature qui l'exige : la chaleur et le froid, le soleil et la pluie, la profondeur et la hauteur. Le pouvoir et le néant. Sky était les deux ensemble, et nous deux, ses frères, nous étions son reflet. Tu n'as pas trahi, tu as appris. *Enju !* »

Dans le cercle, un murmure d'approbation accompagne le monologue de Luis. Il reprend, plus bas :

« Demain, nous donnerons un peu de Sky aux aigles, pour qu'il aille au-delà des montagnes. Et comme le veut la tradition, nous ne mentionnerons plus le mort avant que la terre change de sexe. »

Devant mon air étonné, il explique :

« Avant l'hiver...

— Laissons le silence nous parler ! »

C'est le chef qui conclut. Les murmures s'arrêtent. Complètement soûl, épuisé, je m'endors sur ma couverture.

Le froid me réveille. C'est l'aube, les feux sont éteints. Une grande partie de la tribu a dormi là, à même le sol : le Tiswin a fait son effet. Luis n'est plus là. Un gros chien s'est invité sur ma couverture, je bouge un peu, il proteste en grognant sans ouvrir les yeux. Je prends mon froid en patience et rêve d'un café, mais je sens que ce n'est pas une spécialité apache.

« Café ? »

C'est Luis, il tient un bol fumant, il s'accroupit et me le tend. Le chien gronde, se dresse et s'assied en s'appuyant contre moi.

« Il t'a adopté, rigole Luis. Ici, les animaux choisissent leur compagnon. »

Je regarde l'espèce de coyote à qui je plais tant.

« Il pue.

— Comme toi, le Loup », répond Luis en riant.

Il reprend :

« On va aller se laver à la rivière. Ta sœur t'a préparé une tenue apache, pour le rendez-vous des aigles.

— Ma sœur ?

— Sonseeahray. »

J'accueille cette nouvelle recrue dans ma famille avec un sourire.

« Et c'est quoi, ce rendez-vous des aigles ? »

Luis lève la tête vers le ciel, je suis frappé par son profil aiguisé, son nez puissant et busqué, son regard très noir qui lui donne l'air des rapaces dont il parle.

« C'est une coutume apache ?

— Non. C'est un souhait qu'a fait Sky. Je crois que c'est la coutume d'une tribu au Népal, il avait lu ça dans un livre. Au Vietnam, il m'avait fait promettre... Ton père est d'accord.

— Mon père ?

— Alchesay. Notre père. »

Le soleil a dépassé les collines. Luis se lève. Je le suis.

La rivière coule entre les rochers, ses rives sont douces et vertes. J'ai l'impression d'être à une autre époque. Des rires viennent de la rive. Des jeunes femmes, accompagnées de Sonseeahray, ont déposé des vêtements sur l'herbe. Luis leur fait une réflexion, elles fuient. Seule Sonseeahray reste, son regard s'attarde sur nous une longue minute, puis elle s'en va doucement à la suite des rires qui se sont éteints.

Luis fait la planche, il observe le ciel, sa voix glisse sur l'eau, j'ai le sentiment que la rivière me parle.

« Regarde cet aigle, le Loup. Il attend Sky. Viens, c'est le moment. »

Je sors à regret de cette eau fraîche qui m'apaisait. Les mots de Luis sont partis dans le courant, il ne dit plus rien. Habillé de daim, je suis apache comme « là-bas », au temps où Sky vivait en guerrier. Mes souvenirs me serrent la gorge. On traverse le camp de huttes où règne une odeur de feu de bois et de galette de maïs grillée, des chiens nous accompagnent. Je récupère mon coyote jaune, je décide de l'appeler Pastis. Pas très apache, mais, après tout, moi non plus.

D'autres Indiens se joignent à nous, on suit une piste qui passe entre les bosquets de trembles et les buissons de sauges. J'aperçois le chef et le chaman sur leurs chevaux, on longe un canyon vers le sommet d'une mesa. J'entends un grondement de tonnerre, je lève les yeux : le ciel est bleu.

« C'est la rivière qui prend sa force dans la montagne », me dit la sœur de Sky.

Elle s'est approchée de moi. Je veux l'observer, mais elle lâche ses cheveux qui, ondulant au rythme de sa marche, me séparent de son visage.

La beauté de la vallée me frappe au détour d'un rocher, je vois des montagnes au loin, flottant sur une nappe de brume.

Ils sont tous là, en plusieurs cercles. Au centre, les cinq m'attendent. J'ai un choc en découvrant qu'ils ont tous une larme maquillée sur la joue. Pour une fois, je pense à réclamer la mienne afin d'éviter celles qui se bousculent dans ma gorge. C'est Tesalbestinay, la mère de Sky, qui me l'applique avec délicatesse. Elle me fixe intensément de ses yeux noirs, puis me tourne le dos et revient aux côtés du chef. Le chaman entame un chant, quatre jeunes et deux femmes déposent des lambeaux de chair sur un grand rocher plat, ils versent du sang dessus et s'éloignent. Un chien, qui se prend pour un aigle, reçoit un coup de pied. Le chef parle à ses hommes, qui concluent par un cri immense, les femmes se lamentent.

Je regarde vers le ciel.

Rien.

Le chef scrute les nuages, imité par toute la tribu.

Toujours rien.

On patiente.

Le silence laisse place au vent, plusieurs chevaux hennissent. Le chaman dit quelques mots, tout le monde s'assied. Ça fait plusieurs heures qu'on est là, sans un mot, sans un mouvement. Le chef a une impassibilité teintée d'une imperceptible inquiétude. Les aigles se font attendre, au point que les enfants du camp commencent à rappliquer, se demandant ce qui se passe. La mère de Sky interpelle le chef, d'autres voix s'élèvent. La seule chose qui traverse le ciel est la traînée blanche d'un avion de ligne. Je murmure :

« Sky, les aigles ne veulent pas de toi. Il ne faut pas toujours croire ce qu'il y a dans les livres. »

Par petits groupes, les Apaches quittent la scène, excepté le chef, le chaman, Luis, la mère, la sœur, Pastis et moi. Quelques fourmis tentent de profiter de la situation, repoussées par Tesalbestinay. Finalement, le chef propose un repli vers le camp, laissant un témoin en sentinelle. Luis se porte volontaire pour le premier tour. Je reste avec lui, j'observe ceux qui s'en vont, j'admire la puissance et la dignité de ces dos tournés vers moi. Je repense à Sky : lorsqu'il quittait une pièce, il le faisait à reculons, comme s'il craignait d'imposer aux gens la largeur de son dos.

Luis et moi demeurons assis derrière un rocher côte à côte, unis par l'attente. Doucement, le silence change de qualité. Il passe imperceptiblement du calme à l'absence, un manque, un silence en creux. J'ai comme une sensation de léger vertige, je m'accroche au bord de mon état, je tente de m'appuyer sur la colère, mais elle cède, je perds l'équilibre et tombe dans une tristesse sans fond qui me laisse hébété. Je fixe Luis, comme un marin focalise toute son attention sur le phare pour garder le cap. Pendant un instant, j'ai l'impression que ses traits de rapace se précisent, que l'aigle est là, qu'il va s'envoler avec Sky, que, depuis le début, celui qu'on attend, que j'attends, était parmi nous. Fasciné, je n'arrive pas à me débarrasser de cette vision. Le vent se lève, les cheveux noirs de l'Indien prennent leur envol, un cri aigu retentit, je vois un aigle énorme juste au moment où il enlève des lambeaux de Sky, un autre le suit, le froissement des ailes qui battent l'air, les aigles à tête blanche se croisent en un ballet qui monte et descend. C'est violent, sauvage, les bêtes sont puissantes, je reste pétrifié. C'est horriblement beau. Je me tourne vers Luis pour me persuader que je ne fais pas un cauchemar. L'Apache, les yeux brillants, est figé, tout son corps tendu vers l'avant, il tremble. Un homme à tête d'aigle : il est devenu ce qu'il voit. Un dernier froissement d'ailes me fait sursauter, j'ai cru reconnaître le son d'un obus de mortier, mais c'est ma tête qui explose. Un cri lointain brise le silence, je lève les yeux, ils sont haut dans le ciel, silhouettes majestueuses qui volent vers les monts chiricahuas. Luis pousse un terrible hurlement, prend de la terre et s'y enfouit le visage à pleines mains, il me fait face, des larmes coulent, creusant deux marques sur sa figure noircie.

Puis il se lève d'un bond, je l'imite, il me saisit par le bras, il tend la main vers l'horizon et crie plusieurs fois le nom de Sky. Je m'aperçois avec un temps de retard que je crie aussi son nom, que des larmes me coulent sur les joues. Puis je me mets à rire, Luis se retourne violemment, il a une tête terrible, sa bouche s'entrouvre pour parler, mais un rire s'en échappe, nos rires se mélangent et s'alimentent, on est devenus fous. Des cris provenant des rochers autour de nous leur font écho. J'aperçois des dizaines d'Apaches sur les éboulis des rochers, ils s'étaient juste éloignés. Le chef et le chaman sont là, ils nous font de grands signes, tous ont assisté au « rendez-vous des aigles ».

C'est fini. On redescend vers la rancheria, Sky est devenu un dieu pour les Indiens. Je m'arrête au bord d'un ravin et fixe mes mocassins qui, en équilibre instable, me séparent du vide. Mes tempes bourdonnent. La vallée désertique qui s'offre à ma vue est belle à faire rêver, mes yeux se lèvent vers le ciel, il a pris une couleur gris pâle, comme le regard de mon ami. Luis m'observe, se détourne et reprend la descente du sentier vers le camp. Je le suis.

Le grand feu souligne le noir qui nous enveloppe, les visages le reflètent, masques orange et rouge tremblant au rythme des sautes d'intensité, les flammes de l'enfer éclairent les diables rouges. C'est ma nouvelle famille. La nuit est tombée. On fait une cérémonie pour mon départ.

Le chef, le chaman, la sœur, la mère et Luis. Leurs mains s'accrochent aux miennes, une vieille femme nous a lié les poignets avec une lanière de cuir. Mi-chantant, mi-parlant, battant doucement le sol avec ses mocassins, le chef déclare :

« Moi, Alchesay, chef des Chiricahuas du Sud, te fais membre de notre famille, tu n'es plus l'homme blanc qui s'en va, tu es le Loup et tu le seras toujours. Tu as raconté l'histoire de ton frère, ton récit continuera bien après nous. Tant qu'il y aura des Apaches. *Varlebama*. Pour toujours. »

Une rumeur monte de la tribu :

« *Varlebama ! Varlebama !* »

J'ai la tête qui tourne, la bière, le mescal, le feu, ma dernière image avant de sombrer dans un sommeil agité est la tête ahurie de Pastis, le grand chien jaune qui, allongé contre moi, a l'air de me demander ce que je fous là.

Je suis penché au-dessus d'un énorme trou, un piège à ours. Un loup est tombé au fond ; après avoir essayé de sauter pour s'échapper, il a compris que la pente était trop raide, trop haute. Il a attaqué la terre avec ses pattes, s'est lové dans la niche qu'il a créée, puis, avec les dents, il s'est hissé en spirale, grimpant ainsi à la force de la mâchoire. Épuisé, il s'est arrêté à un mètre du bord et me fixe, tremblant, fiévreux. Je tends les bras vers lui, il grogne, il recule, il va tomber. Je crie : « Le Loup ! Le Loup ! Le Loup ! », et c'est moi qui tombe.

« Le Loup ! Le Loup ! »

Je me réveille en sursaut, c'est Luis qui m'appelle en me secouant. Un cauchemar. Pastis me regarde, inquiet.

C'est l'aube. Il faut partir.

Je monte dans le pick-up, le même qui m'a amené dans cet autre monde, une vraie machine à voyager dans le temps. Ils sont tous là, dans leurs couvertures. Sonseeahray me prend les mains. Ses yeux sont gris, ceux de Sky en plus doux : elle a le regard qu'il devait avoir avant le Vietnam. Elle me le prête un instant.

Puis le camion démarre, effaçant mes amis dans un grand nuage de poussière. On roule vers la limite de la réserve, là où il y a des Indiens obèses et déguisés, qui vendent des souvenirs aux touristes. Là où les Apaches ont des petites maisons avec des serrures, si loin de la rancheria et bien trop près des Blancs. Les cahots m'abrutissent. Assis à l'arrière, je regarde d'un œil éteint la poussière qui danse à l'arrière. J'ai l'impression de deviner un cavalier en camaïeu qui nous suit au galop. Son ombre se précise, une autre aussi à gauche ; encore une à droite, je les entends, je me redresse, ils sont là, ils jaillissent de la poussière, entourent le pick-up, des dizaines de Chiricahuas, j'en reconnais certains. Dans une course effrénée, débridée, ils nous accompagnent, le bruit des sabots couvre celui du camion, ils regardent droit devant sans un cri, sans un mot. La piste devient meilleure, le camion prend de la vitesse, la poussière avale les cavaliers distancés qui s'effacent progressivement, je me penche et scrute le nuage pour ne pas les perdre.

Je ne les vois plus.

Je me laisse tomber en arrière et fixe le ciel.

Le ciel est vide.

8000

Achevé d'imprimer en France (Manchecourt)
par Maury-Eurolivres
le 12 avril 2006.
Dépôt légal avril 2006. ISBN 2-290-35210-1

Éditions J'ai lu
87, quai Panhard-et-Levassor, 75013 Paris
Diffusion France et étranger : Flammarion

1 0 0 % V E N E D I G

SPAZIERGANG 1: SAN MARCO
Dies ist zweifelsohne das Herz der Stadt und Zentrum des venezianischen Lebens. Hier liegen die bekanntesten Sehenswürdigkeiten von Venedig. Der berühmte Markusplatz, die Basilika, der Dogenpalast, der Campanile und das Teatro La Fenice.

SPAZIERGANG 2: SANTA CROCE & SAN POLO
Am Fuße der Rialtobrücke erwarten Sie der jahrhundertealte Fischmarkt, der Gemüsemarkt und viele bacari (kleine Restaurants). Die schöne gotische Kirche "I Frari" und die Scuola di San Rocco, wo über fünfzig Werke des venezianischen Malers Tintoretto hängen, sollten Sie unbedingt besuchen.

SPAZIERGANG 3: DORSODURO
Ein Muss für Kunstliebhaber. In diesem Viertel reiht sich ein berühmtes Museum an das andere: die Gallerie dell' Accademia, das Peggy-Guggenheim-Museum, Ca' Rezzonico und Punta della Dogana mit zeitgenössischer Kunst. Und die Aussicht von den Zattere ist der pure Genuss.

SPAZIERGANG 4: CANNAREGIO
Die Nordseite der Stadt ist größtenteils ruhig und authentisch geblieben. Hier befindet sich das jüdische Viertel mit dem Museo Ebraico. Besuchen Sie auch das Museum Ca' d'Oro direkt am Canal Grande. Und versäumen Sie es nicht, mit dem Boot zu der außergewöhnlichen Friedhofsinsel San Michele zu fahren.

SPAZIERGANG 5: CASTELLO & GIARDINI
Das Viertel verdankt seinen Namen einer Burg, die früher vor Angriffen vom Meer aus schützen sollte. Hier steht das Arsenale – über Jahrhunderte die größte Schiffswerft der Welt. Schlendern Sie durch ein normales Wohngebiet oder ruhen Sie sich ein wenig im Stadtpark aus.

SPAZIERGANG 6: DIE INSELN BURANO, TORCELLO & MURANO
Entdecken Sie die Lagune auf einer Bootstour zu den drei Inseln: Burano ist wegen seiner kunterbunten Häuschen und der filigranen Spitze bekannt. Auf Torcello steht die jahrhundertealte Basilica di Santa Maria Assunta. Und Murano ist die weltberühmte Glasbläserinsel.

1 0 0 % V E N E D I G

In Venedig gibt es so viel zu sehen und zu erleben, doch wo fängt man am besten an? Natürlich stehen der Markusplatz, der Dogenpalast, die Rialtobrücke und eine Bootstour über den Canal Grande auf dem Programm. Sie wollen aber auch Kunstwerke im Peggy-Guggenheim-Museum und die vielen Kirchen bestaunen, den herrlichen Wein und *cicchetti* (venezianische Tapas) genießen, im Viertel San Marco bummeln gehen oder durch die unzähligen Gässchen schlendern, abends über die Uferstraßen flanieren, in guten Restaurants essen und auf dem Campo Santa Margherita einen Spritz oder Bellini trinken. Lassen Sie sich von der Magie der Stadt verzaubern! 100% Venedig zeigt Ihnen, was Sie auf keinen Fall verpassen sollten. Sightseeing & Shopping, Ausgehen & Abenteuer – die übersichtlichen Stadtpläne weisen Ihnen den Weg.

AUF 6 SPAZIERGÄNGEN 100% VENEDIG ERLEBEN.